インパクト選書 7

KUROIWA Ruiko

黒岩涙香〔著〕

裁判小説

人《ひと》耶《か》鬼《おに》耶《か》

池田浩士〔校訂・解説〕

IKEDA Hiroshi

インパクト出版会

インパクト選書 7

人耶鬼耶諸言

予、今回訳述する「人耶鬼耶《ひとかおにか》」と題せるこの一篇は、仏国《ふっこく》にて古来その例なき大疑獄の顚末《てんまつ》なり。大疑獄とは、その事件の大なるには非《あ》らずして、その事柄の疑わしく罪人の判じ難きを云うなり。余がこの篇を訳述するは、世の探偵に従事するものをしてその職の難きを知らしめ、また世の裁判官たるものをして判決の苟《いや》しくもすべからざるを悟らしめんがためなり。これを切言《せつげん》すれば、一《いち》は人権の貴《たっと》きを示し、一は法律の軽々しく用ゆべからざるを示さんと欲《ほっ》するなり。一、かくの如き目的を以《もっ》て訳述するがゆえに、あるいは記事煩《わずら》わしくして読者を厭《いと》わしむるところ多かるべし。ことに我が国従来の小説を読み慣れたる方々は、屢《しば》々中途にして倦厭《けんえん》の念を生ずる事もあるべし。しかれども、初め疑わしくして後《のち》に至り雲晴れ霧散ずるは疑獄小説の常なるに、ましてやこの篇の如きは、小説に非らずして事実なるがゆえに、その憾《うら》みはことに多かるべし。たゞ余が強《し》いて願うは、初めより終りに至るまで漫偏《まんべん》なく読み通されん事なり。所々の無味なる所を読み落しては、有味なる処《ところ》までも味わい得ざるに至るべし。読者、乞う、AII or Nothing（読むくらいならば残らず読め、残すほどならば丸るッ切り読むな）の一言《ごん》を記憶せられよ。

一、翻訳の難きは世すでに定説あり。中に就《つ》き小説の如きは、人情の微に入るがゆえに至難中の至難なり。いわんや余の如きは、僅かに読む事を知りて書く事を知らず。自《みずか》ら意到《いた》ッて筆従わざることを歎ずるものなるをや。文の拙なるがために事実の奇を損するの罪は、余が耻《はず》かしながらまた残念ながら甘んじて受くる所なり。

一、翻訳の文は原文に拘制《こうせい》せらるゝ処多きを以て、やゝもすれば流暢を欠き、佶屈聱牙《きっくつごうが》読むに堪えざるに至るは、読者の知る処なるべし。ことにその地名人名の如き、我が国にありふれたるものと殊《こと》なるため、記憶し難き思いあり。余が先に訳したる『大盗賊』の如きは、強いて漢音の近きものを当てはむるの例に倣《なら》いたれど、余はその利益少なきを悟りたるを以て、この篇においては、なるべく和訓の近きものを当てはむべし。例えば「コモリン」を小森とするが如きこれなり。

一、翻訳難しといえども書を選ぶもまた易《やす》からず、と或る記者は言いたるが、余は深くその言《げん》の妙を感ずるなり。余、洋書を読み覚えてより、西洋小説の妙を感じ、毎月少きも十数部、多きは三十部以上を読まざるなく、終歳《しゅうさい》書のために貧し。今まで読み尽すところ三千部の上に至るといえども、翻訳して妙ならんと思わるゝものは百に一を見ず。書を選ぶ難く、書を訳する難し。余輩、不文を以てこの難事に当たるはその任に非らざるを知るといえども、Try it had

（無理にも遣《や》ッて見ろ）は余の奉するところのMotto（お題目）なり。読者これを恕《じょ》せよ。

涙香小史識

巻中替人名

〇寡婦《やもめ》於傳《おでん》（原名クロオデン）
〇判事田風呂《たぶろ》（原名ダブロン）
〇探偵吏烟六《けぶろく》（原名ゲブロル）
〇素徒《しろうと》探偵散倉《ちらくら》（原名チランクラ）
〇船長蛇兵衛《じゃべえ》（原名ジャーベー）
〇法律学士澤田實《さわだみのる》（原名サーデーノール）
〇實《みのる》の母澤田夫人（原名サーデー夫人）
〇前外務大臣皇族侯爵小森禮堂（原名コモリンレトー）
〇小森侯爵長男伯爵小森有徳《ありのり》（原名コモリンアルバード）
〇小森家の腹心従僕《しもべ》次郎（原名ジローム）
〇小森有徳の許嫁《いいなづけ》荒川家の令嬢呉竹姫《くれたけひめ》（原名アラゴー家のクレヤー姫）
〇澤田實の許嫁《いいなづけ》於理榮《おりえ》（原名ヂリエー）

裁判小説

人《ひと》耶《か》鬼《おに》耶《か》

第一章

仏国の都巴里府《ぱり》よりわずか離れし棒木場《ぼうきば》の辺《ほと》り尊長村《そんちょう》に、寡婦《やもめ》お傳《でん》とて年ごろ五十七八なる独り暮しの女あり。昨年三月五日の事とか、朝よりお傳が家の戸の堅く鎖《しま》りて、開《あ》かざれば、村人等は何かお傳の身に異変ありしには非らずやと怪しみたれど、誰一人強《し》いてその戸を開かんと云うものもなかりしが、その翌六日に至り、なおもその戸の扉《とざ》しあれば、近所の者は不審に堪えかね、ついに棒木場の警察署へ訴え出《い》で、警察より巴里府の裁判所へ届け出でたり。

これにより、予審判事田風呂《たぶろ》氏、現場取調べの探偵方烟六《かたけぶろく》氏ほかに巡査と鍵鍛治《かぎかじ》を従え出張したり。やがてお傳が家の前に行きて見るに、届け出でに違《たが》わずその戸堅く鎖《とざ》しあれば、鍵鍛治に命じ合鍵をもてこれを開かせんとする折《おり》しも、辺《ほと》りに遊び居たる児共《こども》の一人が、道傍《みちばた》の溷《どぶ》の端《ふち》にて拾いたりとて、一ツの鍵を持ち来たりしかば、鍛治屋はこれを受取り、鍵穴に合せ試みるに、疑いもなきお傳が家の鍵なるにぞ、人々は顔見合せ、「道傍《みちばた》に鍵を捨てあるからは、外より賊の入《い》りしなるべし」と早くも心に推量し、それより戸を開きてそのうちに進み入るに、抑《そも》々この家《うち》は下《した》座敷二間《ふたま》二階一間の小さき作りにして、横手には庭泉水もあり、古びたれども昔は小綺麗《こぎれい》に作りしものと思われたり。判事田風呂と探偵烟六は、巡査を外に立たせて群がる人を制せしめ、鍛冶屋を引き連れて座敷へと入り見るに、品物小道具等《とう》乱暴に取り散らし、戸棚押入など明け放せしまゝなるもありて、賊の入りしに疑いなし。なお次の室《ま》に入り見れば、憫れむべしお傳は肩先より背に掛け二ヵ所の深き突き傷を受け、竈《かまど》の前に俯伏《うつふ》しゝまゝ死んであり。その身体《からだ》は全く冷えて石の如くなるは、必ず前々夜（三月四日の夜《よ》）に殺されしものなるべし。いかさま恐ろしき犯罪なれば、何か賊の忘れし品物にてもあらんかと、魂《こん》限り探せども手掛りとなるべき物さらになし。これより村人を呼び集めて、お傳が履歴より平生の身持ち等を聞き糺《ただ》すに、詳しく知りたる者はなく、たゞ人々の申し立てを取り纏《まと》むれば左《さ》の廉《かど》々だけ凡《およ》そに分りたり。

○お傳は十二年前この地に引越し来たるものにして、こゝに空家《あきや》のあるを借り受け、雑作《ぞうさく》して住まいたり。

○一人の息子ありて、水夫となり居《お》るよし、お傳自ら語りたる事はあれど、その姿を見し人はなく、また名前及び住所も分らず。

○別にこれと云う職業はなきようなれば、貯金《たくわえ》にてもあるものか、身分よりも贅沢に暮し居れり。また誰もこれに金を貸しあるいは売掛金を借《か》したるものなし。

○いずれの地方よりこゝに移り来しかは更に分らねど、その言葉は海辺《かいへん》の訛《なま》りあり。
○平生親しく交わる人もなく、また別に悪《にく》む人もなし。
○いつのころか、馬車に乗りし立派な五十ばかりの人とその息子と覚しき二十《はたち》余りの人、巴里の方《かた》よりこの家《や》に来たりしを、両三度見受けしものあり。
○また奥方風の婦人の来たりしを見受けし事あり。
右の如く漠然《ぼんやり》したる事のみにて、別に探偵の仕方もなけれど、たゞその平生贅沢に暮せしとの事より考え見れば、必ず盗賊の所為《しわざ》ならんと烟六氏は鑑定したり。かく手掛りのなきにより、ほとんど思案に呉《く》るゝ所へ、近傍《きんじょ》の八百屋《やおや》の主人《あるじ》、七歳ばかりの児童《こども》を連れ来たり、「何とぞこの子に御訊問ありたし」と申し出でたれば、判事は言葉を和《やわ》らげ色々と賺《すか》し問うに、本月二日（犯罪の前々日）の朝この子学校へ行く道にてこの家《や》の前を通りしに、背低く肥え太りたる人この庭に佇《たたず》み居て、児供を呼び留め、五銭の銭《ぜに》を取り出して、坊やこれを遣《や》るから彼処《あすこ》の瀬音《せいん》川のそばまでお使いに行ッておくれ、アの岸に川蒸気★1が着いて居るから、その船長の蛇兵衛《じゃべえ》さんに、いますぐに行くから錨《いかり》を上げる用意をせよと云ッておくれ、と頼みたれば、この児《こ》は喜びて件《くだん》の船に行き、右の言葉をそのまゝに伝えたるむね申し立てたり。

　これにて少し手掛りを得たる思いをなし、なおもその船の名前を問い、また船の西に向き居たるか東に向き居たるかを問えど、わずかに七歳の児供なれば取り留めし事なし。なおその人の衣物《きもの》より容貌《かおかたち》等を問い糺せど、これも分らず。終りに至り、その人が両方の耳に太き輪を下げ居たる事を思い出したりと述べければ、烟六は飛び立つほどに喜びて、判事に向い、「これで充分手掛りが出来ました。第一に管船局へ参り蛇兵衛と云う船長の乗ッて居る船の名を調べ、次にこの川筋を上下《かみしも》へ調べて、その船の見付かり次第、耳に輪を下げた男と云ッて糺《たゞ》せば分らぬ事はありますまい。いまどき耳輪を下げるは目に立ちますから。ヘイ、きっと一週間のうちには捕えます。とにかく拙者はこのあたりにその船を見たものはないか、聞き糺して参りましょう」と言いながら、早や立ちて、瀬音川を差して出で行きたり。

跡《あと》に判事の田風呂氏は、手を組みて考え居たるに、引き連れし巡査の一人が進み出で、「長官、このような分らぬ事件ですから、散倉《ちらくら》を連れて来ては如何《いかが》です」と云われて、田風呂は不審そうに「散倉とは誰の事じゃ」。巡「礼克《れこッく》先生の友達で有名なる素徒《しろうと》探偵」。田「そうか成る程、名前は聞いたようだが、素徒探偵は無理にも固持付《こじつけ》の説を造ッて仕方のないものだて」。巡「イヤもう散倉は自分が道楽でするのですから、手当を欲しがる探偵とは違い、なか〳〵実着です。このあいだ質屋の事件も散倉が見出だしました。何でも、深い事は出来んけれど即座に判断する事は礼克先生も一歩を譲ると申す事です」。田「そうかな、烟六はあまり一克《いっこく》で、一度こうと思い込めばほかの事は一向見えぬ男だから、散倉を呼ぶもよかろう、呼んで来い」と下知《げち》を得て、巡査は一散に走出《はせいだ》せり。これより有名なる散倉の探偵にて意外の所より賊の手掛りを得る次第は、次

★1——帆ではなく蒸気機関で航行する川船。

を読みて知るべし。

第二章

やがて探偵烟六《けぶろく》氏は川端より帰り来たり、判事田風呂《たぶろ》氏に向いて「二日の朝、川蒸気を見認《みと》めたる人はすでに三四人もあるからは、まず手掛りは出来ましたが、これよりこの家《や》を捜索せば必ず紛失物が分りましょう」と云いながら、座敷を隈《くま》なく探し、かつ二階へも上がりて、戸棚押入れ等を撿《あらた》めしが、しばらくして降り来たり、「どうしても盗賊の仕業です。床の間に置物の台があって、肝心の置物が紛失して居る。これも一ツの証拠。そのほか、なくてならぬと思う品が大分不足して居ますから、遺恨で殺したとは思われません。耳輪を掛けた男さえ見出だせば、すぐに分ります」と、さながら現場を見た如く独り呑み込みて語るところへ、飛ぶが如く馬車を奔《は》せて来たりしは、素徒探偵の散倉《ちらくら》なり。判事はその手を取りて、今まで穿鑿せし概略《あらまし》を述べんとするに、散倉は打ち消して「イヤ、概略の所は使いから聞きました。あまり細かに承りては、反ッて心が迷います」と云うは、何も聞かずに己《おの》れ一身の穿鑿にて手掛りを探し当て、充分わが手際《てぎわ》を目に立つようにせんとの心なるべし。判事はその心を見て取り「しからば早速探偵を初められよ」。散「畏《かしこ》まりました」とて家の中へ入《い》り行きたり。

抑《そ》もこの散倉と云えるは、巴里にて有名なる質屋の主人《あるじ》にして、妻もなく子もなく、今年五十七歳なれど頭髪《かみのけ》禿《は》げ尽して、前より見れば円頭《ぼうず》の如く、ただ後ろに三日月を逆さにせし如き白髪《しらが》の残るのみ。顔は丸くして愛嬌を留《とゞ》め、たゞその鼻の鍵の手に曲りて高く目に立つほどなるは、嗅《か》ぎ出だすと云う看板には持ッて来いなるべし。

さて散倉は家のうちに入り行きて、あるいは右、あるいは左と座敷を縦横に掛け廻り、あるいは二階に上がり、あるいは降り来たり、俯向《うつむ》きて卓子《ていぶる》の下を瞰《のぞ》くかとみれば、延び上がりて柱時計を撿《あらた》め、あるいは取り散らしある食匕《さじ》の裏を嘗《な》め試み、あるいは竈《かまど》のそばなる鍋の底を嗅ぎ見るなど、およそ三十分時ばかりも事細かに撿めしが、それより庭に出で、石を動かし、また土を掘るなどして、次第〳〵に門の外まで這うが如く目を地に迫《せ》り付けて撿め出で、あるいは革の尺度《ものさし》にて石段の高さを測り、あるいは鉛筆にて庭木の布置《くばりかた》を書き写すなど、ほとんど狂人《きちがい》かと思うまでに探し窮め、いずれへか立ち去りしが、また三十分ほど経ちて人々の欠《あく》びする所へ提籠《さげかご》を持ちて帰り来たり、恭《うやうや》しく判事に向いて「大抵の見込みは付きました」と云いながら、籠のうちより土の塊り、紙の切れ、帳面など取り出して卓子の上に並べ、「第一、この犯罪は盗賊《どろぼう》ではありません」と云えば、そばにありたる一克の烟六は威長高《いだけだか》になり、烟「盗賊でないとは失敬じゃ、拙者の見込みに逆らうのか」。

散「イヤ、証拠は追々申し上げます。次に、この罪人は一昨夜の九時より前に参りました。その証拠は、先日来、日照《ひでり》続きのところ、御存じの通り一昨夜九時半ごろ、にわかに雨が降り出しましたから、もし雨中に来たものなら靴の裏に泥が付き、その泥が絨氈《じゅうたん》に着いて居るはずです。しかるに泥の足跡を見認《みと》めぬのは、雨より前に来た証拠。かつは、卓子の下を見るに、ちょうど男の靴を置いただけ埃《ほこり》があります。この埃は往来にて靴へ着いて来た者。泥と埃の見別けくらいは三児《みつご》にも出来ましょう。この者の這入ッて来たとき、お傳はちょうど衣類《きもの》を脱ぎて目覚し時計を捲《ま》かんとして居ました」。

烟「その証拠は」。

散「イヤ、この柱にある目覚し時計はSB《エスビー》会社の三等の品ですから、一度捲けば十四時間廻ります。毎夜お傳は寝際《ねぎわ》と朝起きたときと、すなわち大抵十二時間ごとぐらいにこの時計を捲きました。なぜならば、寝際に捲かねば目覚しの役に立たぬ、また寝際に捲けば朝捲かねば止ります。そこで、この時計が御覧の通り九時に留《とま》ッて居るのは、一昨日の朝六時過ぎ七時ごろに捲いたので――そのまゝ夜に入《い》ッて捲かなんだから、九時に留りました。されど、この時計の下に椅子があッて、椅子の中程が凹《へこ》んだまゝで居る所を見れば、これから捲こうと思ッて椅子に片足掛けた所でちょうど表《おもて》を叩かれたゆえ、捲かずにそのまゝ戸口へ行ッたのです。それから、お傳の着物は寝巻ですが、まだ昼着て居た着物を仕舞わずにそのまゝ打遣《うっちゃ》ッてあるのは、ヤッと寝巻に着替えたばかりの所、そこで音がしたから、すぐと椅子を降り、取り敢えず肩掛けを纏《まと》うて出て行きました。死骸のそばにあるのがその肩掛けで、これは痛手に捥《もが》くとき独り外《はず》れたので厶《ござ》います。サ、この通りお傳が急いで戸口へ出た所を見れば、その人は他人ではなく知り人です」。

田「なるほど」。

散「まずこれで、男がこの家《や》へ這入ッた所までは分りましたが、さてその男と云うは、まだ年若く、身の丈《たけ》五尺四五寸、★2 至極立派な着物を着、黒い高帽を戴き、右の手に蝙蝠傘《こうもりがさ》を持ッて、巻煙草を烟管《パイプ》に挟《はさ》んで口に加《くわ》えて居りましたので」。

烟「君はあまり作り過る」。

散「決して作りは致しません。探して見出だしたまゝを申します」と云いながら、油にて練りたる粘堊《ねばつち》の塊りを取り出だし、「これは、罪人が穿《は》いて居る靴の踵《かかと》を雛形に取ッたので、この前《さき》の溷《どぶ》の端《ふち》の日照《ひでり》にも濡れて居る所へ一ツ踏み込んであります。またこの紙に写した図は、向うの砂利に踏み込んだ靴痕《くつあと》です。砂利に残る痕は雛形に取れぬゆえ、紙に鉛筆で写しましたが、大体の形ちは分ります。サア、御覧じろ。この踵の高くして細い事は、当時洒落者社会《しゃれものなかま》に流行《はやり》の靴で、この田舎人《いなかびと》などは決して穿きません」。

烟「イヤ、家《いえ》の外にある靴跡はこの家《や》へ這入ッた悪人の靴とは云われぬ。ただ外を通ッた人の足痕かも知れまい」。

散「イヤ、拙者は庭のうちを隈《くま》なく探して、この靴の痕が右と左と二ツあるのを確かに見出だ

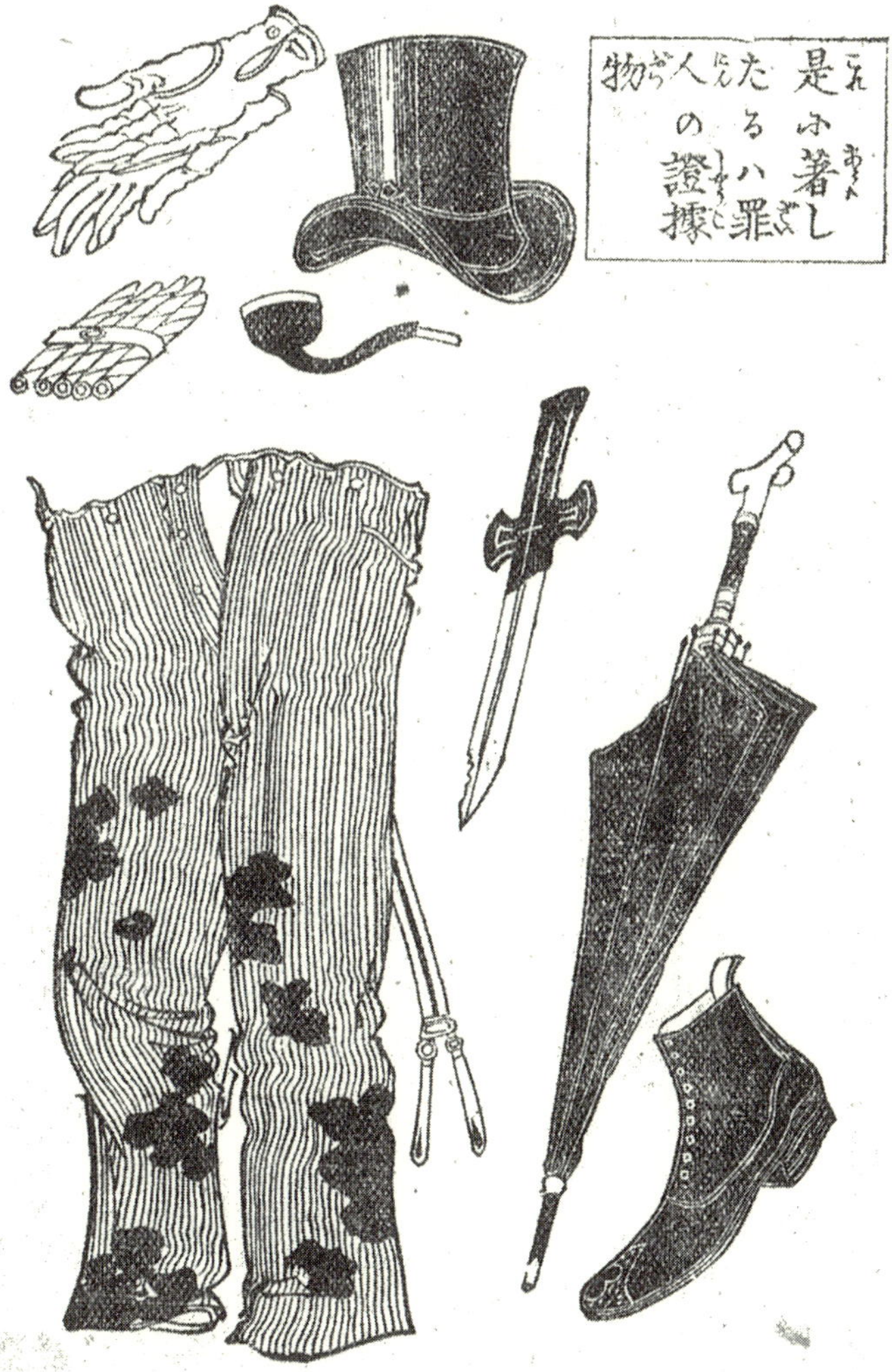
是《これ》ふ著し
たるハ罪《ざい》
の證據《しようこ》
物人《にん》

しました。これは必ず、入口にある四角な花壇を踏まぬため足に力を入れてヒョイと飛び越すそのはずみに、後ろの足の跳《は》ねた所と前の足の落ちた所とへ右左の靴跡が凹《へこ》み入《い》ッたものに極ッて居ます。それでその右の足と左の足の距離が五尺ばかり離れて居るから、これも飛び越えた証拠で、また老人ならば二尺ばかりの角だから飛びはせぬ、必ず迂廻《まわ》ります。これでまず若い達者の人と云う事だけは分りましょう」。

★2——約一六四〜一六七センチメートル。

第三章

散倉は言葉を続《つ》ぎ、「サアこれで罪人が若い男と云う事は充分証拠が立ちました。次には彼奴《きやつ》が帽子の証拠を述べましょう。これは二階の地嚢《ちぶくろ》の上が蝋石《ろうせき》で、この蝋石に積もる塵《ちり》の中に丸い輪のようの痕《あと》が薄々と残ッて居ます。これが帽子を脱いで仰向けに置いた証拠。またこの輪で見れば、帽子の天井は一文字に張り詰めてあッて、すなわち真ッ平《たいら》です。円柱形の凸字帽子です。凸字帽の色は黒いに極ッて居ます。また丈も高いに極ッて居ます。次には、彼奴の背長《せたけ》ですが、これは地嚢の上の棚で分ります。棚の小口に右の手先を一寸《ちょいと》掛けた跡があります。すなわち、彼奴が少し爪立《つまだ》ッて棚の上を瞰《のぞ》く時に掛けたのでありましょう。もし背丈が非常に高い人ならば爪立たずにこの棚を見降ろすゆえ、手を掛けるわけがありません。また低い者ならば踏台を仕ますから、これも同じく手は掛けません。これで彼奴の背丈が五尺四五寸と分りました。次は蝙蝠傘ですが、これは溷端《どぶばた》の足痕の横手に、ちょうど杖に突いた痕があります。コレ、この粘堊《ねばつち》がその雛形。これも華奢に出来て居るのは此頃《このごろ》の流行物《はやりもの》です。次は巻煙草の事。コレはその吸い残りが五分《ぶ》★3ばかり火鉢のうちに落ちて居ました。これ御覧じろ、指で摘《つま》んで居ては決して斯様《かよう》に短かく呑み詰める事は出来ません。必ず煙管《ぱいぷ》に挟《はさ》んで居ました。ことに根《もと》の所に脂《やに》の着いて居るのも、煙管《ぱいぷ》で呑んだ証拠です。

　サ、これで帽子も蝙蝠傘も煙管も分りましたが、この次は彼の行いを申しましょう。もっとも、彼が這入ッて来てどのような挨拶をしたか、それまでは分りませんが、なんでもまだ夕飯《ゆうめし》を喫《た》べずに来たと申したに違いありません。これが彼の計略です。お傳が台所へ行ッた処を後ろから突く下拵《したごし》らえです。そこでお傳は案に違わず台所へ行き、馳走の支度に掛りました。これは、アの台所に煮てある鶏卵《たまご》★4で分ります。この玉子は決してお傳が自分に喫《た》べるのではありません。その証拠は、鼠入らずの内にお傳が自分に喫べた皿がまだ洗わずに置いてあります。皿のうちに魚の骨まで残ッて、ことにその匂いのまだ腐ッて居ぬ所を見れば、一昨夜お傳が喫べた残りです。かつ、お傳が胃の所を推《お》して見るに、充分張ッて居ます。シて見れば、すでに夕飯の済んだ跡へ彼奴が来たから、それでアの鶏卵を煎《に》たのです。また彼奴は必ずお傳のために目上の人です。なぜと云えば、この卓子掛《ていぶるかけ》の新しいので分ります。アレ、あそこの鈎《かぎ》に掛かッて居る古いのが、すなわち今まで掛けてあッたので、折から目上の人が来たから、急にこの新らしいのと掛け替えたとほかは思われません」。

田「成る程、それに違いない」。

散「ことに、この良い盃《こっぷ》を卓子の上へ載せてあるのも、目上の証拠。そこでお傳が台所へ立ッて行ッたのを直ぐにも後《あと》から突き殺すつもりであったけれど、素面《すめん》では度胸が定《き》まらぬから、一杯葡萄酒を呑みました。それでもなお酔いが足らぬゆえ、今度は強きブランデーを呑みました。その証拠は、この盃の中に葡萄酒とブランデーの臭いが致します。このあいだの時間はおよそ七八分の間です」。

烟「時間の分るはずはない」。

散「イヤ、あの鍋の鶏卵《たまご》がアレくらいに煎《に》えるあいだゆえ、ちょうど七八分掛りますサ。彼は酒の勢いで椅子を離れ、お傳の後ろへ行き、突然《だしぬけ》に二突《つき》つきました。突かれて前へ滑《のめ》ッたが、まだ死に切れず、半分起き返ッて、彼の手先へ獅噛《しがみ》付く所を、首筋つかんで投げ付けて、ついに事切れとなりました。これはお傳の倒れて居る様子で分ります。それで、この突いたのは尖ッた両刃の短剣で、その先が少し欠けて居ました。その証拠は、アの肩掛けで短剣の血を拭《ぬぐ》うてあるので分ります。彼奴《きやつ》は獅噛み付かれた時に手の先を引掻かれたが、小山羊の皮で造ッた手袋をはめて居たので、別に怪我は無かッたようです」。

★3――約一センチ五ミリ。
★4――食物などをしまっておく戸棚。ネズミの害を防ぐところから、この名がある。

烟「その手袋はどうして分る」。

散「これはお傳の指の爪の間に緑色の小山羊の皮の微《かす》かな切れが少しづゝ挟《はさ》まッて居ます。何でも死物狂いに掻投《かなぐ》り取ッたと思われます。サアこの通り首尾よく殺しましたが、この次は彼の目的を申し上げます。烟六君は盗むために殺したと申しますが、盗賊《どろぼう》ならば決して斯《か》くまで家の中を取り散らしは致しません。戸棚と云う戸棚、押入と云う押入を残らず掻擾《かきまわ》し、非常に探した跡の残ッて居るのは、何か人に見られて悪い書面とか手書《てがみ》とか云うような秘密の書付けを尋ねました。尋ねて見出だしたによッて、火の中へ投《くべ》て焼き捨てました。これは、次の間の暖炉《ストーブ》のうちに紙の灰が歴《あり》々残ッて居るので分ります。サ、これで彼奴の目的は残らず達《とゞ》いたので、彼奴は大事を取り、コレこの蝋燭の火を吹き消し、外へ出で、何気なく見せるために入口の戸を旧時《もと》の通り閉めて、錠前を卸し、その鍵を溷《どぶ》の所へ投げ捨てゝ帰ッたので。まずこれだけが、拙者の探偵し上げた所で厶《ござ》います」と星を指す如く述べ上げたれば、判事を始め居合わす人々その手際に感じ入り、賞《ほ》めぬ者とてなき中に、独り探偵烟六のみは飽くまでも我が説を張り、「イヤ、散倉氏はまだ紛失物《ふんしつもの》にはお気が付かぬかと見えるナ」。

散「イヤ、これだけの家に金子《きんす》のない上、かつ床の間の置物はじめ種《いろ》々の品物の足らぬのは、浅はかな探偵吏の目を闇《くら》ますため盗賊《どろぼう》と思われんとて、わざと手当り次第引攫《ひっさら》ッて参ッたのじゃ。それも、この卓子《ていぶる》に手拭《てふき》のない所を見れば、必ずこの手拭に包んで去《いっ》たと鑑定します」。

烟「盗むつもりがなければ、そのような荷物になるものを持ッて行くわけがない」。

散「イヤ、拙者もそこには気が付いて居ます。何でも停車場まで馬車を雇えば足が付くから、徒足《あるい》たに相違ない。それも真直《まっすぐ》に行かず、わざと瀬音川の方へ廻り道をしたと見えるが、それにしては荷になるから、必ずどこかへ捨てゝあるジャによって、拙者はすでに先ほど百姓を雇い、これに巡査を着き添わせて、川端の草叢《くさむら》物影等を探しに出しました」と云い居《お》るところへ、一人の百姓、巡査と共に何やらん風呂敷包みの如きものを携えて入り来たり、「川端を探したら、向う堤《どて》にこれがありました」とて差し出すを、散倉は早くも立ち行きて受け取り、懐中より十円の銀行券二枚を出し、「これは約束の懸賞じゃ」とて二人に渡し、「サ、諸君、これを見たまえ。果して手拭《てふき》へ包んで、これ、この通り」と、いと誇り顔に一同を見廻したり。

第四章

包み物まで出でしからは、もはや散倉の言葉に疑いなく、中にも判事田風呂氏は頗《すこ》ぶる感服せしと見え、判「イヤ、聞きしに勝《まさ》る君の手際、感服のほかはない。さてこれからはその罪人の行衛だが、何とか考えがありますか」。

散「サ、これまでは分りましたが、これから先は広く世の中を探さねば分りません。何でもこのお傳が職業もなき身ながら、何不足なく暮して居たとは、これが曰《いわ》くのある元です。折々馬車に乗ッて立派な紳士が来たと云うのも怪しい一ッ。まずこれだけの事から考え見れば、このお傳が何かその紳士の密事を知ッて居たので、それで紳士から口留めの銭を貰ッて居たのでしょう。ところが、その密事がどうしてもお傳の口から洩れそうに成ッたので、紳士が手を廻してこれを殺した者でゞもありましょうか。それにまた、奥方風の立派な婦人が来たと云うのも、何か密事がありそうです。あるいは、その奥方と前の紳士とは、全く夫婦仲で、その間《あいだ》に何か他人に聞かれて悪い事のあるのを、このお傳が若い時そのお屋敷へ奉公して居て立ち聞きでもしたのでしょうか。ナニしろほかに手掛りがない事ですから、私《わたく》しは第一に彼《か》の紳士と奥方の探偵に取り掛ります。この二人の正体さえ分れば、概略《あらま》しの見当は独り付きます」。

田「成る程そうじゃ。シテ、烟六氏の御所存は」。烟「拙者は飽くまでも耳に輪を下げた男が怪しいと思うゆえ、これから川蒸気の探索に掛ります。十日のうちに屹度《きっと》その男を捕えます」と云えば、散倉も引かれぬ意地、「拙者も必ず十日のうちには下手人を見出だします」。田「それでは、両君の尽力で追ッて本人も分りましょう。何分にも罪なき人に疑いを掛けぬよう、とくと探偵を願います」と云う所へ、検屍の医員も来たり合せ、残る方《かた》なくお傳の疵所《きずしょ》などを撿《あらた》めたれど、別に罪人の手掛りと思うほどの事も見出ださず、日の暮れごろに一切の手続き済みたれば、田風呂判事は後《あと》の事を棒木場の区長何某《なにがし》に引き渡し、己れは引き連れし吏員と共にこの場を引き上げ、散倉も判事に従い、明日を約して立ち去りしが、独り探偵烟六のみはなお充分に探索せんとて尊長村に止《とど》まりたり。

素徒《しろうと》探偵散倉は、非常の手際を見せて深く判事を驚かせしのみかは、烟六と見込の違いしより引くに引かれぬ意地となり、ただこの上は我が骨を砕き我が身を粉《こ》にするも争《いか》でか本人を探し出

★5——弁護士の旧称。

さずに置くべきやと、熱心日ごろに百倍し、我が家に帰りてよりも夕飯を匆々《そこ》に済ませつ、独り一間に閉じ籠り、夜《よ》の九時過ぐるまで脳髄をしぼりて考うれど、先ほど判事に語りし事のほかは更に思案も浮ばねば、腕組みせし手を解《ほど》きて力なく嘆息しつゝ、「アヽ、凝《こ》ッては思案に能《あた》わぬ道理、少し二階へ行ッて澤田夫人の病気でも見舞い、實《みのる》としばらく話でもすれば、そのうちに好《よ》い考えが出るだろう」と独り呟きながら、次の間に出で、螺旋形《らせんがた》の階段《はしご》をトン〳〵と上がり行きたり。

抑《そ》もこの澤田夫人と云えるは、早く夫に死に分れしとやらにて、今はすでに五十四五なるが、十五年前よりこの散倉の二階を借り受け、寡婦《やもめ》暮しにて、實と呼べる秘蔵の一子《むすこ》と共に秘《ひそ》かに暮し居るゆえ、散倉はかねてより我が家内《かない》の如く隔てなく交わり、ことに己れに子なき身とて澤田實を実の子の如く寵《いつく》しみ、徒然《つれづれ》の折は必ず二階に上がり行き、夫人と實を相手にして雑談《ぞうだん》に時を送るをこの上なき楽しみとなし居たりしとかや。やがて散倉は二階に上がり行き、入口の鈴を指にて引けば、うちより来たりて戸を開くは實なり。

實は当年《ことし》二十七歳、目秀《めひい》で鼻高く、色は黒き方《かた》なれど口許《くちもと》締りて、否《いな》みなき好男子なり。口数あまり聞かねば、おのずから威光ありて、かねて法律を学び、すでに前年より弁護専門の代言人《だいげんにん》★5となり、月々幾何《いくばく》の所得あり。気質の沈着《おちつき》たる上、その考え精密なれば、後來一廉《こうらいひとかど》の代言人となるべしと、知る人は望みを属《ぞく》すと云えり。

散倉は實の顔色《がんしょく》を見るに、何となく憂いを含みし如く、また怒りを包むに似たれば、散倉怪しみて、散「阿母《おっかさん》が急に重くでもなッたのか」と云えば、實は眼にたゞならぬ光りを発し、實「ハイ、澤田夫人は先ほど配達した毎夕新聞を見て非常に驚き、気絶しました。それから医者を呼んで見て貰ッたら、少し発狂の気味があるようだと云いますから、今ヤッと寝かしました」。散「新聞を見て発狂とナ。それでは非常な雑報でもあッたのか」。實「澤田夫人の大事な女が殺されたのです」と云いながら、愛想もなく己《おの》が勉強室へ入り行きたるは、母の病気に心を痛むためにもあるべきか。散倉はその様子を怪しみ、かつはいま女の殺されしと云いしは、もしもお傳の事にはあらぬかと、そのまゝ夫人の居間に進み入り、落ち散る今日の毎夕新聞を拾い上げて、急がしく開き見るに、雑報の第一に「尊長村の人殺し」と題し、寡婦《やもめ》お傳が何者にか殺され居たる事を簡短《てみじ》かく記しあり。

散倉は驚きて飛び上がり、「さてはアノお傳、かねて澤田夫人の知る者なるか。さすれば手掛りは今夜のうちにも分るであろう。兎に角、實に聞き糺さんと、その新聞紙を持ちしまゝ彼が室《へや》に入り行きて、「コレ實、まアよく聞かしてくれ、尊長村で殺された寡婦《やもめ》のお傳が其方《そなた》の阿母《おっか》さんの大事の人とや」。實「澤田夫人より、この實に取りては天にも地にも替えられぬ女でした。この女が殺されたからは、私《わたく》しの望みは絶え果てました」。散倉は、夢ではないかと思うばかりに益々驚き、「其方《そなた》の大事の女、其方の望み、己《おれ》には何の事か分らぬ。まア詳しく話してくれ。どうした深い訳があるかは知らぬが、己に話して悪い事は決してない。及ばずながら相談相手にもなッて遣《や》る。サ、聞かせてくれ、どうしたと云うのじゃ、コレ實、コレ」と我を忘れて問い詰めたり。

第五章

法律学士澤田實は、素徒探偵散倉に問い詰められ、しばし考うる体《てい》なりしが、隠すも詮なしとや思いけん、心を定めし体にて頭《かしら》を挙げ、「寡婦《ごけ》お傳は澤田夫人の手先に遣《つか》われた女です」。散「お前は阿母《おっか》さんの事をなぜ他人のように澤田夫人と云うのじゃ」。實「アレは澤田夫人です。私《わたく》しの母ではありません」。散「ナニ、母でない、お前はまア気でも違いはせぬか」。實は一入悲《ひとしお》しみと怒りを帯び、「気が違ッたかも知れません。今まで母とばかり思ッて居たのが、全く母でも何でもなく、容易ならぬこの身の敵《かたき》と分りました。こんな意外な事に逢えば誰でも気が違いかねません」。散「ハテな、愈々《いよ》分らぬ事を云う。母でなくて敵《かたき》。フム、敵、敵とはどう云うわけで」。實「澤田夫人を敵と云ッても誰も誠《まこと》には致しません。お傳さえ生きて居れば、私しの証人になッてくれますけれど、彼《あれ》が死んだから、私しの言う事はみな嘘になります」。散「まア、よく本末《もとすえ》を聞かせてくれ」。實「澤田夫人には、ほかに実《まこと》の子があります。実の子に栄耀栄華《えいようえいが》をさせるために、私しの財産を奪い名誉を奪い、それを実の子に与えてあります。今まで私しを可愛がッたのは、真から可愛いのではありません。私しを可愛がらねば実子の化けの皮が剥がれるから、それで可愛がりました。つまり、私しを馬鹿にしたのです。私しが今日《こんにち》この通り貧窮に苦しみ、一生懸命に稼いでも我が身を繋《つな》ぎかねるようになッて居るのは、全く夫人が私しの身分と私しの財産を奪ッて実子に与えたからの事です。その代り、実の子は貴族の家に育てられ、何不足なく暮して居ます」。

散「それでは何か、お前が貴族の子であるのに、澤田夫人が人知れず自分の子とお前とを取換えたと云うのか。取換えて自分の子を貴族の子にし、また貴族の子なるお前をば自分の子にしたと云うのか」。實「まア其様《そん》な事ですけれど、お傳が死んだからはその証拠が立ちません」。散「それではお傳は何者じゃ」。實「アレは私しを育てた乳婆《うば》であります。私しの身の上は何もかも知ッて居ました」。散「それが死んだので、其方《そなた》の証拠は消えてしまッたのか」。實「イヤ、まだ消えてはしまいませんが、不充分です。お傳が一言《こと》添えさえすれば充分の証拠になる書面がありますけれど、書面ばかりではいけません」。散「だが、お傳は其方の乳婆でありながら、どうして其方を取換えたのじゃ」。實「それがサ、金に目が眩《く》れたのです。一時は金に目が眩れて取換えましたけれど、年が寄るに従ッて次第に後悔を初めました。私しが此間《このあいだ》アレの家《うち》へ行ッたとき、お傳は涙を流して私しに白状致しました。アレは私しを育てただけに私しが可愛いものです

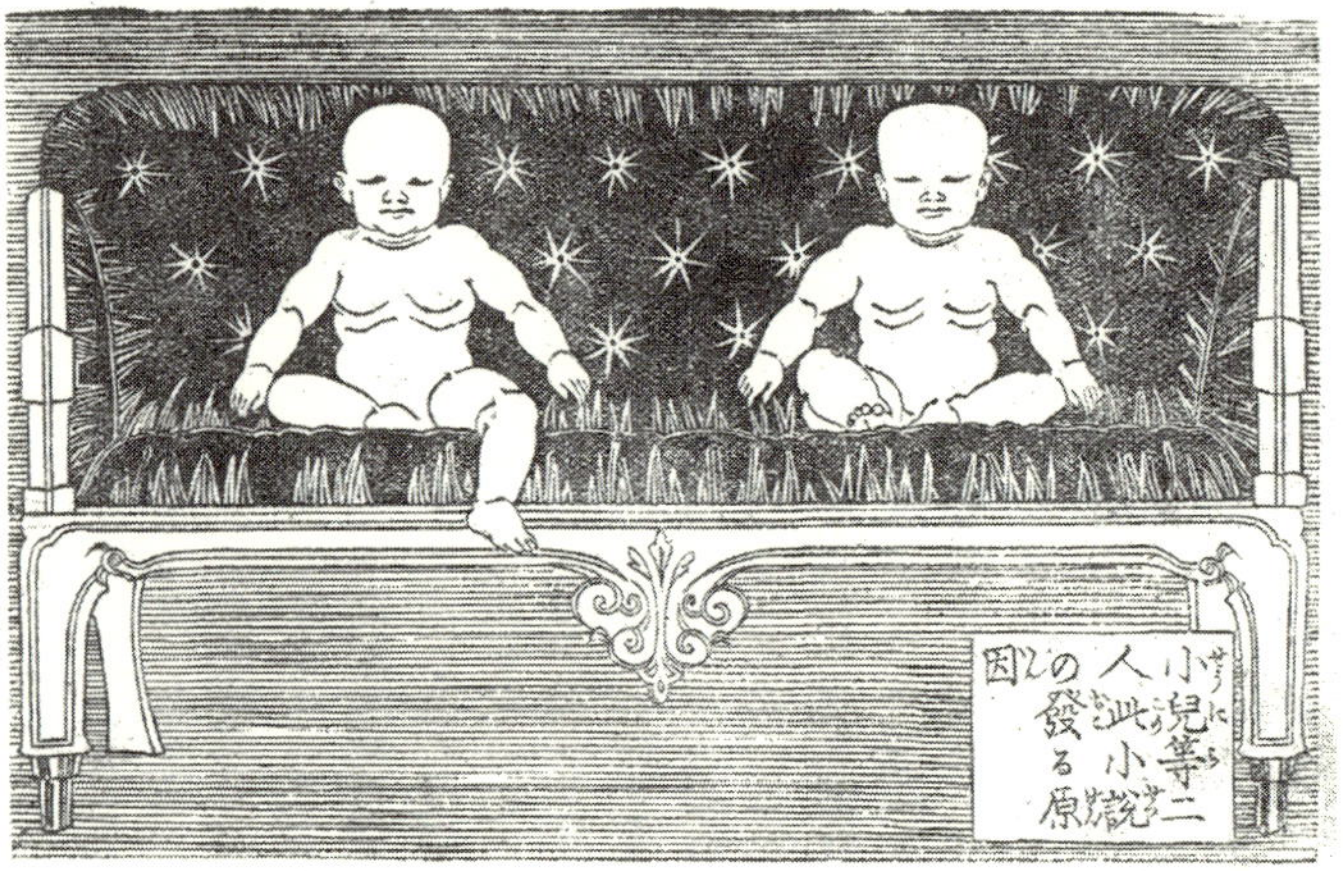

から、こんなに貧窮して居るのを気の毒がり、澤田夫人を法庭《ほうてい》へ訴えろと申しました。訴えれば自分が証拠人になると云いました。それのみならず、私しが訴えねばお傳が自首して出るとまで申しました。実に可愛相な女です」。

散倉は真底から驚きて、「それは実に容易ならぬ事柄じゃ。シテ此方《そなた》はお傳に聞いて初めてその事を知ッたのか」。實「イエ、そうではありません。二十日《はつか》ほど前に少し尋ねるものがあッて澤田夫人の手文庫★6を明けましたら、その底から思いも寄らぬ書付《かきつけ》が出ました。その書付で初めて気が付いたから、それからお傳の処へ行ッて聞きました」。散「聞いたらその書付に違いないと云ッたのか」。實「そうであります」。散「シテ其方の実の父母は全体誰じゃ」。實「小森侯爵です」。散「ヤ、小森侯爵。ではアノ先年伊国《いこく》全権公使となり、先日まで外務大臣を勤めた皇族の小森侯爵か」。實「ソの小森侯爵です」。散「シテその書面と云うは何の書面だ」。實「小森侯爵から澤田夫人に寄越した百余通の手紙です」。散「ナニ、小森侯爵が澤田夫人へ手紙を。それでは澤田夫人は侯爵と知り間《あい》か」。實「知り間どころではありません、侯爵の妾《めかけ》でした、隠し妻でした」。散「ハテな、この一夫一婦の法律を破ッて隠し妻。ソリャ益《ます》々不思議だ。それでどうして取換えたのじゃ」。

實「私しは侯爵の本妻の腹へ胎《やど》ッた子であります。そのころ丁度、澤田夫人の腹にも子児《こども》が出来ました。ところがその子は法律に背《そむ》く子で、一生日影者ですから、夫人はそれを可愛相と思ッて私しと取換えたのです。私しを自分の子にして、真実自分の法律に背く不正の子を堂々たる小森侯爵の子にしたのです。いま小森家の嫡男伯爵小森有徳《ありのり》と名乗ッて居る貴公子がすなわち澤田夫人の実の子です。私しの名前を騙《かた》ッて居ます。実に私しは皇族の腹に生れながら、邪慳な澤田夫人のために身分もない此様《こん》なものになッたかと思えば、骨身を砕かるゝより口惜《くやし》く思います。この仇きはどうしても返してやるつもり、小森有徳の化けの皮を破るつもりで居ましたのに、肝腎の証拠と頼むお傳が殺されてしまいました」と一言《ごん》は一言よりも急に、一句は一句よりも怒りを現わし、ついには口惜《くや》しさの涙に咽《むせ》びて、その声咽喉《のど》に詰まり、一語も言い得ぬまでに至りぬ。散倉はその背を撫でながら、「コレ實、泣くな哭《な》くな、もう少し聞かせてくれ。口惜しかろうが、愈々そうと分れば敵《かたき》を取る思案はいくらもある。もう少し聞かしてくれ。シテ小森侯はその事を

★6――手紙や書類を入れるために手元に置く小箱。

知らぬのか」。

実「侯爵は知ッて居ます。侯爵が澤田夫人に取替えの事を勧《す》めたのです」。散「ヤ、、侯爵が勧めたとな。それは全体どう云うわけで」。實「侯爵は澤田夫人の愛に溺れ、本妻を悪《にく》んだのです。あまり本妻を邪慳にしたため、本妻は死にました。その死んだ本妻が私しの実母《おっかさん》さんです。サ、侯爵はこの通り本妻が悪《にく》いから、本妻の子の私しまで悪がッて、澤田夫人の子を可愛がり、ついに夫人の子に後を襲《つ》がせるつもりで、夫人に勧めて二人を取替えさせたのです。私しが生れて二月も経《た》ゝぬうちに取替えました。それは侯爵から夫人へその事を勧めて来た手紙に詳しく書いてあります。その手紙が澤田夫人の文庫に在りまして、ツイ私しの手に入ッたのです」。散「フム、それでは澤田夫人よりも侯爵が悪いではないか」。實「ハイ、侯爵も悪いけれど、これは私しの父ですから憎いとは思いません。父を憎んでは罰が当ります。私しはただ澤田夫人が今まで廿七年のあいだ、ソラぐ〜しく私しを子のようにして、可愛くもないものを可愛いなどと云ッたのが憎う厶《ござ》います」。散「オ、感心じゃ、道理じゃ。ドレ、まアその手紙を見せてくれ」。

第六章

澤田實はやがて本箱の抽斗《ひきだし》より一束の手紙を取り出だして、探偵散倉に打ち向い、「この手紙が私しの手に入ッたから、澤田夫人は実の子が化けの皮を剥がれると思ッて、それでこのごろ病気になッたのであります」と言いながら束を解き、「都合百三十通ありますが、そのうち百通は私しが生まれぬ先の手紙ゆえ、別に証拠にはなりませんが、それでも澤田夫人が小森侯爵の妾と云う証拠には充分です。残りの三十通のうちで先《ま》ずこれからお読み下さい」と差し出だすを散倉は手に取り見るに、こはこれ今より廿八年前《ぜん》、小森侯爵が伊国全権公使たりし折、伊国より送りし者にて、上封《うわふう》の消印まで歴《あり》々と存《のこ》り居れば、疑う所さらになし。その文は、

我が愛する澤田嬢よ、嬢が腹に宿れるは余が子なり。その子もし男子ならば、余は必ずこれ

に小森の姓を名乗らし、余が総領、余が嗣子《あとゝり》となさん。嬢よ、余は浮世の義理に纏《から》まれ今の妻を娶《めと》りたれど、余が心は霎時《しばし》も嬢の肌身を離れず。嬢が花の姿は絶えず余が目の前に浮かべり。嬢よ、余は妻を娶りたるも、なお嬢がためには命をも棄つるほどの決心なり。余が嬢を愛する心は、妻を娶りてより益々深し。嬢よ〳〵、余が妻もまた余が胤《たね》を孕《はら》みたり。されど余は妻を愛せず。またその子を愛せず。愛せざる妻に宿りし愛せざる子を、如何《いか》で小森家の相続となさるべき。余はこれに付き、すでに工夫《くふう》せし事あり。妻の子を捨てねばならず、嬢の子を余が家に入れねばならず。されど、今はなお生れぬ先の事ゆえ、委細の相談は次便に譲る。

實「サ、右の手紙で見れば、私しが生れぬ先からすでに私しと澤田夫人の子を取替える巧《たく》みがあッたので。次はこの手紙をお読み下さい」。散「ドレ〳〵」とて受け取り見れば、

寵《いと》し可愛の澤田嬢よ、嬢が手紙は今朝《こんちょう》着きたり。余は幾度《いくたび》か接吻して開き見しに、嬢が子の誕生せしを知れり。嬢が子は余が子なり。ことに、その子男子なるは重々の喜びなり。嬢よ、本妻の子も昨日生れたり。同じく男子なり。嬢よ、余は今まで幾度《いくたび》も嬢に勧めし如く、早速に嬢の子と本妻の子を取替えんとす。このこと至急に果さねば、子の顔に見覚え出来るゆえ本妻に覚らるゝ恐れあり。嬢よ、猶予するなかれ。

散「なるほど、これは恐ろしい巧みじゃ。ドレ、次を見せろ」。

孃よ、澤田孃よ。孃が早速に余の言葉を承知せしは、誠に有難し。ついては余が腹心の従僕《しもべ》次郎なるものに言い含めたれば、孃よ安心せよ。その手筈は左の如し

○次郎は、或る仕立屋にて寸分違《たが》わぬ小児《こども》の着物二枚を作り、一は妻の子に着せ、一は汝の子に着せるなり。

○次郎の知り合いにお傳と云う女あり。これを乳母《うば》に雇いたるゆえ、孃よ、孃の子をこのお傳に任《まか》されよ。

○お傳は孃の子を連れて国境《くにざかい》まで出で来たり、国境の或る宿屋にて泊るはずなり。

○余は来月一日に妻の子とその乳母を連れ当地を出立《しゅったつ》し、国境まで出で行くなり。

○出で行きて、お傳の泊まり居る宿へ知らぬ顔にて泊るはずなり。

○その宿屋にて、次郎の図《はか》いにてお傳と妻の子の乳婆《うば》とを一ツの間《ま》に寐かせるなり。

○これから跡《あと》は全くお傳の気転にて、妻の乳婆の寝鎮まるを待ちてお傳は私《ひそ》かにその子を取替えるはずなり。

○余はそのつもりにて、すでにすこぶる寐坊の女を妻の乳母に雇い入れたるゆえ、万々《ばん》失策なし、安心せよ。ことに妻の乳母は酒呑みゆえ、その夜、次郎の手際にて充分に強き酒を呑ませ、グッスリ寝込ませるはずなり。

○この女は一たび寐《ねむ》れば八時間のあいだは揺り起こしても目の覚めぬ女なり。喜ぶべし〳〵。

散「この次の手紙は」。實「この次は、今の手紙に在ッた国境《くにざかい》の宿屋から出したもので、すなわちこれです」。散「ドレ」、

澤田嬢よ、余は約束の通り、今日《こんにち》この宿に着きたり。お傳もすでに来たり居るゆえ、余は人知れずお傳に逢い、嬢の生みたる児を見たるに、流石《さすが》は余の胤《たね》ほどありて、すでに後《のち》々出世の相あり。容貌の美しきは嬢に似たり、心の麗しきは余に似たること、疑いなし。かゝる愛らしき子をアの悪《にく》き妻の子と取替ゆれば、余は死すとも憾《うら》みなし。嬢よ、次郎の計らいにてすでに妻の乳婆には充分に酒を呑ませて寐かせたり。お傳もすでに嬢の子を抱《いだ》き、同じ間《ま》へ寐《いね》たり。ア、喜ぶべし、この事はお傳と次郎のほかに知るものなし。二人とも充分の口留めを取らせるゆえ、決して他言はせじ。嬢よ、明日より嬢の子は妻の子なり。妻の子は嬢の子なり。嬢よ、たゞこの上は妻の子を養い給え。嬢の子は明日より皇族小森有徳《ありのり》と名乗らせ、余みずから充分に養育すべし。

散倉は益《ます》々驚き、「これは恐ろしい。ドレ、次の手紙を見せろ」。實「この次の手紙があるようなら充分の証拠になりますが、これきりで跡《あと》がないから、裁判所へ持ち出すほどの証拠にはなり

ません」。散「ナル程、これではお傳と本妻の乳婆を一ツの間へ寐かしたと云うだけの事で、いよ〳〵首尾よく取替えたか、あるいはその場で本妻の乳母が目を醒まし、取替えずにしまッたか、それは分らぬ。しかしまだ何かあるだろう」。實「もう一通ありますが、これはそののち程経《ほどた》ッて澤田夫人の不義を働き居る事が父に分り、父が立腹して書いた離縁状ですから、別に証拠になりません」。散「まアそれでも善いから見せろ。ドレ〳〵」

澤田孃よ、余は今日《こんにち》、汝が不義の実跡を見届けたるからは、汝においても最早や言い訳はなからん。今日限り余は汝を離縁するなり。汝すでに余のほかに密夫と相逢《あいびき》したるからは、余が今まで我が胤《たね》と思い我が子と愛したる汝の子も、余が胤に非らざるやも計られず。ア丶、密夫の胤を我が胤と思い、今日まで愛したるは、実に余が失策なり。されど、この事ばかりは今となりては取り返し付かず。余は先年の事を後悔するなり。

散「なるほど、これは離縁状だが、これで見れば愈々《いよいよ》取替えたに相違ない。茫然《ぼんやり》と書いてあるけれど、先年の事を後悔すると云うは、アの事に違いないが、それにしてもお傳の殺されたのは返すぐ〳〵も残念じゃ。シテ其方《そなた》はまだこの手紙を誰にも見せはしないだろうネ」。實「イエ、三日の日に私しはこの手紙を持ッて小森侯爵の家へ行きました。折から侯爵が留守中ゆえ、その息子、イヤ澤田夫人の子に見せました」。散「ナニ、小森の贋《にせ》長男にこの手紙を見せたとナ。馬

鹿めが、これを見せてたまるものか、だからお傅が殺されたのじゃ」と云わんとして思い返し、

「それは抜かッた事をしたナア」。

第七章

散倉は、實が小森家の偽《にせ》長男に逢いしと聞き、ことのほか驚き、「コレ實、まアその時の様子を詳しく聞かせてくれ。其方《そなた》は彼に何と云ッた。また彼が其方に何と答えた。これは大事の所だから、落《おち》なく話してくれ」。實はしばし考え、「イヤ実は私しも、他日に至りもし法庭にても持出さねばならぬ事になれば有徳《ありのり》は私しの敵《かた》きになるかも知れねば、今までの事を残らず手帳へ留《と》めてあります」。散「ドレ、その手帳を見せてくれ」。實は衣嚢《かくし》より手帳を取り出し、「これを」とて差し出だすを、散倉受け取りて読み下す、左《さ》の如し。

余（澤田實）は先月十四日、証拠の手紙を見出だし、初めて我が身が皇族小森家の一子たることを知りてより、ほとんど自ら発狂するかと思うまでに心を乱したり。ア、余が家は先祖代々血統清き皇族の家なるに、今は贋者のために汚《けが》されんとす。余は如何にしてもこの贋者を追い出だし、小森家の穢れを洗わねばならじ、斯《か》く思いは思うものゝ、あるいは腹立しさに眼眩《まなこくら》み、あるいは恐ろしさに心鈍り、いずれとも思案定まらず。これを法庭に持ち出ださば、余は幸い法律の学問に審《くわ》しきゆえ勝を得る事は最易《いとやす》けれど、かくては我が父の耻《はじ》と我が家の耻を世間に知らしむるなり。余は、飽くまでも事穏便に済まさねば子たるものゝ道にあらずと、ようやく心を定めしかど、なお是《こ》れを想い彼を思いて食も咽喉を下らず、寐ても眠るを得ず。余はおよそ二週日の間は、生れてより覚えなきほどに心を苦しめたり。されど、何時《いつ》まで空しく心を苦しむべき、ついに先月（二月）廿八日には、充分に思い計り、この上はたゞ父なる小森禮堂に逢い、真心を以て事の是非《よしあし》を説き分かち、今までの過ちを改めしむるのほかなしと思案を定め、家を出でて、すでに小森家の門まで行きたれど、その家の高大なるに心臆し、閾《しきい》を跨ぎ得ずして帰りたり。翌日も亦《また》行けり。余が心又挫《またくじ》けたり。翌々日も亦行きて又挫けたり。余は余りの事に我が身の不甲斐なきを嘆き、むしろ自殺して此の世を去らんかとまでに思いしも、自殺する勇気あらば何ぞ父に面会し得ざる事あらんと必死の心を励まして、法庭に出づる黒き服を纏《まと》い、馬車を借りてこれに打ち乗り、一散に馳《は》せ行きたり。ア、決心ほど強きものはなし。余は家の高大なるを見ては「これ我が家《いえ》なり」と思い、玄関の厳めしきを見て「この厳然《おごそか》なる構えを争で贋者に汚さしむべき」と思い、戦場に臨む心にて玄関の鈴を引きたり。内より出で来たる取次の男、余が借馬車を見て余を軽蔑する様子見えたれど、「余は此家《このや》の主人《あるじ》なるぞ」と心のうちに励みあれば、充分清き声にて「禮堂侯に面会したし」と述べたるに、「主人は日耳曼《ぜるまん》★7に赴きたれば、今四五日を経ねば帰らず」と答う。「然らば有徳伯《ありのり》にてもよし」と云いしに、取次は無言にて退きたり。やがて一人の男出で来たりしが、これなん有徳の従者なるべし、まず余に向ッて姓名を問いたれば、余は「真《まこと》の小森有徳なり」と答えんかと思いたれど、事の次第を知らざる従者どもに斯く答えなば、狂人と思われなん。去ればとて、「澤田實」と答うるは我が身分を降《くだ》すに均《ひと》しければ、余はたゞ「いまだ有徳君と一面識はなけれど、至急逢わねばならぬ事あり」と答えたり。このとき余が決心充分顔色に現われしか、従者は「しばらく待たれよ」とて退けり。これより凡《およ》そ二十分ほど玄関に立ち居たるに、今の従者また出で来たり、余をいと奥まりたる一室《ひとま》に案内せり。余はその室《ま》の様子を見るに、有徳が居間の次の室《ま》と見え、数多《あまた》の鉄砲、長短新古の剣《つるぎ》類を壁に隙間もなく掛け連ねたり。有徳はいずれへか出で行ゆかんとする間際なりしが、余と同じく黒き服を着け、高帽子を戴きて、室《へや》の一方に立ち居たり。余が入り行くと均《ひと》しく帽子を上げて丁寧に挨拶したれば、余も同様に挨拶せり。まずその容貌を見るに、眉目《みめ》清くして、皇族の子と云うも耻かしからず。余より十日ばかり先に生れしかど、余の如く貧苦を嘗《な》めざるゆえ、色白くして玉の如く、その年さえも余よりは三四歳若く見え、口の上に八字の髭あるは威ありて猛《たけ》あらずとや云うべけん。

★7――ゲルマン、すなわちドイツのこと。

余はすでに二週間前より、右云《と》わん、左答《かく》えんと、充分に言葉を撰《え》り定め置きたれば、少しも惑《まど》わず口を開き、「伯爵よ、余と君は互に知らざる人なれど、余は今日《こんにち》最も大切なる最も悲しき使いを佩《お》びて参りたり。君の身に取りて大切なるのみならず、君が名乗れる小森有徳と云う名前にも係わる事なり」。彼れ聞きて少しも騒がず、「君の用事は永く手間取り候や」と極めて愛想《あいそ》なく問い掛くる。余も同様に愛想なく「然り」と答えたり。有徳は「エ、面倒臭い」と云わぬばかりに眉を顰《ひそ》めしが、言葉を正して丁寧に「今日《こんにち》は長くは応接致し難し。実はこれより余が許嫁《いいなづ》けなる貴族荒川家の令嬢呉竹姫《くれたけひめ》の許《もと》へこれより参る約束なれば」。

散倉はこれまで読みて一息つき、「フム、彼奴《きやつ》も女があるな」と云えば、實は「それはありますとも、私《わたく》しにもお理榮《りえ》と云う許嫁《いいなづけ》がありますもの」。散「今の若いものは油断がならぬ。己《お》れはこの年になッてもまだ独身じゃ」と云いながら手帳を出だし、あわただしく呉竹嬢の名を書き留めて、またも読み続くよう、

(有徳の言葉)「この面会を他日へ延ばす事は出来ざるや」。余はこれにて彼が面会を謝絶せん下心なるを見て取りたれば、手早く手紙の中の一通を取り出し、「一刻も延ばし難し。これ見られよ」と差し出だせば、彼は父禮堂の筆跡なるを知り、初めて事柄の軽からぬを知りし如く、「成る程、これでは、今日《こんにち》の約束を断わりて緩《ゆる》々承まわるべし。しばらく待たれよ」と言

いながら、墨筆《すみふで》を取り寄せ、匆々《すら》と呉竹嬢に宛てたる断り手紙を認《した》め、これを従者に渡し、改めて余が方《かた》に向き、「失礼したり。サ、まず安坐し給え」とて立派なる椅子を差し出だせしが、彼は全く自ら小森家の嗄長男なるを知らざる事と見え、その顔色《がんしょく》もその振舞も少しも変らず、少しも騒がず、ほとんど余の意外に出づるほどなり。案下有徳《そのとき》はまず腰を掛けたれば、余も落着きて座を占めたり。有「サ、話されよ、承わらん」。余「余が今日来たりしは、実に悲しき事件なり。余自らその事柄を疑うほどなれば、君に於ても定めし疑わん。されど、気永くこの手紙を読み尽くさば、自然に合点の行く事あらん。君が残らず読み終るまで、余もまた気永く返事を待たん」と云えば、有徳は不審そうに「全体何事に候《そうろう》や、まずその概略《あらまし》を承わらん」。余「君よ、驚くなかれ。この手紙に拠れば、君は小森侯爵の不正の子なり。正しき子には非ず。正しき嫡男《ちゃくなん》はほかにあり。余はすなわちその嫡男に頼まれて参りしなり」と、余が言葉のいまだ終らざるに、有徳は痛く立腹し、今にも余が咽喉に攫《つ》かみ掛かるかと思うほどに怒りの色を現わしたれど、流石は皇族の家に育ちし身とて、さる無作法な事をなさず、やがてその怒りを押し鎮め、「イヤ、その手紙を示されよ」と云うにより、余は順を揃えて悉《ことごと》く渡したり。

第八章

散倉はこれまで読みて、「其方《そなた》は本統の手紙を渡したのか」。實「そうですとも」。「年が行かぬと云うものは仕方がない。もし受け取りて破ッてしまえばどうするか」。實「そんな失敬な事をすれば、その場で殺してしまいます。ことにまだお傳と云う生きた証人があるから大丈夫だと思いました」。散「フム、まア次を読もう」。

彼は恭《うやうや》しく手紙を受け取り、容《かたち》を正して★8読み初めたれば、余は瞬潑《まばたき》もせずその顔色を眺め居たり。ア、、余は生れてよりかゝる悲しき場合に臨みたる事なし。この時の悲しさと不憫さは、余、生涯忘れざるべし。彼れ五分間も読むうちにその顔色全く変り、今までの小森有徳とは別人なるかと思わるゝまでに青くなれり。彼は手に持てる手拭《てぬぐい》にて幾度《いくたび》かその顔を拭えども、今は口唇《くちびる》までも血の色なく、ブル〳〵と震いて、額《ひたい》より冷汗流れ出でたり。されど彼れ少しも身動《みうご》きせず、溜息をも発せず、少しも悲しみの形をなさず、一字々々手紙の字を思い込むかと思わるゝばかりなり。余はその心のうちを思い遣《や》り、ほとんど見るに忍びず、まさに手紙を取り返し引き裂きて捨てんかと思いたり。凡《およ》そ半時ばかりにして彼は悉《ことごと》く手紙を読み尽したるが、静かに顔を挙げて余に向い、「実に君の言いし通りなり。この手紙は父の書きしものに相違なければ、余は小森家の嫡子に非らず。この手紙こそ充分の証拠なり。されど、肝腎の所を記すものなきは、誠に遺憾に存ずるなり。このほかに証拠はなきや」と問う。余はかねてよりかく問うならんと思い居たれば、「イヤ、この手紙に記せし従僕《しもべ》次郎に問わば、充分に分るならん」。有「次郎は三年前に死去したり」。余「然らば、この事を行いたるお傳に問われよ。お傳は今なお尊長村に住居して、ことにはなお証拠となるべき書類をも蓄うると聞けり」。

有徳はしばし考えしが、「ア、思い出だせり。余は先年、父と共にお傳の家に行けり。そのとき、父が数多《あまた》の金銭を出し、お傳に与うるを見たり」。余「侯爵がお傳に金銭を与えしとは、これまた一ツの証拠に非ずや」。有徳は何の返事もなく突《つ》と立ちて、次の間に退きしが、三分間ばかりにして直ちに出で来たり、余に向いて、「君よ、小森家の真の嫡男は今何許《いずこ》に居給うや。余は君の紹介《ひきあわせ》により面会したしと思うなり」。余は怯《おめ》ず臆せず、「その嫡男は自個の権理を取り返さんため、君が目の前に来たり居《い》るなり」と云うに、彼もすでに大方推《すい》せし事と見え、少しも驚く景色なく、鄭重に頭《かしら》を下げ、「しからば、君と我は腹異《はらがわ》りの兄弟なり。君は嫡男な

★8――姿勢や顔つきを、それまでとは違う厳粛なものに変えて。

り、余が兄上なり。兄上、余は知らぬ事とは言いながら、今まで御身を苦しめたり。すでに兄上と分りしからは、あくまでも力を尽し、御身をこの家《や》に迎え参らせん。唯今父が不在なれば、即座には計《はから》い難し。四五日のうちには必ず帰り来たるべければ、余は充分に父を説き伏せ、御身をこの家の嫡子となさん。兄上、余は今までの名前を失い、爵位を失い、ことに命にも替え難き許嫁《いいなづけ》の呉竹嬢までも失うこと必然なれど、さる代り真《しん》の母に逢う事を得ん。余は真《まこと》の母の名さえ知らずに栄耀栄華を極わめんより、真《まこと》の母と共に艱難《かんなん》するを願うなり。兄上、余は決して御身を恨まず。何とぞ今まで御身を苦しめたる罪を許し玉え。兄上、今より十日のうちには必ず吉報を知らせ参らせん」と、真心見えて述べたれば、余もこれよりは打ち解けて、互に過ぎし身の上を語りつゝ、夜に入りて帰り来たれり。（下略《げりゃく》）

散倉は読み終りて、「小森の贋長男が斯様《かよう》な事を言ッたのか」。實「一言も違いはありません」。散「フム、勿々《なか》食えぬ奴じゃ。シテ、其方《そなた》は離縁状も見せたのか」。實「イヤ、あれも見せる積りでありましたが、余り可愛相になッたから、アレばかりは見せませなんだ」。散「して、これからはどうするつもりじゃ」。實「父の帰るを待ッて居ますが、お傳が殺されて大事の証拠が消えましたから、父が私しの言葉を聞くまいかと、途方に暮れて居ります。しかし、お傳は殺されても、あれが持ッて居た証拠の書面は残ッて居るだろうと思いますから、明日《あした》は早速棒木場《ぼうきば》の区役所へその書面の保存を願いに出づるつもりです」。散倉は心の内にて、「その書面を其方の手に入れぬため、それで有徳めがお傳を殺したのじゃ。それを知らずに区役所へ願い出るとは、ア、可愛相な奴じゃ。ヨシ〳〵己《おれ》が助けて遣る」と思案しながら衣嚢《かくし》より銀行の通帳《かよいちょう》を取り出だし、實の前に差し置き、「コレ實、其方も目的を遂ぐるまでは随分費用が掛るだろう。この帳面を持ッて行《ゆ》けば仏蘭西《ふらんす》銀行で千円までは貸して呉れる。これを其方に渡すから、入用《にうよう》の時には遠慮なく銀行より引き出して使うがよい」。

實は呆るゝほど驚きて一たびは押し返せしも、我が目的を遂げんためには直ぐにも金子《きんす》の入用ある折なれば、ついに厚く礼を述べて受け納め、散倉の手を接吻したるが、散倉はその隙《ひま》に密《そっ》と手紙の一通を我が衣嚢へ滑り込ませ、何喰わぬ顔にて別れを告げ、そのまゝ表門に立ち出でつ、田風呂判事の宿所を差して飛ぶが如くに馳せ行けり。このとき夜はすでに十一時半なり。實も続いて家を出でしが、こは紋登《もんと》町なる許嫁《いいなづけ》お理榮嬢の家に行かんとするなり。

第九章

實は散倉に別れてより、夜《よ》を冒《おか》して我が家を出で、許嫁なるお理榮孃の宿を指して行きたり。こはこれ千丈の堤も蟻の穴より崩るゝ譬《たと》えの如く、我が大望も些細の事より破るゝ恐れなしとも云えねば、大事の上にも大事を取り、篤《あつ》くお理榮孃を誡《いまし》めてその身の上を謹《つゝし》ませんがためなるべし。

抑《そ》もこのお理栄嬢と云えるは、實が学校友達何某《なにがし》の妹《いもと》にして、年は十八歳、世に稀なる美人なるが、何時《いつ》のころよりか實と思い思わるゝ中《なか》となりしを、その父何某早くも實が末頼《すえ》母しき気質を見て、幾何《いくらか》の財産をさえ添え、實の許嫁となし、己れは商法の都合により家族を纏《まと》め亜米利加《あめりか》へ引越したり。されば實はこの女を引き取りて、紋登町の或る宿屋に住わせ、己れが乏しき所得のうちより半分以上をこの女に貢《みつ》ぎて、何不足なく暮させ置けるとかや。

やがて實はその家《や》に着きて、二階に上がり行き、一室《ひとま》の入口にて案内すれば、声に応じて出で来たる従婢《こしもと》は實の顔を見て、「光来《いらっしゃ》いまし。昨日今日貴方《きのうきょうあなた》がお見えなさらぬので、お嬢さまは大層御立腹《おはらだち》です」。實「イヤ、今夜はその言訳に来たのだが、まだ起きて居るかえ」。婢「寒気がすると仰しゃッて、まだ吸烟室《おざしき》に在《いら》ッしゃいます」。實「それでは私《わ》しに茶を拵《こしら》えて来ておくれ」と云い捨てゝ次の室《ま》に入り行けば、お理榮嬢はカシメヤ羅紗★9の肩掛に纏《くるま》り、煖炉《すとうぶ》を背に受けて卓子《ていぶる》に倚《もた》れ、何事をか考え居《お》る。實は寒風《さむかぜ》に吹かれて来たりし身の急に温かき一間に入りたれば、活《くわっ》と逆上《のぼせ》て、「ア、熱いではないか、此様《こんな》に火を焚いては身体の害になるぜ」と云えば、嬢はようやく顔を上げ、「私《わたく》しはこれでも震えています。貴方が余り待たせるから、此様《こんな》に気分が悪くて寒気が致します」。實「ナニ、待たせるわけではないが、大変な用事が出来て、来る事が出来なくなッた。全く出来なくなッたな」。理「入《いら》ッしゃる事が出来なくても、お返事ぐらい下すッてもよいではありませんか。昨日《きのう》も二度、今日も二度、手紙を持たせて上げました」。實「手紙は見たけれど……返事を書く暇が……イヤ、暇もあるけれど、用事にかまけてツイ」。理「貴方、昨日が水曜で勘定日ですのに、お出でがありませんから、この通り方々《ほうぼう》の払いが溜ッて居ます」。實「それを知らぬではないが、全く外《はず》されぬ用事が出来て、この二週間と云うものは代言も止《や》め、

★9――カシメヤ（カシミヤ）はインド西北部カシミール地方原産の山羊毛で織った毛織物。羅紗《らしゃ》は厚手の毛織物を縮ませて毛ばだたせた生地《きじ》。

外へ出たのは一昨夜其方《そなた》と芝居へ行ッたのが初めてサ。その上、母と中を違《たが》えたから母に借りる事も出来ず……」。理「ナニ、払いはこの次の水曜まで延ばせても好う厶《ござ》いますけれど、それならそうとなぜお手紙を寄越して下さいませぬ」。

實「それがサ、今も云う通り、外されぬ事があッてサ……しかし、今夜、用事の方へ使う金を意外な人から借り入れたから、払いは明日《あす》そのうちで何《ど》うともする」。理「もし今夜お出でがなければ、明日《あした》は早朝に自分で上がるつもりでした」。實「サ、実は今夜それで来たのじゃ。今お前に来られては少し都合の悪い事があるから、どのような用事があッても此家《このや》を外へ出ぬようにして貰わねばならぬ。無理な事を云うと思うだろうが、この身に取りて大事の所だから、どうぞそうしておくれ。手紙も寄越さぬように、エ、頼むから」。理「お頼みならそうも致しましょうが、その用事とはどんな御用です」。實「ナニ、長いことではないから、そう聞かずに私《わし》の言う通りしておくれ」。理「ソりゃ御無理です。訳を言わずに、この家を出るな、手紙も寄越すなとは……」。實「無理じゃ、無理は知ッて居るが、この無理ばかりは聞いておくれ、お前の身にも悪くはならぬ事だから」。理「私《わたく》しのためにもなる事なら、なおさら聞かずには置かれません」。實「イヤ、ためになるかならぬか、まだ分らぬ、これが当てになる事なら聞かせて遣るけれど、たゞどうとも当てにならぬから。その代り来月になれば知らせて遣る」。理「貴方、許嫁は夫婦も同様で、夫婦は一体と申すではありませんか。私しはその積りでどのような事でも貴方に隠した事はありません。貴方の御用事は私しの用事です。なぜお隠しになりますか」。實「ソリャ、其方《そなた》の言う事は一々尤《もっと》もだが、一生に一度の願いじゃ。これればかりは黙ッて言う事を聞いておくれ」。理「私しも一生に一度の願いです。これればかりはお聞かせなすッて下さい」。實「其方が聞いても何の益にもならぬ事だから」と隠せば隠すほど益々聞きたがるは、無理もなき事なるべし。何思いけん、お理榮孃は涙を浮かめ、理「それでは貴方、この私しに隠す御心がありますか」。

實「隠すではない、頼むのだ」。お理榮は声を湿《うる》ませて、「好う厶います、貴方は私しをお疑いなさるのです。私しのような者がお宿へ上がッては外分《がいぶん》に掛かると仰しゃるのでしょう。一昨夜、芝居へ行ッた時も、貴方は途中で馬車を下り、終る時分まで何処へか行ッておしまいでした。そう云う御了見なら、聞かずとも好う厶います。決してお宅へは上がりません。手紙も上げません。好う厶います」と言いさして泣き伏すに、實はほとんど持て余し、「そう聞き分けがなくては困るじゃないか。大事の事だから治まりの付くまで聞かずに居てくれと頼むのに、そんな事を言ッては仕方がない。コレ、泣くのじゃない、よく聞き分けてくれ。コレ、手紙も寄越すなではない、寄越すなら下女などに頼まずに、いつもの金貸苦連次《かねかしくれんじ》に密《そっ》と持たせて寄越すように。もう夜が深《ふけ》たから、私し《わ》は帰るから、聞き分けがなくては困るよ、好いかえ」と言葉を尽して宥《なだ》むる所へ、先ほどの従婢《こしもと》茶を持ちて来たりしかば、實はこれを機《しお》に立ち上がり、後《あと》の事を呉々も頼み置きて、そのまゝ我が家を差して急ぎしが、やがて住居間近く来たる折しも、かねて澤田夫人を診察せる医師何某《なにがし》に逢いたれば、呼び留めてその容体を聞きし所、「夫人は全く発狂し、ことに熱さえ出でたれば、命も覚束《おぼつか》なかるべし」と云い捨てゝ立去れり。實は痛く失望し、「ア、、澤田夫人が達者で居れば、道理をもッてこれを説き伏せ、随分白状させる手段もあれど、お傳も死に夫人も死ねば、証拠を知る人は一人もなくなるゆえ、父も容易に己《おれ》の云う事を承知しまいワエ。困ッたものじゃ」と呟きながら帰りたり。これより話し、探偵散倉と田風呂判事の面会に移る。

第十章

およそ世に探偵ほど苦しき役目はなく、また、これほど面白き役目はなし。罪人の手掛りを得ぬときは、徒《いたず》らに心を痛め、徒らに身を労し、徒らに時と金とを費やして骨折損となる。これほど苦しき事はなし。その代り、一たび手掛りを得ば、人の知らざる所を知り、見ざる所を見、善人を助けて悪人を挫《とり》ひしぎ、王侯貴族も手の内に弄《もてあそ》ぶを得る、これほど面白きことはなかるべし。されば仏国《ふっこく》にては道楽半分に探偵を志願する物好きの人も多しと聞きしが、探偵散倉もその一人にて、功労を経たるものなるべし。

それはさて置き、散倉は意外の所より罪人を見出だしたるを喜び、夜《よ》のすでに十一時過ぎなるをも厭わず、判事田風呂氏の宿所を指して馬車よりも疾《はや》く馳《は》せ行きたり。田風呂氏は年なお若くして勉強家の聞え高き判事なれば、夜すでに更けしも未だ寐《いね》ず、この事件の証拠物（散倉が粘土《ねばつち》をもて作りたる靴の雛形など）を取調べ、かつ現場《げんじょう》検査の始末書を認《した》め居たり。

散倉は我が手柄に浮かされ、殆《ほとん》ど狂気の如くになりて、田風呂氏の室《へや》へ跳《おど》り込みたり。判事は驚きて、「イヤ、散倉氏、この夜更けに来られしは何か手掛りを得ましたか」。散「手掛りどころではありません、下手人が分《し》りました。お傳を殺した下手人が」。田「それが早や分りましたか」。散「ヘイ、早やその本人が分りました」。田風呂氏は益々驚き、「イヤ、君の手際は大したものだ。一夜経たぬうちに罪人が分ッたとは」。

散「イヤ、私《わたく》しの手際ではありません。全く風《ふ》とした事から分ッたので」と、これより手短かに澤田實の話しを述べ、なお我が記憶に任せて先ほどの手紙のうち大切なる所を一語も替えず述べたつるは、非常に物覚えの強き性分と察せられたり。判事が感心する顔を見て、散倉なおも言葉を継ぎ、「今申す手紙は実際私しがこの目で読んだ事ですから、決して間違いはありません。なお参考のため手紙の一通を抜き取ッて参りました。すなわちこれで厶《ござ》います」と差出せば、判事は打ち見て、「フムなるほど、それに違いない。罪は罪を生むと云うが、親の一時の心得違いから、その子がお傳を殺す事になッたと云うは、恐ろしい者だ。シテ、その貴族の名前は何と云います」。散「その名前を初めからお聞かせ申しては貴方の判断が狂うと思い、今までは名前だけ隠しましたが、実に貴族も貴族、大変な貴族です」。田「貴族でも皇族でも、仏国の法律は決して容赦はないから、安心してお話し下され、サ、早く」。

散「その父と申すは皇族小森禮堂、下手人はその息子伯爵小森有徳で厶います」と聞いて、田風呂氏は我を忘るゝまでに打ち驚き、「ヤ、小森有徳、小森禮堂となです」。田風呂判事は平生沈着にて物に騒がぬ性質《たち》なれど、いかになせしか、いま小森有徳の名前を聞き、その顔の色までも変り果て、さらに人事《ひとごと》を弁《わきま》えぬ如く、たゞ口のうちにて幾度となく「小森有徳、小森有徳」とその名前を繰り返すのみ。散倉は不審に思い、その肩に手を掛け、「これはしたり、田風呂氏、貴方はどうかなされましたか」。田「イヤ、ど、どうも致さぬ。小、小森、有、有徳」。散「サ、その小森有徳が下手人だと私しは鑑定致しますが、貴方は御異存がありますか」と云われて初めて我に帰り、田「イヤ、異存は少しもありません。全く彼に違いないと思いますが、あまり驚いたので」。散「御尤《ごもっと》もです。私しも初めて彼と気が付いたときは、ほとんど気を失うほど驚きました」。田「フム、これは実に容易ならぬ事件。散倉氏、貴方はしばらく応接の間《ま》にて拙者をお待ち下さい。充分考えねばならぬし、また充分御相談も致さねばなりませぬ。まだ応接の間には煙炉《すとおぶ》に火が入れて居ますから」。散「畏《かし》こまりました。それでは応接所でお待ち申しましょう」とて、散倉は応接の間に退きたり。

抑《そ》も判事田風呂氏が小森有徳と聞き、なにゆえに斯《か》く驚きたるや。これには深き仔細の有る事なれど、事長きゆえ次に記す。

第十一章

判事田風呂氏は有徳の名を聞きて、なにゆえに斯くも驚きしか。有徳は田風呂氏の敵《かたき》なり。敵も敵、恋の敵なり。ゆえに田風呂氏は驚きしなり。

抑《そ》も田風呂判事は、或る州なる豪族の一人息子にして、家には年々五万円以上の所得あれど、幼きころより法律学に心を寄せ、ついに廿五歳のとき判事に登用せられ、今年三十一歳に至るまで足掛け七年の間この職を勉《つと》むると云えり。それはさておき、田風呂氏は今より三年前、貴族荒川家の令夫人と懇意になり、屢々《しば》その家に出入りするうち、風《ふ》と呉竹姫を墻間見《かいまみ》しが、そのころ姫は十六歳にして、なお婀娜《あどけ》なき少女。ことに容貌《かおかたち》の麗わしく、その態度《ふるまい》の爽かなるに、田風呂氏は深くも思い染め、姫の歓《こゝろ》を得ずば生きてこの世に望みなしとまでに恋い慕うこととはなりにき。これよりして、ほとんど判事の職務は打ち忘れし如く、日として荒川家に行かぬはなく、行くとして呉竹姫のためにならぬはなし。その年の暮ころに至り、我が心を押えかねて、荒川家令夫人に向い、姫を我が妻に請受《こいう》けたきよしを言い出でしに、このころ仏国《ふらんす》の貴族は世襲財産ちう者なければ、名前のみ尊とけれど実《まこと》は貧しきもの多く、いずれも娘には物持てる婿を得て再び昔の栄華を極めんと秘《ひそ》かに探し求むるが多ければ、令夫人は田風呂氏の家富めるを喜び、「姫さえ承知せば吾等に於て異存はなし。兎にも角にも姫の心を動かすよう力《つと》め給え」と答えたり。

　田風呂氏は早や事半《ことなか》ば成りし如くに歓び、こののちは荒川家に寝泊りをせぬばかり。知らぬ人は家内かと思うほど繁々《しげしげ》と通い行き、或る時は姫の手を提《たずさ》えて庭園に花の開くを賞し、また或る時は姫と卓子《ていぶる》を隔てゝ花牌室《かるたしつ》に夜の更くるを忘るゝなど、浮世の事を打ち捨てゝ、恋に遊び、恋に酔い、恋に夢みて居たりしが、そのうちに姫の心の稍《や》や我を慕う如く思われしより、折を見てその手を取り、「姫よ、我が心は御身に通ぜざるか、我は御身のために生永《いきなが》うるものなるぞ。姫よ、我にこの手を授け玉え。姫よ、御身の返事一つにて我が身は世界第一の幸《さいわい》を得《う》るぞかし。姫よ、この幸を我に得させ給え。御身の花の唇もて我が身を香わしき恵みの露に潤《うるお》わせ給え」と他事《たじ》もなく打ち口説きしに、姫は握られし手を放揮《ふりはら》い、姫「妾《わらわ》が友よ、情深《なさけふか》き田風呂氏よ、妾は今日までも御身を一の友とし頼みたる。御身は妾を捨て給うか。妾は御身を第一の友と思うなり、所天《おっと》にせんとは露思わず。御身もし妾が所天たらんと思わば、妾は御身を捨てねば叶《かな》わず。妾には心に許す所天あり。妾はその人に添われずば尼寺に入りて身を誦経《じゅきょう》の声に埋《うず》めんとこそ思うなれ。この事は妾が母も知らざれど、妾とその人はすでに神明に誓いて夫婦の約束をなせり。妾は他人にはその人の名を告げざれど、御身には今までの信切に愛《め》で、その名を知らせ参らすなり。田風呂氏よ、妾が所天と定めたるは、皇族小森有徳なり。田風呂氏よ、妾は有徳の者なるぞ。妾の自由にはならぬ身なるぞ。御身はほかに善き妻を娶《めと》り、妾のためには何時《いつ》までも第一の友達となりて交わり給え」と言葉に澱《よど》みもなく断られ、ア丶、世に斯くまでも美しき、斯くまでも操堅《みさお》き女あるかと、恋の想いは彌益《いやま》せど、今更ら返す言葉もなく、「姫よ、我が身が知らざりし罪を許し玉え。我が身は生涯御身がためには命をも厭わざる友なるぞ。御身が小森伯と末長く栄え行かんを願うなり」と男らしく言い放てば、姫もその心に感じ、「真《まこと》の友よ」とて花の唇を田風呂氏の額《ひたい》に接したり。

田風呂氏は何気なき体《てい》にて暇《いとま》を告げ、家に帰りしも、この時よりまた今までの活潑なる田風呂氏には非らず。ミカド芝居の浦嶋★10は玉手箱を開けしため俄《にわか》に老人となりしと聞きしが、田風呂氏は呉竹姫に拒まれしため忽《たちま》ち二三十年取《としと》りしかと思わる丶ほど容貌《かおかたち》変りたり。容貌のみかはその心まで狂いて前後を弁えぬ事となり、日々ピストルを隠し持ちて小森有徳の名前を細語《ささやき》ながら当度《あてど》もなく町々を漂う人となれり。恋の発狂ほど恐ろしきものはなし。斯くて二週間も過ぎしころ、いずれの所にて求めしか、小森有徳が写真を手に入れ、かつ彼が常に行く倶楽部の名さえ聞き出だせしかば、狂人《きちがい》ながらも喜び勇み、直ぐにその倶楽部に入り行けり。このとき小森有徳は倶楽部の内にたゞ一人煖炉《すとおぶ》に向いて余念もなく新聞紙を読み居たれば、田風呂は写真を出してその姿を見較《みくら》べつ独り頷《うなず》きて、用意のピストルを取り出し、その弾《たま》を撿《あら》ため見て、有徳が後ろに進み寄り、充分に狙いを定め、打たんとなしたり。

★10――未詳だが、「ミカド」（御門）には「天皇が治める国」という用法もあるので、（物語の舞台であるフランスではなく）日本の芝居に出てくる浦島太郎、という意味ではあるまいか。

第十二章

発狂は暗《やみ》の夜《よ》の電光《いなづま》の如し。心暗《くら》みて西も東も弁《わきま》えぬうちに、折々正気に復《かえ》りて善悪を見分くる事あり。されど、この正気はすなわち電光《いなづま》なれば永くは続かず、ピカと光りて忽ちまた旧時《もと》の暗《やみ》となるなり。

田風呂氏は、ピストルの引鉄《ひきがね》に手を掛け、小森有徳を目掛けて今や引き放さんとする折しも、忽ち電光《いなづま》の如く正気の心現れて、我が行いの悪しき事を悟りたり。悟りたるため心挫《くじ》け、戸口の方《かた》に二足《ふたあし》三足《みあし》退きしが、このとき正気の稲妻はまた消えて、再び心の暗《やみ》となれり。暗に鉄砲、方角も定めずに倶楽部を外へ奔《はし》り出で、当度もなく市街を経巡るうち、力尽き身体《からだ》疲れ、ついに或る町の四辻にて物に躓き倒れたり。これ全く発狂のなす業《わざ》なり。倒れし機会《はずみ》に、いずれをか痛く打ちし者と見え、鼻血混《こん》々と流れ出で、四辺《あたり》の敷石を紅色《くれない》に染めなせど、田風呂氏はこのまゝ気絶して更に知らず。斯《かゝ》る所へ巡査も来合せ、その懐中など撿《あらた》めしに、田風呂判事なる事分りしかば、直ちに身寄のものへ引き渡せしが、哀れむべし田風呂氏はこれより直ちに熱病を発し、何事をも弁えず、たゞ折々熱に浮かされて呉竹姫と小森有徳の名を口走るのみなり。国許《くにもと》なる父何某《なにがし》はこの事を聞きて大いに心を痛め、早速巴里《ぱりー》に出で来りて病院に入れしかど、およそ六十日の間は狂熱に浮かされて、この世の人とも思われず。ようやくにしてその病《やまい》癒えしは、およそ三月の後なりし。これより田風呂氏は大いに我が心の迷いしを覚り、再び判事の職に就きしも今は沈着一方の人となり、笑いもせず怒りもせず、折々心に呉竹姫と有徳の事を思い出づる事ありしも、自ら制して打ち忘れんとのみ力《つと》めたれば、去るものは日に疎《うと》く、ことにその後は斯《かゝ》る事を思い出す暇なきまでに職務を勉強したるゆえ、過ぎにし事は全くの夢となり、今は少年判事の手本ぞと賞めらるゝ身の上とはなりぬ。

されば田風呂氏は、散倉の口より有徳の名前を聞き、忽ち過ぎし昔の悲しき夢を歴々《あり》と思い出し、その顔色の変るまでに驚きしなり。驚きしゆえ、しばし我が心を推沈《おししず》めんとて、散倉を応接所に追い遣りしなり。そのあとに田風呂氏は手を拱《こまぬ》き、「ア、時なるかな、敵《かたき》と思いし有徳が、かゝる大罪を犯せしうえ、我が受持ちになりしとは、職務によりて仇を復《かえ》す願うてもなき好機会なり」と、我にもあらでニッコと笑《えみ》たり。これ誰しも逃れぬ人情の迷いなりしか。されど、流石《さすが》は判事をも勤むる身なれば、早くも思い返し、「誤まてり〱、心にかゝる憎しみを抱《いだ》きて争《いか》で罪人を取り扱わるべき、我ながら、かくも賤しき魂性《こんじょう》を出だせし事の浅猿《あさまし》さよ。この事件は他人に譲らん。我が身に勉《つと》まる裁判に非らず。ことには我、さきに有徳を殺さんとして炮口《つゝくち》を彼が背に差し向けし身として、なおこの事件に携わるは我が心に対しても耻《はずか》しゝ」とようやく思い定めんとしても、煩悩《ぼんのう》の犬はなお去らず、またも思い直すよう、「我れ一旦呉竹姫に向い、姫のためには命を捨てん、生涯姫が第一の友たるべしと誓いながら、今有徳を救わずば、その誓いに背くなり。有徳たとい罪ありとも、我が力を以て救い出だし、首尾よく呉竹姫に返し与うるは、男の意地なり。何ぞこの事件を捨つべきや」と思い定めても、なお定まらず。

我れ一身の意地を通さんため法律を曲げ人を曲げ、罪あるものを救い出だし、判事の職務と云うべきか。愚かなり、魯《おろか》なり、と心百端《ひゃくたん》に乱れ狂い、良久《しばし》が程は迷い迷うてありたるが、やがて奮然として案《つくえ》を叩き、晴れたる眼《まなこ》を見開きて、「アヽ、かく迷うは臆病なり。我れ判事の職に在るからは、眼中に敵《かたき》もなく友もなく、恩もなし怨みもなし。公平の心を以《もっ》て公平の裁判を下すに何の顧みる所あらん。有徳罪あらば相当の罰を与えん。罪なくば放ち帰さん。我が一身は田風呂にして田風呂に非らず。法律を取扱う機械なり。この場合に臨みなお私《わたく》しの心を起こし、あるいは憚《はばか》り、あるいは怒るは、我が職務を軽んずる者なり。我はただ法律を知るのみ、世間あるを知らず。我はただ罪人を知るのみ、何ぞ有徳あるを知らんや」と、こゝに初めて思案を決せば、精神たちまち爽やかにして、あたかも草叢《くさむら》より大道に出でし心地せり。

よって直ちに衣紋《えもん》を調《とゝの》え、応接の室《ま》に入り行けば、散倉は已れ警察官となり済ませし如く、「有徳の捕縛状はもう出来ましたか」。田「イヤ、そう軽々しくは出来ません。今の所ではたゞ小森有徳と澤田實が取替え物らしいと云う事だけのほか分りません。なるほど、有徳は随分お傳を殺しそうな場合に迫ッてはおれど、果して彼れが殺したと云う証拠は未だありません」。散倉は驚きて、「証拠がない、これが証拠でなくて何でありますか。昨日《きのう》すでに罪人はお傳より目上の者、なお年の若い者と云う事も分り、立派な服を着て流行《はやり》の靴を穿《は》き流行の蝙蝠傘を持ッて居たと云う事も分ッたではありませんか。有徳の身の上と寸分違ッた所もなく、かつまた、有徳のほかに誰がお傳を殺して利益を得る人がありますか。犯罪により利益を得るものを疑えと云う探偵の原則を、貴方は御存じありませんか。今お傳さえ殺してしまえば、ほかに証拠がないことゆえ、有徳は何時《いつ》までも貴族のまゝで居られます。この散倉でも、もし有徳と同じ場合に迫れば、必ずお傳を殺します。これで証拠がないと仰有《おっしゃ》れば、なおさら捕縛せねばなりません。このまゝ彼を一日でも打ち捨て置けば、彼はそのほかの証拠物を隠します。ことにかの犯罪は四日の夜ですが、彼は必らず、四日の夜には誰伯の家《うち》で花★11を引いたとか、何爵の宴会に招かれたとか、うまく申し立てるに極ッテ居ます。今捕縛せぬ時は、彼れ必らずそれらの人々を証拠人に拵《こしら》えます。犯罪の証拠を隠すのみかは、無罪の証拠を沢山に作り、また皇族貴族のうちに証人を幾人《いくたり》もこしらえます。昔からこれほどの証拠があッてなお罪人を捕縛せぬ事件はありません。これを捨て置くは判事の怠りです、貴方の手落ちです」と熱心に説きければ、田風呂氏も充分考えし上、その言葉の

★11――「花」は「花札」のこと。「花を引く」は、つまりトランプ遊びをするという意味。

道理なるを察し、ついに小森有徳を捕縛せよとの逮捕状を認《した》め、なおその逮捕の一行へは散倉を随い行かしむる事と定めたり。散倉は勇み立ち、「明朝早く彼が寐間《ねま》に踏み込みます。なお彼が居間の隅々を隈なく探せば、犯罪に用いた道具や手袋なども隠してありますﾞ」とて、我を忘れて打ち喜び、そのまゝ分れを告げて立ち帰れり。

第十三章

お傳が殺されしは三月四日の夜《よ》にして、判事田風呂氏がその場に臨み、探偵烟六と散倉の両人に穿鑿を初めさせたるはその翌々日、即《すなわ》ち三月六日なり。これ読者のなお記憶し給う所なるべし。

小森有徳は、三月三日に初めて澤田實に逢いしより、あたかも病人の如く、食事さえも咽喉を下らず、従僕《しもべ》下女等《ら》に至るまでその様子を怪しむほどなりしが、翌四日に至り、日の暮ごろに家を出で、何《いず》れかへ行き去りたり。その行方は誰一人知るものなく、また何時《いつ》ごろ家に帰りしか、これを知る人なし。翌五日は終日家にあり。その顔色、昨日《きのう》よりはやゝ安心せし如く見えしかど、胸中に充分の心配を包《かく》すが如く、堅く一室《ひとま》に籠りて従者《しもべ》さえもその室《ま》に入れず、唯事《たゞごと》ならじと思われたり。その翌六日（すなわち現場撿査の日）は、父禮堂が日耳曼《ぜるまん》より帰るよし知らせ来たれば、午前十時ごろ従僕を引き連れ野留戸《のるど》の停車場《すていしょん》まで出迎え、午後一時、父と一ツの馬車に乗り帰り来たりしが、その顔付の尋常《たゞ》ならざるは誰《た》が目にも怪しまるゝほどなりしと。

抑《そ》も有徳が父侯爵禮堂は、極めて腹立ち易く、かつその心しば〳〵変りて、他人と仲を違《たが》えること度々あるほどなれば、家内の者に向いても二言目には叱り付け、極めて機嫌取悪《とりに》くけれど、しばらくすれば忽ち直り、別の人かと思わるゝまでに優しくなる気質なり。この日は有徳が何となく打鬱《うちふさ》ぐ様子を見て腹立たしくや思いけん、帰るが否や別室に連れ行きて、「これ有徳、父が帰ったのに笑顔もせぬは、敬《うやま》いが足らぬと云う者。先年来、其方《そなた》が屢々呉竹姫と縁組の事を願うにつき、先日承知して遣ッたが、これも取り消さねばならぬ。其方が真実父を敬う心があれば己《おれ》の言う事を黙ッて聞け。このごろはすでに拿烈翁《なぽれおん》家の嫡流と知れたる巴里公《ぱりこう》さえ退去を命ぜられ、皇族の勢いが日に日に衰える世の中ゆえ、この身も何時《なんどき》共和政府から退去を言い渡されるかも計られぬ。それに付ては、アの貧しい荒川家の娘など娶《めと》ッては了《いけ》ん。何時《いつ》退去させられても先に立つものは金だから、何でも妻は金満家から貰わねばならぬ。ついては、すでに旅行中、気を付けて一人相当な金持の息女《むすめ》を見出だし、内《ない》約束を済せて来た。明日《あした》とは云わず今日《きょう》直ぐに呉竹姫へは其方から破談状を遣らねばならぬ」。

有徳は黙ッて聞き居たるも、あまりにその言葉の圧し付けがましきを恨みしか、青白き顔を上げ、「それでは、金のためには愛せぬ女を娶《めとら》ねばならぬと仰《おっ》しゃりますか」。禮堂はグッと怒《いか》り、「エ、、またしても愛情〳〵と。愛情がなくても一二年添ううちには自ずと愛情が出来てくるワエ」。有徳も堪えかねしか、「尊父《おとっ》さん、尊君《あなた》はご自分で愛情のない女を娶ッた覚えがありましょう。まだそれにお懲り遊ばしませんか」。禮「何を云う」。有「貴方は夫人を娶ッた時に、その婦人を愛せぬため、非常な罪を犯したを忘れましたか」と憚《はゞか》る色なく攻め入る言葉は痛くその灸所《きゆうしよ》に応《こた》えしか、禮堂は色を変え、「先ほどから其方の様子を見て変だと思ッて居たが、彌々《いよ》発狂の気味がある。何も言わずに居間へ帰ッて寝るがよい」。有「発狂ではありません。御留守のうちに貴方から澤田夫人へ送ッた手紙を悉《ことごと》く読みました」。

こゝに至ッて禮堂も最早や辞《いな》まんようもなく、一段声を荒らげて、「その事は決して一言《ひとこと》も言うな。この己が堅く禁ずるから、以後澤田の澤の字も口から外へ出してはならぬぞ」。親の威光を笠に着て厳かに言い渡せしかど、現在己《おの》れに覚えある身の何時《いつ》まで折れずと居らるべき、良久《しば》し黙然《もくねん》として考えしが、隠せぬ事と断念《あきら》めしか、にわかに言葉を柔《やわら》げ、「ア、、虫が知らすとは争われぬ者じゃ。先ほど其方の顔色の青いのを見て、もしこの事を知ッたではないか思ッたが、果して思ッた通りじゃ。シテ誰から聞いた」と言いし時は、親ながらも子に向い充分に耻らう景色現われたり。有「実は本月の三日の日に、見知らぬ若き男が参り、大切な用事で是非とも面会したいと云うにより、一室《ひとま》へ通して逢いし所、その男が手紙を出し、それで初めて我が身が不正の子と云う事も、また真正の嫡男がほかにあると云う事も聞き知りました」。禮「無礼な奴じゃ。その時もちろんその男を叱り付けたであろうナ」。有「イエ、私しも初めは腹立しく思いましたが、証拠には勝たれません」。禮「それで其方《そのほう》は手紙を受け取ッてどう致した」。有「悉く読みました」。禮「馬鹿な奴じゃ。なぜ火の中へ燻《くべ》てしまわぬ」。有「そのような心は出ませんでした。

よしんば気が付いても、私しには出来ません」。禮「それからどうした」。有「その手紙を読んでしまい、十日の間返事を待ッて呉れとて帰しました。つきまして伺いますが、私しは全く澤田夫人の腹に出来た子でありますか。かつまた、今澤田夫人の子となッて居るのが全くこの家《や》の嫡男でありますか」。

禮「そうとも、全く取替えたのじゃもの。しかし其方《そのほう》が可愛いから取替えたのじゃ。この己を怨んではならぬぞ、有難いと思え」。有徳は深く歎息《ためいき》を発し、「私しは、アの手紙に取替ると云うまでの手続があッて、肝腎の取替えた事を書いてないから、もしや取替えずに止《よし》にしなかッたかと、今まで疑浮乎《あやふや》に思ッて居ました」。禮「なに、取替えたと云う事を書いてないと。そのようなはずはない。取替えた事は申すに及ばず、その後もしばしば取替えがうまく済んだ喜びの手紙を出し、またその返事も受け取ッたからは……。フム、其方《そなた》は手紙を皆まで読まなんだであろう」。有「イヤ、残らず読みましたが、その一番終りのに、国境《くにざかい》の宿《しゅく》へお傳と私しが到着し、一ッの間《ま》へ寐たと云う事までしか書いてありませなんだ」。禮堂は潑《はた》と手を拍《う》ち、「それだけでは何の証拠にもならぬ。たとえその事を巧《たく》んだにしろ、その場に臨んで後悔して止めてしまッたと云えば、立派に言い抜けられる。フム、察する所、大事の所を書いた手紙は澤田夫人が破ッてしまッた者と見える。それを蓄えて置くような気の利かぬ女ではないテ。好《よし》々、それでは少しも心配には及ばぬ」とてようやく笑顔を開きしは、鬼《おに》々しと云うも愚《おろか》なり。

第十四章

禮堂なおも言葉を継ぎ、「シテ、その手紙を持ッて来た若者と云うは何者じゃ」。有「貴方の嫡男澤田實殿が自身に参りました。こんな密事を他人に頼む事は出来ぬゆえ押して参上した、と申しました」。禮堂は良久《しばし》考えしが、一際《ひときわ》声を低くして、「コレ有徳、こうなる上は共々に力を合せ、この困難を切り抜けるほかは仕方がない。よいか、合点が行ッたか」。有「ハイ、一日も猶予は出来ません。私しは充分決心致して居ます」。禮「どう決心致した」。有「それは申すまでもありません。貴方の嫡男に頭《かしら》を下げてこの名前を譲り、私しは直ぐに実《まこと》の母の子となります。贋者が嫡男を追い出すと云う道はありません」と、道徳堅きこの返事に禮堂は聒《くわっ》と目を張り、満面紫色になるまで怒りを起し、「道があるのないのと其《そん》様な気楽な事を云う場合でない。其方《そなた》は何時《いつ》までも小森有徳でなくてはならぬ。一旦取替えたからは、實《みのる》はこの家《や》の嫡男でない。決してこの家へ入れる事は相成らぬ」。有「それでも貴方……」。禮「まァ口を出さずと黙ッて聞け。道に背《そむ》く事は知ッて居る。二十年このかた日《ひ》として我が過ちを後悔せぬ事はない。しかし一旦犯した過ちは悔んでも取り返しが付かぬ。この上はたゞ飽くまでもこの事を推し隠し、この家《や》の耻を世間へ洩らさぬため、我と我が心を鬼にし顔にも出ださず堪《こら》えて居る父が心を察してくれ。この父が短気になり、人に疳癪皇族と綽名される事になったのも、全く昔の罪に心を迫られ片時も安心する暇がないからの事。それを今さら改めて實をこの家へ入れるときは、今まで包み果《おお》せたる二十余年の辛抱も水の泡じゃ。己《おれ》とても、嫡男實の事は時々心にも掛り夢にも見る。我ながらア、可愛相な事をしたと思う事は度々なれど、それを堪えてこうして居るは、先祖代々世に崇《あが》められた小森の家を人の口端《くちは》に掛けぬため。左《さ》なきだに皇族貴族の勢い日に衰え、世の物笑いとなる者多き今日《こんにち》、もしこの事を世間に知らせては、この仏国《ふらんす》は申すに及ばず、欧羅巴全州の新聞種《だね》。こうなる上は飽くまでも隠し果《おお》せるほかはない。親の過ちは子の過ち、たとい其方が何と思ッても、こればかりは父の言葉に従わねばならぬ。従わぬと云ッても従わせる」。

有「これは貴方のお言葉とも思われません。この事を言い出したは嫡男の實殿《どの》です。たとい私しが黙ッても、實殿は決して黙りますまい」。禮「彼れ、何の証拠もなきに……」。有「イヤ、貴方の手紙が何よりの証拠であります」。禮「手紙には肝腎の所が足らぬと言ッたではないか」。有「イヤ、私しが読んでさえ、取替えた者とほか思われません。まして皇族を憎がる一般の世の人が見れば、充分の証拠と認めましょう。それのみならず、實殿には立派な証人がありまする」。

禮「誰が証人になる」。有「現在この私しが証人です。私しよりも貴方こそ充分の証人です。もし裁判所へ喚《よ》び出だされ、誓いを立てゝ申し立てよと言えば、貴方は何と仰有《おっしゃ》ります。かりそめにも皇族の身として、裁判官に対し偽りが言われますか。よしや心を鬼にして裁判官を欺くとも、それで心が済みますか。顔色に現れは致しませんか。心が咎めは致しませんか。声が震いは致しませんか」と潔白《いさぎよ》き有徳の言葉に、禮堂しばし首を垂れ、心を痛むる体《てい》なりしが、「何と云ッても、この家《や》の名誉には替えられぬ」。有「貴方はたとい偽りを以て裁判官を欺くとも、實殿は必ず私しの母澤田夫人を召出《よびだ》しましょう」。禮「イヤ、澤田夫人は大丈夫。彼《あ》れもこの事が顕《あらわ》れては我が身の耻ともなり、かつは我が子なる其方の身の上にもかゝわるゆえ、決して白状はせぬ。もし白状しそうであれば、己《お》れが直々《じき》面会して、篤《とく》と言い聞かせて置く」。

有「お傳は何と致します」。禮「お傳か、彼《あ》れには金さえ遣れば……」。有「金で口を塞《ふさ》ぐのは決して当《あて》になりません。千円で塞いだ口は二千円で開きます」。禮「イヤ、望み次第いくらでも取らせるから」。有「そうは参りません。お傳は實殿の乳母でしょう。實殿の出世を祈る乳母でしょう。實殿のためには他人の金を受けぬかも知れません。ことに先日の實殿は、なお事実を確かめるため、私しと共にすぐさまお傳の家《うち》へ聞きに行こうと申しました。さすればもうお傳はすでに實殿に証人となる約束をしてありましょう。初めてこの事を實殿に知らせたのも必ずお傳だと思われます。實殿はお傳に聞き出して、それから証拠の詮索に取り掛り、アの手紙を見出だしたに違いありません」。禮堂もこれには思案に余りしか、独り、「ア、、先年死んだ従僕《しもべ》次郎が生きて居て、その代りお傳が死にさえすれば、何の心配もないものを」と口の内にて呟くのみ。有徳またも言葉を進め、「サア、貴方のために第一の妨げとなるは、あのお傳でありましょう」。禮「ウー」としばらく考えしが、何か心に浮び出づる事やありけん、潑《はた》と横手を打ち、「ナアニ、お傳めは少しも恐い事はない」と云うその眼のうちに、得も言えぬ物凄き笑いを光らせたり。この時もしお傳がすでに一昨夜何者にか殺されしを告げ知らさば、禮堂はさぞかし喜ぶ事なるべし。

第十五章

有徳は父に向いてなお言葉を継ぎ、「貴方はひたすらこの事が世間へ漏れるを御心配なされますが、誰にも知らさず納めるには、尋常に實殿と私しと入れ代るほかはありません。もし實殿が裁判所へ持ち出す事となれば、私しはもちろん貴方まで一度は白洲《しらす》へ呼ばれます。それでどうして世間の口が塞がれましょう。よしや証拠の不充分なるため裁判に勝つとしても、貴方が一夫一婦の法律に背いたと云う事は打ち消す事が出来ません。貴方が正しき子と不正の子を取替えんと巧んだ事は包む事が出来ません。まして實殿の勝とならば、世間で何と申しましょう。隠した後で現れるより、無事に實殿を入れる方が、いくら内密に済むか分りません」と道理を分けて説けど論《さと》せど、禮堂はすでに實の証人を悉く奪い尽さんと決せしゆえ、一寸《すん》も動かばこそ、禮「そなたは父の云う事を何と思う。父と争うて済むと思うか」。有「決して争いは致しません。子たる者の義務を尽くすのであります。今のうちなれば事穏便《ことおんびん》に済ませる工夫がありますから、それを申し上げるのであります。何事もなく實殿をこの家《や》に入るれば、誰も苦情は申しません。そのうえ私しは民間に身を隠し、實殿は四五年の間日耳曼《ぜるまん》伊太利などを旅行なし、帰ッた上でこの家へ入《い》れば、誰も怪しいとは思いませぬ」。

禮堂は有徳の言葉を聞き流し、独り思案をなし居たるが、ようやく頭を上げ、「ナニ、よい工夫がある。實に銭を遣ッてアの手紙を買い返せばそれで済む。今の人は銭さえあれば何《ど》うでもなる。銭を取らせて追い返すサ。手紙さえ此方《こっち》へ取れば、彼が何を言ッたッて世間の人が誠《まこと》とは思わぬ」。有「それは余り邪慳ではありませんか。實殿は現在貴方の血を受けた嫡男ではありませんか」。禮「こうなれば嫡男も何もない。父に向ッて手紙を以て強取《ゆすり》に来るような奴は、皇族の家には入れられぬ」。有「ソレは貴方が間違いです。私しは實殿に逢ッて知ッて居ますが、その容貌《かおかたち》と云い心と云い、皇族と云ッて少しも耻かしくはありません。艱難に窶《やつ》れてこそ居れど、実に貴方の種を受けしほどあッて、断乎たる気象が見えて居ます。その決心の鋭き声は今でも私しの耳に響いて居ます。あの決心では、とても金では聞きません。皇族たる我が身の権理を取り戻すか、事破れて食兒《こじき》となる、二ツに一ツのそのほかへは決して動く男ではありません。金を横取《ゆすり》に来たと思召《おぼしめ》しては、大変に違いましょう」。禮「それでは其方《そなた》、どうすればよいか」。有「今まで申す通りであります。實殿と私しと音無《おとなし》く入り交《かわ》ります。私しは、裁判所に引き出だされ、この家を汚し、この身を汚す事は決して出来ません。何と仰しゃるとも、私しの心は動きません」。

こゝに至りて禮堂は嘲ける如き笑いを含み、「フヽ、感心じゃ。しかし其方《そのほう》がこの家《や》を出づれば、何を食ッて命を繫ぐ。今まで皇族の家《いえ》に育ち、腕に覚えのない者が、急に平民の社会《なかま》に落ちれば、世を渡る事から考えて掛らねばならぬぞ」。有「それは貴方のお情けに与《あずか》ります。今まで私しの小使として取り退《の》けてある金子《きんす》のうちを幾何《いくら》か戴いて、母子《おやこ》の命を繫ぎます。また、そのうちには何なりと稽古して、一芸を覚えます」。禮「イヤ、もし此方《このほう》がその金を遣らぬ時《や》は」。有「そのような事は決してないと存じます。貴方の御身分として、たとえ私しがこの家《や》を出たからとて私し母子《おやこ》を餓えさせるとは思われません」。禮「この家を出れば呉竹姫をも捨てねばならぬが、それも承知か」。有「イヤ、すでにこの事を姫に打ち明けましたところ、姫も、私しの思う通り實と入り交《かわ》るが義務だから左様致せ、と申しました。たとえこの家を出たからとて、姫の心は変りません。もし姫の母御が婚礼を許さぬと云えば、母御の死ぬるまで待つはずです」と更に動かぬ有徳の言葉に、禮堂の痼癖《かんぺき》グッと込み揚げ、にわかに声を荒らげて、「其方《そなた》は愈々《いよ》己《おれ》の子ではない。姦夫の種を受けたものじゃ。其方の父は何者だか澤田夫人よりほかに知る者はない。汚らわしい」。有徳もこの無礼には堪兼《たえか》ねけん、「貴方、よく考えて物を仰しゃいませ。澤田夫人は私しの母であります。私しの目の前で母を罵るものは、誰でも容赦が出来ませぬ」と遣り込められて、何かは堪らん、先ほどより堪《こら》え居たる憤怒の念一時に発し、骨の如き鉄拳にて砕くるばかりに机を叩き、禮「いよ〳〵もって無礼な奴じゃ。出て行け、己の子じゃない」。

有徳は静かに立ち、恭しく一礼して戸口を指して出でんとせり。ア、、有徳は身の義理を貫き、嫡男實を救わんとて、今や不義の富貴を捨て、皇族の家を捨てゝ、当度《あてど》もなき民間に身を落とさんとす。その義の堅くして心の正直なる、誰か感ぜぬ者あらん。さしもに頑《かた》き禮堂も、その潔白の行いに痛く感ずる所ありけん、たちまち声を柔らげて有徳を呼び返し、禮「有徳、許してくれ、其方《そなた》を見損なッた。其方が心の潔白には感じ入る。天晴れ皇族の嗣子《あとゝり》と云ッて耻かしくない。實の事は、其方の気にも落ち此方《こなた》の胸にも落ちるように何とか処分を付けるから、今までの父の邪慳は許してくれ。有徳、サア、その手を出せ」。有「ハイ」と答えて有徳が差し出す手を父は握りて良久《しばし》放しも得ざりしは、これその行いに感ずること深きがためなるべし。禮堂はようやく心を定め、禮「今夜のうちに思案を定め、明朝改めて其方に知らせるゆえ、居間へ帰ッて休むがよい」と云うに、有徳心得て静々《しず》と廊下に出でたり。

この時すでに夕飯《ゆうめし》の時刻なれど、有徳は食堂へは入り行かず、そのまゝ我が室《へや》に帰り、入口の戸を堅く鎖《とざ》して、身はその内に閉じ籠れり。これより夜《よ》の十二時を過ぐるまで、心を悩ませて眠りも遣らずありたるが、思案溢れて溜息となり、「アヽ、二年のあいだ父に説き、ようやく呉竹姫と縁組の許しを得れば、忽ちこの大難起り、皇族の富貴を捨ねばならぬ。これほど不幸な事があろうか」と、独言《ひとりごと》しつゝ傍《かたえ》なる毎夕新聞を開き見れば、雑報の第一にお傳の殺されし事を記しあり。有徳は顔色全く死せる如く、読まんとするも読む能《あた》わず、心のうちはあたかも渦巻く如くに騒ぎたり。暁方《あけがた》に到り、ついに心疲れてウト〳〵と睡りに就かんとせしが、このとき遽《あわた》だしく入《い》り来《く》る従僕《しもべ》何某《なにがし》、声もしどろに、下「若旦那、早く〳〵、早くお逃げなされませ。巡査が貴方を捕縛に参りました」。

第十六章

従僕《しもべ》の注進に有徳は目を覚まし、有「何だ、巡査が……」と云う間もあらず、真先に入り来る探偵散倉、続いて進む巡査の面々、有徳が寐台《ねだい》を取り囲めり。有徳は、宵のうちより様々に心を悩まし、ようやく眠りし所をにわかに斯く起されし事なれば、夢か現《うつゝ》か弁えぬほど驚きて、人々の顔を眺むるのみなり。

巡査長は早くも進み出で、有徳に向い、巡「伯爵小森有徳とは貴方ですか」。有「いかにも拙者は小森有徳で」。巡「吾等は法律の命令を以て貴方を捕縛に参りました。尋常に召し取られなさい」。有徳はなお夢の心地にて、しばし呆れてありたるが、「この有徳を何ゆえに捕縛なさる」と問い掛けたれば、巡査は直ちに逮捕状を差し出だせり。有徳は急がわしく受け取りしが、その表面に「寡婦《ごけ》お傳謀殺の事件」と筆逞《たくま》しく記しあるを見て、顔色たちまち青くなり、口のうちにて「アゝもう駄目だ」と細語《さゝや》きたり。この言葉、ほかの人には充分に聞えざりしも、巡査長と探偵散倉は耳聡《みゝざと》く聞き取りたり。中にも散倉は腹のうちにて「〆《し》めた」と云いながら手早く手帳を取り出し、アゝもう駄目だの七字を書き留めたり。

　これより巡査長が有徳に向いなお規則通りの問答をなすうちに、散倉は引き連れし手下の者を右左に追い使いて、寐間《ねま》はもちろん、書斎、応接所、装束《しょうぞく》室等の隅々に至るまで残る方《かた》なく捜索せしめ、左《さ》の品々を見出したり。

一、短刀一個《ひとつ》。居間次の間に種々《いろ》の鉄砲及び剣《つるぎ》等を掛け連ねたり（こは、先日實《みのる》に面会したる間なり）、この間《ま》の隅に一個の長椅子あり、長椅子の後ろよりこの短刀出でたり。鞘には小、有の二字を記《しる》せり。これ有徳の所有なる証拠なり。その尖《さき》の方、少しく欠けたり。

二、洋袴《づぼん》一個《こ》。装束室の押入の下より出でたり。其所此所《そこここ》に泥着きて、なお濡気《しめりけ》を帯びたるは、ちょうど一昨々夜（お傳の殺されし夜《よ》）の雨に濡れたるものと鑑定す。また脛《すね》より内股《うちもゝ》に当る辺に苔の雑《まじ》りたる泥着き、強く擦《こす》りたる如き痕の見ゆるは、いずれかの庭の塀を攀上《よじのぼ》りたるものと鑑定す。この洋袴は革包《かばん》の後ろへツクネ★12ありたるを見れば、ことさらに隠し置きたる者と見受らる。

三、手袋。これは右に記す洋袴《づぼん》の衣袋《かくし》より出でたり。緑色に染めたる小山羊の皮にて作りしものなり。掌《てのひら》および手の甲等に爪の痕と覚しく引掻きてムシリたる痕あり。指の先も少し破れたり。されどその裏の少しも汚れてあらぬを見れば、品《しな》はなお新しく、何か非常の事をなせしに非らざれば斯《か》る痕の出来るはずなし。
四、上等の靴二足。うち一足は泥に汚れ、一足は清潔なり。
五、蝙蝠傘一個《ひとつ》。なお湿気《しめりけ》あり、かつ先の方は泥の中へ杖に突きたる如く汚れたり。
六、葉巻煙草。こはお傳の家にて見出したる燻余《すいのこり》と少しも違わぬ煙草なり。
七、烟管《きせる》。メーヤシャウム★13を以て作りたるものにして、疑いもなく右の煙草を吸うに用うる者なり。

散倉は、我が思う存分の証拠物を見出し、右の如く説明書を認《したた》め終りし所へ、巡査長は有徳を引き連れて来たりければ、散倉早くもその前に廻り、有徳の額《ひたい》に手を当て、倩々《つくづく》とその顔を眺め、腹の内にて、散「フム、存外正直な顔をして居る。これだから人は見掛けに寄らぬのじゃ。しかし、どうしても寝込みを捕縛するに限る。寝惚《ねぼけ》て居るから、もう駄目だなどと大変な言葉を吐くのじゃ」と、我れと我が手際を賞めながら、巡査長に向い、散「田風呂判事がもはや待ち兼ねて居るであろう。サ、早く行きましょう」。

有徳はこの時まで宛《あたか》も夢中の人を見る如くなりしも、ようやく心落ち着き、巡査長に向い、有「私を捕縛なされしは全く何かの間違いゆえ、追ッて公明正大の裁判を経《へ》ば、罪無き事が分ります」。散「間違いでもあろうが、裁判の済むまでは仕方がない」。有「イヤ、甘んじて裁判を待ちますが、只今父に一言致したい事がありますから、五分間の面《おもて》会をお許し下さい」。巡「イヤ、決して誰にも逢わせてはならぬとの言付を受けて来ました。馬車を門戸に待たせてあるゆえ、すぐ行きましょう」と有徳を引き立てんとせしが、このとき、家内の下女下男は宛《さ》ながら麦酒《びいる》の徳利を振り廻す如く上を下へと騒ぎ廻れり。そのうちに誰なるか一きわ鋭き調子にて、「アレ、大変だ〳〵、大旦那が気絶した。早く医者を、早く水を、水を、医者を……」と叫び立つる声、手に取る如く聞えたり。有徳はこの声を後《あと》に聞き、馬車に乗せられて裁判所の方《かた》へ飛ぶが如くに運び去られたり。

★12——原文では「ツク子」。「子」は、干支《えと》の「ネ、ウシ、トラ……」の最初の一つ、ネズミに当たる。それゆえ「子」という字が、しばしばカタカナの「ネ」に代えて用いられた。集榮館刊の後版（一九二〇年八月、第一〇版＝二四年七月）では、この「ツク子」を「つるし」と表記しているが、明らかに誤りである。「つくねる」は、「丸めて、あるいは乱雑にかためて置く」の意味。

★13——Meerschaum（ドイツ語）。中近東に産する多孔性の粘土状鉱物で、主にタバコを吸うパイプに用いる。

第十七章

涙香申す、これより裁判所の記事となり、管々《くだ》しき所多し。されど、この話の眼目はこれより初まるゆえ、管々しきを知りながら省き縮むること能《あた》わず。しばらく欠伸《あくび》を堪《こら》えて閲読あらん事を、呉々も願いまつるなり。召出《よびだ》しの順序は、第一に澤田實、第二に小森禮堂、第三に小森家の下女下男、第四に小森有徳、第五に種々《いろ》の証人となるなり。

今日は三月七日（有徳の捕縛されし日）の朝八時ごろなり。判事田風呂氏は、先刻有徳を捕縛すべき逮捕状を出だしてよりなお引き続き澤田夫人、小森禮堂、澤田實等《ら》へ宛て、夫々《それ》召喚状《よびだし》を発し、かつ穿鑿すべき箇所へは悉く《ことごと》探偵吏を差し立てたり。抑《そ》もこのたびの事件は田風呂氏の身に取りて容易ならぬ掛合《かけあい》のある事なれば、判事は鄭重の上にも鄭重を尽すなり。やがて八時二十

澤田貴法庭に對する圖

分のころに田風呂氏の前に出で来たる代言風の男は、法学士澤田實なり。判事は規則通り年齢身分職業等を問い糺《ただ》し、いと丁寧に、判「本日召喚した事件を御存じでありますか」。實「召喚状には、寡婦《ごけ》お傳の殺されし事件とありました」。判「いかにもその事件で。実はお傳の殺されし跡を捜索せしに、貴方の名前を書いた書面がありしゆえ、参考人として召出《よびだ》しました」（探偵散倉の名前を聞かせては不都合なるゆえ、態《わざ》と斯く云うなり。ことに散倉も、判事に我が名前を實に知らさぬよう願い置きたり）。

實「イヤ、それは当然の事であります。お傳は私しを育てた乳母でありまして、度々澤田夫人と手紙の取り遣りも致しました」。判「ナル程、それではお傳のこれまでの履歴につき、貴方が御存じだけの所を申し立てを願います」。實「乳母とは申す者の、私しは七歳の時まで育てられたので、私しも詳しくは存じません」。判「その後、お傳の家へは折々行きましたか」。實「度々参りましたが、その家《や》で寝泊りなどした事はありません。ことにその身の上の詳しい話しも聞いた事はありません。私しよりは澤田夫人の方がよく存じて居るかと思いますが、生憎《あいにく》夫人は病気で厶《ござ》います」。判「夫人にも呼出し状を出しましたが、酷《ひど》く病気でありますか」。實「とても法庭へ出る事は出来ません。医博士《いはかせ》春邊《はるべ》氏の診断では、一命が六《むづ》カしいと申します。あるいは、快復しても精神が入り乱れて旧昔《もと》の身体《からだ》にはならぬと申します」。

判「それは困ッた者じゃ。シテ、何時《いつ》からそのようになりました」。實「三週間ほど前から気分が勝れぬようでありましたが、重くなッたのは昨日《きのう》の夕方であります」。判「急に重くなりましたか」。實「ハイ、私しと共に毎夕新聞を読んで居まして、丁度お傳の殺された雑報を読むと、すぐさま逆上せし様《よう》にて、ア、可愛相な男じゃと云ッて倒れました」。判「ハテな、可愛相な女と云えば聞えるが、可愛相な男とは何の事であろう」。實「何の事かは分りませんが、全く男と申しました。それから後《のち》は一言《ごん》も口を開く事さえ出来ません」。田風呂氏はしばらく考え、さては澤田夫人こそ早くも我が子の有徳がお傳を殺せし事を悟り、驚きの余り斯《か》く云いしものなるかと心に頷《うなづ》きて、またも實に向い、判「貴方は誰か日頃お傳を怨むものがあるを御存じはありませんか」。實「一向《いっこう》存じません」。判「それでは誰かお傳を殺して自分の利益になるような人はありませんか」と云いながら實の顔色を眺め居るに、實は何と答えんかとしばし考うる体《てい》なりしが、實「イエ、誰もそのようなものは存じません」。判「全く存じませんか。それでは貴方の身に取りて何の利益も何の損害もありませんか」。實はしばらく考え、實「私しの身に取りては取り返しの付かぬ損害となりました」。

判事はこれにて先ず實が所持する証拠書類（禮堂より澤田夫人に宛てし手紙）を持ち出さしむる口実の出来たるを喜びたれど、さる景色は少しも見せず、判「その損害とは」。實「イヤ、私しは充分に申し立つるはずでありますけれど、この損害と申しますは私し独りの事ではなく、他人の名誉にまでも係わる事でありますから、法庭では申されません」と云うは、未だこの事のすでに探偵散倉より田風呂氏に洩れ居ることを知らぬがゆえなるべし。田風呂氏はこゝに於て、書記を初め四辺《あたり》の人を悉く退け、四方の出入口には残らず錠を卸し、實を我がそばに呼び上げ、判

「サ、斯くすれば誰も聞くものはありません。遠慮なくお話しなされ」と云うに、實はその厚意に感じ、かの初めて書面を見出せし時の事より、なお念のためお傳に逢いし事、次に有徳に面会せし事まで、少しも残さず、昨夜探偵散倉に語りし通り話したり。田風呂氏は聞き終りて、判「それでは現にお伝が死ねば非常な利益を得る人があるではありませんか」。實は更に合点の行かぬ如く、實「誰が利益を得ます」。田「小森有徳であります。君の持ッて居る手紙は肝腎の所が抜けて居るから何の証拠にもならず、澤田夫人も自分等の巧《たく》んだ事だから白状するはずはなし。たゞお傳を殺しさえすれば、有徳は何時までも小森家の嫡男ではありませんか」。

實は身震いするほどに驚きて、實「その御推量は余り酷《ひど》過ぎます」。田「何ゆえに」。實「有徳が決してそのように自分の身の上を恐れるはずがありません。もし私しが彼に向い、お前は嫡男でないから己《おれ》と入り代ッてくれ、と云ッたならば彼れが恐れも致しましょうが、私しはただ彼《か》の手紙を見せ、何とでも考えた上で返事をしてくれと申しただけで、つまり申せばその意見を聞いただけで、決して脅したのではありません。彼れの身に取り、お傳を殺す必要はありません」。田「貴方がその事を言ッたとき、彼れはしばらく待ッて呉れと云いましたか」。實「ハイ、私しは、手紙ばかりでは分らぬから、なおお傳の所へ聞きに行こうと申しました。彼れは、お傳に聞くには及ばぬ、今十日待ッてくれと云いました」。田「彼れは何ゆえ、お傳に聞くには及ばぬと云いました」。實「父に聞けば分るからと申しました。私しも成る程と思いしゆえ、その言葉に従いました」。田「貴方はこの事を法庭に持ち出すつもりはありませんでしたか」。實「斯様な事を法庭に持ち出しては、小森家を耻《はず》かしめます。これから自分が名乗るべき大事の姓名を耻かしめてはなりません」。

田風呂は聞きて感心し、田「成る程」。實「私しは、もし法庭に持ち出さねば済まぬ事になれば、自分の権理を捨て、有徳を今のまゝで嫡男に立てゝ置くつもりでありました。もちろん、小森家と云えば世人の尊ぶ家柄ですけれど、私しは今十年経《た》つうちには澤田の家柄をなお一層尊まれるほどに致す決心ですから、決して小森家へ這入らねば出世が出来ぬと云うわけはありません。しかし、これから後々私しが出世をするには何に付けても金銭が入用ですから、せめては小森禮堂に月々その金銭だけでも貸してくれるだけの承諾を致させる望みでありました。しかし、お傳が殺されたからは、その望みも絶え果てました」。田風呂は實が心の潔白なるに益々感じ、田「イヤ、未だその望みは絶え果てません。すでに有徳を捕縛に遣りましたから」。實は有徳が捕縛と聞き、さながら我が兄弟の捕縛と聞き違えたる如くに驚き、實「それは余り裁判官の粗忽《そこつ》です。彼に於てそのような事は決して……」。田「イヤ、当方《こちら》ではそれぐ〵証拠がありますから」。實「それは何かの間違いであります」。田「イヤ、間違いか否やは追ッて分ります。兎に角、参考までに暫時その手紙を借用致したい者ですが」。實「お安い御用、すぐさまお手許へ届けましょう」。これにて審問終り、實は法庭を出で去りしが、判事はその後影《うしろかげ》を眺めて、「末頼母《すえ》しい若者じゃ」。

第十八章

澤田實の後影ようやく見えずになりし所へ、引き違えて入《い》り来《く》る探偵散倉、有徳を捕えし我が手柄に勇み立ち、未だ一礼も述べぬに田風呂判事に向い、散「捕縛して充分の証拠を押えました。これほど見事に証拠の揃ッた事はありません」。田「まア静かに……」。散「イヤ、静かには出来ません。拙者の目で睨んだ通り、尖《さき》の折れた短刀も、緑色の手袋も、残らず出ました」。田「フム、そのような証拠物が出《い》たとは、そりゃ意外だ。これからまず審問の手続を定めなくては」。散「イヤ、手続も何も入りません。ただ有徳をこゝへ呼び出し、あの手袋とお傳の爪の間から出た皮の切れとを二つ見せさえすれば、いくら強情な男でも白状します、恐れ入ります」。田「それで恐れ入らぬ時は」。散「恐れ入らぬ時は、この短刀を出し、その刃《やいば》の折れた所とお傳の肩掛で拭ぐうた血の痕と符節合《しっくり》わせて見せれば、一言も言い得ません」。田「そう易々は行くまいて。

彼も左る者だから、充分に偽証《にせしょう》をこしらえてあるに違いない」。散「それは無論の事です。夜前《やぜん》も申し上げた通り、種々《いろ》の皇族や貴族を偽証《にせしょう》に立て、アの晩は何処《どこ》で花を引いたとか何とか、少しは申し立てましょう。しかし、いくら申し立てゝも、これだけの証拠を見せれば、自分で恐ろしくなるから、もう駄目だと断念《あきら》めて謝ります、恐れ入ります。もしなお恐れ入らぬならば、決して彼ではありません、罪人《とがにん》がほかにあると思わねばなりません。今も彼の様子を見るに、驚くうちにも何処となく落ち着いた風があるからは、すでに充分の偽証をこしらえ、これさえあればどうしても言い抜ける事が出来ると思ッて居るに違いありません。中々喰える奴じゃありません。しかしもうこの散倉の目で睨んだからは、何と言い訳をしても通しません。ア、爾々《そう》、まだ大変な証拠があります。彼に逮捕状を渡した時、彼れは我れを忘れ、口のうちでア、もう駄目だと申しました。この言葉だけでも充分の証拠であります」。

田「フム、それは大変な言葉を吐いたナ。少し考えの深い罪人ならば、そのような言葉は遠吐《おくび》にも出さぬはずだが」。散「それを吐かせたのが私しの計謀《はかりごと》です。初め這入ッて行ッた時に従僕《しもべ》のような男が居たから、まず此奴《こいつ》を威してやれと思ッて、大喝一声に、小森有徳を捕縛に来た、案内しろと申しました。スルト案に違《たが》わず彼奴《きやつ》肝をつぶして有徳の室《へや》へ注進に参りました。そのとき私しは、こゝぞ大事と思い、一寸《すん》も後《おく》れず直ぐその後へ着いて行きました。有徳はまだ充分目の覚めぬ所へ寝耳に水の注進を聞いたゆえ、一時に心が暗んで、我れ知らず右の言葉を発しました。どのような罪人でも、目の覚めぬ所を酷く驚かせば、必ず驚きの余りに証拠となる言葉を吐きます。先日、質屋の番頭を捕縛したときも、矢張りこの伝です。その枕許《まくらもと》で盗賊《どろぼう》めと喝《しか》り付けた所が、三人寐て居たうちの一人が飛び起きて逃げんとしました。そいつを穿議《せんぎ》した所、果して盗賊《どろぼう》でありました。この謀略《はかりごと》ばかりは何度用いても功があります」。

田「それはうまくやッた。イヤ、拙者も唯今澤田實を呼び出して種々《いろ》聞き糺したが、もう罪人は有徳に違いない。しかし、様子を聞けば食えぬ奴と見える」と聞いて散倉は顔色を変え、散「もう澤田實を審問しましたか」。田「イヤ大丈夫、審問はしたけれど、君の名前は知らさなんだ」。散「ア、、拙者の名前を知らしさえせねば、それでよろしい。アンな正直者だから、拙者が密告したように思わせては、どれほど立腹するかも知れません」。田「實の次には澤田夫人を呼び出す都合であッたが、夫人は病気で一命も覚束ないとか云うから、直ぐに小森侯爵を召出《よびだ》すはずじゃ」。散「イヤ、侯爵は先ほど気絶した様子でありましたが、出廷は出来ますまい」。田風呂氏はしばし考えて、「それは困る。この事件に関係のある人々は皆病気か」。散「実に私しもそれが心配でなりません。澤田夫人が死に、侯爵が死ねば、実際に實と有徳とを取替えた事を知ッて居る者が一人もなくなります」。田「左様さ、これで侯爵が裁判所へ出ぬうちに死亡すれば、澤田實を小森家へ容れることが出来ぬかも知れぬ」。散「困ッたものじゃ」と云う言葉の未だ終らぬうち、入口の戸を開きて入り来る者あり。二人は誰かと振り向き見れば、噂中《うわさちゅう》なる侯爵小森禮堂なり。

禮堂は死んだるかと思わるゝばかりに顔の色青くなり、ことに身体《からだ》の力までも抜けしか、一人の従僕《しもべ》の肩に杖倚《すが》り、蹌踉《よろめ》く如くに入り来たれり。田風呂氏は、気絶せしと聞きたる侯爵の出廷を喜び、散倉に目配せすれば、散倉心得て出で去れり。これにて先ほど實を審問せしときの如く書記を退け、侯爵を呼び上げて椅子を与うれば、禮堂慇懃に会釈して、禮「お許し下され、身体に少々申し分が有ッて、痛《ひど》く大儀ゆえ、腰を掛けます」とて静かに椅子に就けば、付添い来たりし従僕もそのまゝ席を退きたり。

抑《そ》も昨日まで豪慢無礼と世に知れたる小森禮堂が、何ゆえにかく女も及ばぬ程に物優しくなりたるや。これ全く我が罪深き心に迫《せ》められ、後悔に気落ちせしゆえならん。田風呂判事も逢い見ぬ先は、定めし無礼なる振舞あるべしと思い、かく言いてその豪慢を挫折《おりひし》がん、しか答えてその無礼を誡《いまし》めん、などと心のうちに思案を定め居たるも、いま目の前に女の如く猫の如くなる姿を見て、張り詰めし心も緩み、返ッて気の毒の思いをなしたれば、出来るだけ言葉を丁寧にし、田「御病気のよし承りしが、暫時《ざんじ》談話《はなし》が出来ますか」。禮「イヤ、実はナ、有徳が捕縛と聞きし時は、大いに驚き気絶して、医者もこれ切りで事切れとなるかも知れぬと言いましたが、平生が丈夫ゆえ早速癒《なお》りました。まだ充分とまでは参らねど、こう腰を掛けて居れば談話《はなし》くらいは差し支えなく出来ます」。これより禮堂、澤田實と法廷に面会し、また一場の話頭《はなし》となる。

小森禮堂は、過ぎし昔の我が罪の恐ろしさに迫《せめ》られ、本来の善心に立ち帰りしか、顔に後悔の色を現わして、判事に向い、禮「悪い事は出来ぬ者なり。拙者先年、皇族の身分を以て伊国全権大使を勤めしころ、我が位いの高きを頼み、裁判の恐ろしきを打ち忘れ、知りながら大罪を犯せしが、その罪今や廻《まわ》り来て、有徳は人殺しの罪を負い、我が身も裁判所に引き出され、三百年来汚《けが》れなき小森の家名までも汚す事となりしは、全く余が罪なり。判事閣下よ、有徳の罪は余が誤《あやま》ちより出でたるぞ。余もし二十余年の昔に天地容れざる大罪を犯さずば、何ぞ今日《こんにち》この事あらん。余は甘んじて刑罰を受くるなり。今となりては隠すも詮なきことなれば、余は隠さず飾らず過ぎにし罪を白状せん。閣下、願くば余が云う所を筆記せよ。余が家は余がために汚れたり。余が家は余と共に亡び、余と共に世間の物笑いとならん。余は責めてもの罪亡ぼしに、この罪の世間に知られ、余が身の笑われ嘲らるゝを願うのみ。

判事閣下よ、余は三十年前、父母に強いられて義理一片の妻を娶《めと》りしも、早くより澤田嬢とて契り交せし女あり。余は澤田嬢にのみ心引かれて、痛く我が妻を苦しめたり。今より思えば、余が妻は世に類《たぐい》なき貞女なりき。されど余は貞女を愛せずして澤田嬢に溺れ、両人《ふたり》の生みし子を取替えたり。澤田嬢は、初めて余が計《たく》みを聞きしとき、痛く余が言葉に逆らいたれど、余は澤田嬢を威《おど》し賺《すか》し、ついに余が心に従わせ、下僕《しもべ》次郎と乳婆お傳に言い含めて、二人の子を取替えさせたり。今は次郎も死に、お傳も殺されしゆえ、この事を知る者は余と澤田嬢のほかには非《あ》らず。澤田嬢の手許に養うは余が嫡子《ちゃくなん》にして、余の許に養える有徳は不正の子なり」と、事《こと》明細に言い立てしかば、判事田風呂氏は思いしよりも手易く治《おさま》りしを喜び、田「然らば足下《そくか》は澤田實を小森家の嫡男と認めらるゝか」。禮「申すまでもなく余は認むるなり。判事よ、余はそのとき、若気の到りとて、首尾よく取替えしを喜びたり。されど、もし有徳の顔を余が妻に見せしめなば、或いは事顕《あら》わるゝやも知れじと思えば、その後妻を一室《ひとま》に閉じ籠めて有徳の顔を見せしめず、有徳は余が手許にて乳婆にのみ育てさせたり。妻はこれがため病気となり、夜昼、有徳〳〵と言い続け、最早や一命も覚束なきまでに到りければ、余はこの世の名残りと思い、自ら有徳を抱《いだ》きて妻の病室に行き、その顔を見せたるに、妻は一目見て我が児にあらぬを知り、キャッと一声叫びたるが、これぞこの世の暇乞《いとま》いにて、そのまゝ息を引き取りたり。

その時の叫び声は今もなお余が耳に在り。余は寐ても覚めても忘られず、折々は夜半にその声を聞きて魘《うな》さるゝ事もあり。余はその後幾度《いくたび》か澤田嬢を本妻に直さんと思いたれど、思うたびにその叫び声の耳に聞ゆる如き心地したれば、これに恐れてその意を果さず。これ全く余が罪深き神経のなす業《わざ》なれば、一二年も経つうちにはその声の聞えぬ事となるならんと、空しく月日を送るうち、二年三年と過ぎ行けど、その声さらに消え行かず、事に触れ折に臨みては耳を貫くかと思うほどに聞ゆるなり。そのうち余が友人何某《なにがし》来たりて、澤田嬢には余のほかに密《かく》し男あるよしを余に告げ、かつその男は海軍の軍人にして、常に夜半《よなか》に来たり、暁方《あけがた》に帰るとの事まで知らせくれしゆえ、余は私《ひそ》かに探偵を雇いて嬢の振舞を見張らせたり。あるとき、その探偵より今しも隠し男の入込《いりこ》みし事を知らせ来たれば、余は直ぐに嬢の許に馳せ行きし所、嬢は毎時《いつも》に替ることなく余が首に細き手を纏《まと》い、愛情の接吻をなしたれば、心の疑いは全く晴れ、余は彼《か》の注進の誤りなるを知りたり。余は心のうちにて、罪なき嬢を疑いし事の耻かしく、如何にせんかと思う折から、風《ふ》とピヤノの台に目を注げば、こは如何ん、その上に黒き皮にて作りたる男の手袋あり。全く軍人の用うる品に疑いなし。余はこのとき活《かっ》と怒《いか》りたれど、事荒立ては我が身の耻と思い、無念を堪《こら》えて帰り、すぐに離縁状を認《したゝ》め、孃がもとに送りたり。孃は驚きて幾度《いくたび》か言訳の手紙を余に送りたれど、余は封のまゝにて送り返せり。その後孃は度々余が家に来り、面会を求めたれど、そのたび玄関より追い返せり。

　判事閣下、このときの余が心の苦しみを察し玉え。余はこれよりして有徳の血筋を疑い、ア、、彼れ、余が子には非らざるか。余は清浄《しょうじょう》潔白なる嫡子《ちゃくなん》を捨て、縁も由因《ゆかり》もなき者に小森の家を嗣《つ》がしむるかと思えば、そのたび妻の叫び声が耳に入り、居ても立ッても恐ろしさに堪《こら》えぬ事とはなれり。今までの可愛さは悪《にく》さとなり、ある時は短刀を持ッて有徳を差し殺さんと思い、またある時は法廷に出でゝ嫡子取戻しの訴えを起さんかと思いたれど、たゞ清き小森家の名誉と我が身分とを考え、自ら思い止まれり。その心中の苦しさは、身を裂かるゝにも勝りたり。判事よ、余は大罪を犯したればすでに充分に罰せられたり。今かく残りなく白状するまで二十余年の間、余が心のうちの苦しみは法律に罰せらるゝよりも辛かりき。判事よ、余は今までの苦しみに比ぶれば、法律の罰は恐るゝに足らず。なお聞く事あらば問い給え。余が知るだけの事は露ほども隠しはせじ」と心を開きて言い立てしは、小森侯爵その人とは思われぬ。

第二十章

判事田風呂氏は侯爵小森禮堂の白状を聞き終り、極めて真目《まじめ》なる声を出し、「貴方は実に、法律に背き、道徳に背きたる大罪を犯し、それがため今日真《まこと》の子にまで非常の苦しみを掛ける事になりました。今となッてはたゞ貴方の力に及ぶだけこの罪を償うほかはありません」。禮「もとより力の届くだけは如何様《いかよう》にも償います」。田「償うと云ううちにも、どうして償うおつもりでありますか。拙者の心が分りましたか」。禮「分りました、合点が行きました」。田「それは誠に結構です。ことに澤田實と云えるは、その容貌《かおかたち》より心まで、世に珍らしき少年にて、貴方の実子と申すも更に愧《はず》る所はありません。有徳を追い出しても、決して後悔なさる事はありません」。禮「イヤ、もう有徳はどうせ殺されますから、その血はすなわち拙者の罪を洗い清むると同じ道理でありますと、すでに有徳の死刑となるを知りし如く述べければ、田風呂氏は不審に思い、「それでは貴方、確かに有徳がお傳を殺した事を御存じでありますか」。禮堂も不審の顔にて、禮「ヤ、それではまだ貴方の方で確かに有徳と云う見認《みと》めは付きませんか。拙者はまた、苟《いやし》くも皇族と呼ばるゝ者を捕縛せしからは、貴官において充分の証拠があるからの事と思いました」と言い返されて、田風呂氏は我が言葉の滑りしに初めて気が付き、思わず後悔に唇を噛みたり。

抑《そ》も禮堂が今まで少しも包まず白状せしは、全く有徳がすでに罪あるに定まりしと思いしによることとなり。有徳すでに人殺しの証拠ある上はいかに陳弁するもその効なしと思い、我《が》を折りて白状せしなり。しかるに今、有徳の罪未だ孰《いず》れとも定まらざるを知る時は、禮堂の心変りて、口を開くにも充分用心なし、なるべく有徳のため悪しき事を推し隠さんと思うは必条なり。田風呂氏は只管《ひたすら》に我が言葉の粗忽なりしを悔めども、今更に詮方なければ、さあらぬ体にて、田「貴方はこの密事が澤田實に洩れた事を何時お聞になりました」。禮「拙者、昨日《きのう》、日耳曼《ぜるまん》より帰りて初めてこの事を聞きました」。田「誰に聞きました」。禮「有徳に聞きましたが、もし有徳がこの罪を犯しさえ致さねば、有徳こそ実に潔白の男子であります」。田風呂氏は驚きて、田「それでは貴方、有徳がこの罪を犯さぬ証拠でもありますか」と問いたるが、この問いこそ田風呂氏が重ねての失策なれ。ア、過てりと悔めども追及《おっつか》ず。

流石の禮堂、早くもその心中を見て取り、禮「判事よ、貴方のその問いは痛く拙者の心を動かします。拙者は今まで有徳を罪ある者とのみ思い、充分彼を悪《にく》みて申し立てしも、貴方が今のお言葉を聞きては、未だ彼が罪は定まらぬ者と存じます。しかし一旦申し立てた事は後へは引けません。これからは唯だ、昨日《きのう》有徳と拙者が議論致した次第ばかりを申上げます。もし昨日《きのう》有徳の言いし事が彼の誠の意《こゝろ》より出でしならば、これほど潔白な行いはありません」とて、これより昨日有徳の澤田實の事を話し、我が身は民間に下りて實を小森家の嫡子に直さんと言いたる始末を落《おち》もなく述べ立て、なお云うよう、「拙者は我が小森家の耻辱と思い、あくまでも澤田實を斥けんと云いたれど、有徳は更に聞かず。それでは許嫁けの呉竹姫を捨てゝもなお民間へ下る気かと問いたるに、有徳は、すでに決心して呉竹姫にも打ち合せて置いたと申しました」と述べたるに、呉竹姫と云える一言はあたかも田風呂氏の耳へ雷の如く聞え、にわかに胸騒ぎ立ちて、顔色火よりも赧《あか》らむを覚えたり。

田風呂は、その顔色を覚られまじと花瓶の影に顔を隠せしが、このとき良心に立ち帰り、田「ア、我れ斯かる事に心を動かすほどにては、この裁判は勤まらず。初めより他人に譲らざりし事の浅墓さよ」と我と我が身を責《せむ》れども、今は事すでに晩《おそ》くして、引くにも引かれぬ場合なれば、ようやくに気を取り直し、今禮堂が申し立てし事を心のうちに繰り返して有徳の振舞いを考え見るに、彼れ尋常に澤田實と入り代らんと言いたるは、すなわち父の心を暗まし、あわせて裁判官の判断を迷わさんとする巧みなり。先ほど探偵散倉が、有徳は偽証《にせしょう》を作りしと云いたるは、こゝの事なるべし。これまで我が扱いし罪人のうちにも、種々《いろ》の偽証を作りしもの数多《あまた》あれど、かくまで巧みに作り設けし者は未だあらず。これにても、有徳が世に類いなき奸智に長《た》け人を欺むくに妙なる事は知れたり。我いま油断せば、有徳の奸智に欺かれ、如何なる過ちの裁判を下すやも図られず。心弱くては叶わずと、屹度《きっと》思案を定むれば、精神復《もと》に立ち帰りて、常よりも爽かになれり。

これにてようやく頭《かしら》を上げ、田「なるほど、有徳殿の申し分は拙者までもその心中の潔白なるに感じたり。されど、当裁判所に於ては、有徳が足下の心を暗ますため兼《かね》て巧みし事とほかは認めません」。禮「もし巧んだ者とすれば、実に旨《うま》く巧んだ者で、拙者も一時はア、感心な奴じゃと思いました」と言う折しも、先ほど退きたる書記入り来たり、書「實が証拠書類を届けて参りました」と通ずれば、田風呂氏は「澤田氏をこゝへ通せ」と云いたり。

書記が心得て引き退く後へ、入り交《かわ》りて静《しず》々と歩み来るは、法学士澤田實なり。實は父なる小森禮堂には気も付かず、直ちに判事に向い、實「先刻お約束致せし手紙はこの蟇口《ガマグチ》に入れてあります。私しは澤田夫人が益々病気危篤なれば、これにて直ちに御免を蒙ります」と言い捨てゝ帰らんとすれば、かくと聞く小森禮堂は、澤田夫人の名を聞きて昔の愛情を思い出ししか、様子問いたげにその口を動かしたり。このとき判事は突《つ》と立ちて、澤田實の手を捕え、禮堂の前に連れ来たりて、田「侯爵小森禮堂氏よ、余は澤田實氏を足下に紹介《ひきあわ》します」と言うに、禮堂も椅子を離れ、父子《おやこ》初めて顔と顔を突き合せたれど、両人《ふたり》互いに先の心を探らんとする如く、睨み合いの姿にて一言も出でざれば、田風呂氏は禮堂に向い、「侯爵よ、澤田氏は足下の正当の嫡男なるぞ」と言うに、實はこれに力を得て、實「侯爵閣下……私しは、私しは、私しは……」。禮「侯爵閣下ではない、其方《そなた》の父じゃ。阿父《おとっさん》と言うが好い」と聞きて、實は思わずも涙を流し、實「お懐かしう厶います」と云う声さえも震えたり。

第二十一章

實は父禮堂の手を取りて懐しさの涙を流したれど、不思議なるかな、禮堂は少しも實を実の子とし愛する様子なく、たゞ義理一片の名乗り合いをなしたるのみ、喜びもせず涙も出さず、あたかも下手な人形芝居の愁嘆場《しゅうたんば》に異ならず。やがて禮堂は味も情もなく田風呂判事に向い、禮「これで拙者の用事は済みましたか」。田「ハイ、済みましたが、今まで貴方の申し立てを拙者自ら筆記しました。これを読み上げますから、もし違ッた所があれば遠慮なくお示しを願います」と言いながら、筆記の文を読み上ぐるに、そを聞き居たる澤田實は、有徳が父と争い、實を嫡子に迎え入れんと云いし所に至り、痛く彼が心の潔白なるに感じたる如く見えたり。判事は読み終りて禮堂に向い、田「違う所はありませんか」。禮「少しも違いはありません」。田「しからば、この終りに貴方の姓名をお書き入れ下され」とて墨筆と共に差し出せば、禮堂は受け取りて猶予もなく己が姓名を書き入れたり。終りて禮堂は實に向い、「此方《このほう》は身体が悪く、いつ死ぬかも知れぬ身ゆえ、早く其方《そなた》を嫡子《むすこ》に定めねばならぬ。サ、實とやら、父を肩に扶《たす》けて馬車まで連れて行ッてくれ」と云えば、實は喜び勇んで進み寄り、田風呂氏に一礼述べ、父禮堂が手を取り、ほとんど背負わぬばかりにして法廷の外へ連れ出でたり。これより禮堂と實の間になお様々の事柄あれど、それらはしばらく後に譲る。

判事田風呂氏は、今までの實の行いを見て痛くその心の潔《いさぎ》よきに感じ、充分に力を尽して霊堂と父子《おやこ》の名乗りをなさしめたれど、なお禮堂の様子何となく気に掛る所あれば、二人が出で行くと直様《すぐさま》高座より飛び降りて、法廷の入口なる戸を密《そっ》と開き、しばらく二人が後影を見送りしが、やがてその見えずなりしころ、元の席に帰り、「ア、、今日はまず一ツの功徳《くどく》を施した」と独言《ひとりごと》なしたり。これより直ちに小森家の男女《なんにょ》の召使三十二人を呼び出し、色々と問い糺せり。その言い立てを彼これ照し合せ、一条《ひとすじ》に取り纏むるときは、左《さ》の事柄だけ確かに分りたり。

○有徳は三月三日に澤田實に面会したる後は、顔の色まで全く変わり、唯事《たゞごと》とは見えざりしゆえ、従僕《しもべ》何某《なにがし》は医者を迎え来たらんか言いたれど、有徳は医者に及ばずと拒みたり。
○この夜は夕飯《ゆうめし》を喫《た》べず、かつ従僕は申すに及ばず一切の人を我が居間に入れざりき。
○有徳は日頃朝起《あさおき》の性質《たち》なれど、翌四日の朝は午前十一時初めて寐間を出でたり。
○この日午後一時ごろ、一通の手紙を呉竹姫に送りしが、四時ごろに至り姫より返事来たれり。

小森侯爵澤田寧を従へ帰館の図

○有徳はその返事を読み終りて焼き捨て、なおそのほかの手紙数十通を焼き捨てたり。
○有徳は平生あまり酒を好まず。されどこの夜（お傳の殺されし夜）は夕飯《ゆうめし》の後にてコップに一盃のブランデーを飲みたり。またこのとき、口のうちにて「女だから豈夫己《よもやおれ》に勝つ事は出来まい」と呟きたり。
○食事の終りしとき、日ごろ懇意にする友達二名訪《と》い来たれど、有徳は大切の用事ありとて面会を拒みたり。
○これより次の間（鉄砲、刀などを備えある所）に入《い》り行き、巻煙草を吸い、しきりに何事をか考え居たり。
○やがて八時ごろ、一本の蝙蝠傘を杖とし、緑色の手袋を嵌《は》め、黒き高帽を戴きて出で行きたり。
○この夜何時《なんじ》ごろ帰りしかは、誰も知らず。されど、下僕何某が十一時半過ぎに寝《いね》たれど、この時までは未だ帰り来らず。
○この翌五日、有徳は朝十時ごろに起き出でたり。その顔色は昨日《きのう》より大いに安心の体《てい》なれど、なお心のうち穏やかならぬよう見えたり。
○翌六日もその通りなりしが、この日、父禮堂の帰るを迎えんため野留戸《のると》の停車場《すていしょん》へ行き、やがて禮堂と一ツの馬車にて帰り来たれり。

これだけの事は分りたれど、別に取り留めし所なきゆえ、判事は一同を退かしめ、その後にて今朝《こんちょう》散倉の一行が有徳の家にて差し押えたる短刀そのほかの証拠物を取り出し、これをお傳が家にて散倉の集めたる証拠物と比べ合わすに、いずれも寸分の違いなく、さらに疑うべき所なし。これにて有徳を白状せしむるに充分なりと思えど、たゞ田風呂氏の恐るゝは我が心と云える大敵なり。我れ一旦有徳を恋の敵《かた》きとして狙いたるに、今もし有徳に面《おもて》を合わさば、彼を悪《にく》むの念再び現れ出で、知らず彼が罪を重くする事はなきか、証拠とならぬ事までも知らず〳〵充分の証拠と思い誤ることはなきかと、千々に心を痛むるは、その職にあらぬ人の知り得ぬ苦心なるべし。斯くてあるうち、早や午後三時に間近くなりたれば、田風呂氏は驚きて昼食を済ませ、思い切りて小森有徳を召出《よびだ》しの命を下したり。されど有徳は一通りの罪人にあらず。すでにその父禮堂の言い立てによりて、彼が奸智のほどは分りたれ。首尾よくその裁判を仕果《しおお》せるや否やと、いと胸のみ騒ぐなり。

第廿二章★14

田風呂判事は思い切りて「小森有徳を呼び出だせ」との命を下したるが、さて小森有徳は今朝ほど寐込みを捕われしより、現《うつゝ》のうちを引ッ立てられ、裁判所内に設けある未決監に入れられしも、心の驚き甚だしければ、如何にしてこれより我が身の罪を言い解くべきか、如何にせば判事の疑いを破りて再び自由の身となり得《う》べきか、考えんとすれど心定まらず。しばらくありて一杯の冷水《れいすい》を呼び、一息に飲み干したるが、これにて胸やゝ静まりしかば、かたわらにある寐台《ねだい》の上に打ち俯して、昼過ぐるころに至るまで独り静かに考え居たり。抑《そ》も仏国《ふらんす》の未決監は、その後ろに三人四人の番人ありて、絶え間なくうちなる囚人の様子を伺い、一々予審判事に通ずるとかや。壁に耳あり障子に目ありとはこの事なり。されば有徳は牢のうちにて我よりほかに人なしと思い、我が行いは誰も知らじと安心して独り思案を廻《めぐ》らせど、壁の外には六ツの目あり、六ツの耳あり、その身はあたかも顕微鏡の下《もと》に置かれたる毛虫に異ならず。やがて午後三時を過ぐるころ、二名の憲兵入り来たりて、「小森有徳、裁判所よりの召出《よびだ》しなるぞ」と伝えたれば、有徳は寐台を降り、服の襟などを調《とゝの》え、手拭にて二三回顔を拭い、唇を湿して、悠々と憲兵の後に踪《つ》き、法廷を差して立ち出でたり。

田風呂判事は深く有徳が奸智のほどを知るからに、我が手に充分の証拠を持ちながら宛《あたか》も戦場に臨む心地なし、胸のみ轟かせて待ち居るうち、憲兵に引き連れられ一礼しながら入り来たりしは有徳なり。まずその容貌を見るに、痛く心の疲れしものか顔色は青けれど、眼《まなこ》涼しく輝きて冬の夜の星のごとし。どことなく沈着に奥ゆかしき所あるは、じつに皇族と云うも耻かしからず。呉竹姫が我を捨てゝ彼を取りたるも宜哉《ことわり》なりと、心私《ひそ》かに感じたり。判事は恭しく身を構え、まず式の如く姓名年齢等を問い終りて、田「其方《そのほう》は小森有徳と云う姓名を名乗るべき権理のない事は知ッて居るであろうな」。

有「存じて居ます。私《わたく》しは皇族小森禮堂の私生の子であります。ことに私しの生れたとき、禮堂はすでに正当の手続きを踏んだ正当の妻がありましたゆえ、禮堂もし私しを指して自分の胤《たね》でないと云ッても、私しは争う事の出来ぬ自分であります」。田「其方はどうしてその事を知ッた

★14——以下、「二十」と「廿」、「三十」と「卅」（丗の異字体）が混在しているが、すべて原文通りとする。

るや」。有「初め禮堂の嫡男澤田實より聞きました。次に禮堂より承わりました」。田「その事を聞いた時、其方の心持はどうであった」。有「全くの所は失望致しました。今まで自ら皇族と思い、栄耀栄華を極めた身が、にわかに斯かる事を聞き、どうして失望せずに居られましょう。しかし失望は致しても、決して嫡男と争う心はありませんでした。現に父禮堂に向っても、早く嫡男を家に入れよと充分に説き勧めました」と聞き終りて、田風呂氏は心の内に「フム、愈《いよ》々旨《うま》い。中々一通りの奴じゃない。どうして言い込めてやろうか」と思いながら、田「父禮堂も母澤田夫人も其方の味方であって、たゞ其方の敵は寡婦《ごけ》のお傳ばかりである。お傳をさえ殺してしまえば其方は元の如く皇族で居られる身分じゃ。少しも失望するには及ぶまい」。

有「いかにも仰せの通りであります」と少しも逆らう様子なければ、田風呂氏は一際《ひときわ》声を張り揚げ、田「小森有徳、よく承《うけたまわ》れ、其方は澤田實の証拠を奪わんため寡婦お傳を殺した者である。暗殺した者である。謀殺した者である。当法廷においては、夫《それ》々の証拠あって其方を下手人と認むるぞ」と、心の底まで貫徹《つきとお》すばかりに言い聞かせど、有徳は少しも騒がず、有「判事閣下、私しは男子の良心と男子の名誉を以て誓います。小森有徳は無罪であります。決してその罪を犯しません。判事閣下よ、私しは唯今まで密牢に閉じ込められ、世間へ出る事も出来ず、世間の人と口を聞く事も出来ぬ身の上であります。我が身を言い開くべき証拠は一ツもありません。たゞ願わくば、判事閣下の御力を以てなお充分の探偵を遂げ、この小森有徳が無罪なる証拠を充分にお取り集め下され。この小森有徳の無罪を証拠立つるは、判事閣下の義務であります。罪なきものを罰しては、判事の職務に違《たが》います」と澱みなく申し立つれば、田風呂氏は感心し、「うまいものじゃ、役者でもこうは行かぬ。フム、一生懸命になれば、このような智慧が出るものかナ」と独り心に思案しながら、手早く探偵散倉の上申書を開き見て、田「其方は今朝《こんちょう》捕われし時、口のうちにてアヽもう駄目だと呟きたり。何ゆえに斯かる言葉を発したるや」。

有「如何にも左様に呟きました。私は逮捕状を手に取りて見ました時、寡婦お傳謀殺の件とあるを見て、とてもこの疑いを言い開く事は出来ぬと思いました。ことに昨夜、毎夕新聞にお傳の殺されし雑報のあるを見て、もしこの身に疑いが掛りはせぬかと心配致しました。ちょうどお傳を殺せばこの身に取り最《いと》都合の好いときゆえ、その筋で或いは我を疑いはせぬか、もし疑えば万に一ツも言い訳の道はないが、アヽ困ッたものだと、かように思ッて居る所へ、丁度お傳謀殺の逮捕状を見ましたゆえ、こりゃもうとても逃れる事は出来ぬと思い、我知らずアヽもう駄目だと申しました」と、滝の水の落つる如く言い開きたり。何等の雄弁ぞ。何等の明智ぞ。田風呂氏が力と頼みたる随一の証拠は、この言い開きにて影も形もなきまでに破れ尽し、今は推し返す言葉もなし。

田風呂氏はまたも感心し、「フム、お傳を殺せば其方の身に取りいと都合よき事は、すでに其方も合点《がてん》と見える。さて、このたびの謀殺は決して盗賊の仕業でない。すでにその紛失品を瀬音川の堤《どて》に捨てゝあッたので分るサ。盗みでなくて、その上お傳の所持せし書面のうち、其方の身分に係る者を悉《ことごと》く焼き捨てゝある。これが其方でないと言われるか。其方のほかに誰か斯様なことをするものがあるか」。有「その御問いには返事が出来ません。私しよりほかにお傳を殺しその書面を焼き捨てゝ都合の好い人があるかないか、それを私しが存じて居るはずがありません」。田「其方は度々お傳の家へ行ッた事があるか」。有「ハイ、三四度参りました。田「馬丁《べっとう》の証明によれば、其方の供をして十辺以上もお傳の家へ参ッた申すが、どうじゃ」。有「それは馬丁の思い違いでゞもありましょう。全く三四度であります。しかし、よしんば十余度《たび》と致しても、それが謀殺の証拠にはならぬかと存じます」。田「其方はお傳が家の間取りを存じて居《お》るか」。有「ハイ、存じて居ます。二階が一間、下が二間で、お傳は奥の間に寐起きを致して居ました」。田「其方がもし夜中《やちゅう》にお傳の家へ参り、入口の戸を叩けば、お傳は戸を開けると思うか」。有「私しが参れば夜中《よなか》でも喜んで戸を開けると存じます」。

田「其方は三日の日から顔色も悪く、かつは何か心配そうに鬱《ふさ》いで居たと云うが、全くか」。有「ハイ、実に我が身が皇族でない事が分り、痛く失望致しましたゆえ、食事も勧《すゝ》まぬまでに鬱ぎました」。田「従僕《しもべ》のものが医者を勧めたのに、其方は断わッたと云うが、何ゆえじゃ」。有「医者に診《み》せても無益であります。私しの病気は我が身の失望から鬱ぐだけの事で、どのような医者でもこの鬱ぎを停める事は出来ません」。田「其方は、かねて蓄えある手紙そのほかの書面を焼き捨てたと云うが、何ゆえじゃ」。有「それは、實殿と入れ代り小森の家を立ち去る決心ゆえ、焼き捨てました。私しの決心さえ御存じになれば、そのような事は少しも怪しむに足りません」と、朝風の閉ざせる霧を吹き払うごとく、いと爽やかなる答弁に、田風呂氏はほとんど持て余して見えたり。

裁判小説　人耶鬼耶

第廿三章

田風呂判事は有徳の弁舌に切り立てられ、しばし困《こう》じてありたるが、かくては果てじと思案を変え、「コレ有徳、其方は去る四日の夜《よ》八時より十二時まで、どこに居て何を致した。明らかに申し述べよ」と問い掛けたり。このときまで有徳の返答は、あたかも響きの物に応ずる如く、少しの猶予もなく注ぎ出でたるが、この問いには少し怯《ひる》みし如くにて、「へ、去る四日の夜でムいますか」とことさらに問い返すは、そのうちに思案を定めんとての計略なるべし。田風呂氏は私《ひそ》かに「〆めたく〳〵」と雀躍《こおどり》しながら、田「左様、四日の夜の八時から十二時まで何を致して居た」。有「お尋ねでは厶いますが、充分の御返事は出来ません。私しは記憶が弱くて……」。田「別に記憶の入《い》る事ではない。これが十日前とか一月前とか云うならば思い出されぬ事もあろうが、四日と云えば一昨々夜の事じゃ。今日はコレ七日であるぞ」。有「それでも充分には覚えませんが、何でも散歩を致して居りましたと存じます」。田「シテ、夕飯《ゆうめし》はどこで喫《た》べた」。有「我が家で喫《きっ》しました。これは毎例《いつも》の通りで厶います」。田「イヤ、毎例の通りでない。其方は平生酒を嗜《たしな》まぬのに、この夜に限り食後に一杯のブランデーを取り寄せ、一息に呑み干したと云うが、すなわちこれから非常の仕事を仕ようとて勇気を付けたで有ろう」。

有「何も非常の仕事はありませなんだ」。田「ない事はあるまい。其方が食事を終りしころ、二人の友達が来たのに、其方は大切《だいじ》の用があるとて面会を断わったと云うが、すなわちこれが何よりの証拠である」。有「イヤ、大事の用はなくてもあると云うのが、客を断わる通例の挨拶であります」。田「何ゆえ客を断わった」。有「御存じの通り、私しは何となく心が鬱《ふさ》ぎ、快々《くさ》致すから、酒も飲みました。面会も断わりました」。田「当法庭に於いては、其方、尊長村お傳の住所へ行くための用意に酒を飲み、また面会を断わったと認定する。ことに其方はそのとき、口のうちにて「女だから己《おれ》に勝つ事は出来ぬ」と呟いたと云うが、その女とは誰の事じゃ」。有「それは私しがその日の昼過ぎに手紙を出し、やがて返事を受け取った女の事であります」。田「その返事の手紙はどう致した」。有「焼き捨てました」。田「焼き捨てたのは、証拠を隠すためで有ろう」。有「決して左様ではありません。その手紙はたゞ、私しとその女だけの用事で、他人に示すべきものでないゆえ、焼き捨てました」。

判事田風呂氏は、その女とは呉竹姫なるを知るがゆえ、推してその名を問わば我が顔色の変りはせぬかとしばらく躊躇《ためら》いたれど、問わで止むべき事ならずと気を励まして、田「その女の名は何と云う」。有「女の名前は申し上げる事が出来ません」。田「コレ有徳、当法庭へ出る上は、隠すだけ為めにならぬ。有体《ありてい》に申し立てよ」。有「ハイ、自分だけの事は包まず申し上げますが、他人の事は申されません」と明らかに言い切りたれば、判事はまたも初めに立ち帰り、田「其方、四日の夜、夕飯を喫し酒を呑んだ跡で何を致した」。有「すぐに我が家を立ち出でました」。田「イヤ、すぐではない。其方は次の間に行き、しばらく煙草を呑んだであろう」。有「ハイ」。田「その煙草は何の種類じゃ」。有「虎箱《とらばこ》と申す煙草であります」。田「其方は煙管《ぱいぷ》にて呑んだのか」。有「毎例《いつ》も煙管を用います」。田「シテ、何頃《いつごろ》に家を出た」。有「八時ごろで」。田「其方、蝙蝠傘を携えたか」。有「ハイ」。田「家を出てどこへ行ッた」。

有「所を定めずブラ〳〵と歩き廻りました」と取り留めもなき返答に、判事は意外の思いをなし、腹の内にて「ハテな、散倉の説では、有徳必ず偽《にせ》証人を沢山こしらえてあると云ッたが、この様子では偽証人を作ッてないワエ。して見ると、偽証人と云う陳腐《ふるくさ》い手を止《や》めて、それよりももう一層巧みな謀り事でもあるのか」と思案しながら言葉を継ぎ、「何の当て度もなくたゞ散歩したのか」。有「ハイ」。田「散歩の道筋を順に申し立てよ」。有「それは一々覚えて居ません。私しはたゞ、快《くさ》々してならぬゆえ、心のうちに身の行く末を考えながら、夢中を辿《たど》るように浮《うか》々と歩みましたゆえ、道筋は少しも覚えません」と聞きて、田風呂氏は声を揚げ、田「道筋を覚えぬなどと、そのような事があるか」と叱り付ける如く言い放てど、心のうちには我が身にも現にその覚えあるべし。曩《さき》に呉竹姫に婚姻の申し出を拒まれしとき、田風呂は我が身自ら夜《よ》となく日となく夢中になりて巴里の町々を歩きしことを忘れはせじ。されど、今はたゞ首尾よくこの裁判を仕果《しおお》せんと思う一念なれば、さる事を思い出す暇《ひま》はなく、そのまゝなおも問い返し、田「シテ其方はその道で誰か知る人に合わなんだか」。有「ハイ、誰にも逢いません」。

田「逢わぬならば、其方の身に取りこの上もなき不仕合せじゃ。お傳の殺されしは丁度四日の夜の八時から十二時までの間である。其方もし自分の罪なきを証拠立てたくば、明かに道筋を申し立て、当夜《そのよ》尊長村へは立ち寄らぬと云う証拠を挙げねばならぬ」と聞きて、有徳は痛く驚き、有「ヤヽ、お傳の殺されたのが丁度その時刻でありますか。判事閣下、私しは実に不仕合せであります。その道筋はどうしても思い出す事が出来ません」と途方に暮れし申し立てに、判事は益々怪しみて、田「ハテな、まだ偽証人を立てぬとは、愈《いよ》々不思議じゃ。これでは言い開きにならぬが。フム、どこまで強情か分らぬ奴じゃ」と独り領首《うなづ》き兼ねて、卓子《ていぶる》の下に集め置きし証拠物を一々取り出だし、田「これより其方の罪となる証拠を一々申し聞かせる。サ、この短刀に覚えがあるか」とて、小有の二字を記せし短刀を出だし見すれば、有「私しの品であります」。

田「お傳を殺した賊はこれと同じ短刀を持ッて居て、コレ、この肩掛けを身よ、現にその血を拭うた跡を見れば、大きサと云い形ちと云い、尖《さき》の刃の折れた所まで、これと寸分の違いがないぞ」。有徳は手に取り見て太《いた》く驚き、有「なるほど、これはこの短刀に違いません」。田「イヤ、こればかりでない。其方の靴と罪人の足跡を比ぶるに、指の先より踵に至るまで少しも違わぬ。コレこの図が砂場に留《のこ》ッた靴の痕で、またこの土は足痕の凹みへ流し込みたる粘土《ねばつち》の雛形である。

これを其方の靴と較べて見よ。ことに其方の靴は世に類の少ない形である。これでも言い開きが立つか」と道理《ことわり》せめて言い込むれば、有徳は顔の色青くなり白くなり、有「どうも不思議によく似て居ます」。田「似て居るのではない、同じ事じゃ。またこの土は罪人が蝙蝠傘を杖に突き、その先の土に入りし所をそのまゝ掘り出して来た。コレ、この穴と其方の蝙蝠傘の頭を比べて見ろ。別物とは思われぬ」。有「ナルほど、密合《しっく》り嵌《はま》ります。コレは実に奇妙でムります」。田「まだある。其方が四日の夕方吸いながら出で行きしは虎箱の巻煙草であるが、これを見よ。これはお傳の家に落ちて居た吸余《すいがら》じゃ。同じく虎箱の巻煙草、ことには同じく煙管《ぱいぷ》へ嵌めたものである」と益々攻め入る判事の言葉に、有徳は戦々《わな》と震い出し、有「実によくも〳〵斯《か》くまで暗合したものです。人間業とは思われません。ア、、私しの力ではこの証拠に勝つ事は出来ません。実に不思議とも奇妙とも申しようがありません。このような暗合がどうして出来たかと怪しみます」。

第二十四章

田風呂判事は有徳が恐れ戦《おのゝ》く様子を見て、今一層の証拠を示さば彼れ必ず恐れに得堪《えた》えず、白状して憐れみを乞うならんと思えば、猶予もなく彼《か》の手袋を取り出だし、言葉に百倍の力を込めて有徳に向い、田「これまでの証拠は最早や否むことは出来ぬ。その上なお一ツ明らかな証拠は、これ、この手袋である。お傳を殺した罪人は、小山羊皮で作ッた緑色の手袋を嵌《は》めて居る。それをお傳は死に物狂いになり、攫《つか》み取ッたので、その爪の裡《うち》に皮の分子が留《のこ》ッてあッた。即ちこれなる硝子の箱に入れてあるのがその分子じゃ。熟《よっ》く見よ。緑に染めた小山羊の皮に相違あるまい。コレ、其方が四日の夜に嵌めて出た手袋には、この通り強く引掻いた痕がある。見よ、緑の皮が擦《こす》られて白く斑《まだら》点の条《すじ》があるではないか。両方をよく比べて見よ、色と云い皮と云い、寸分の違いはあるまい。どうじゃ、有徳、返事があるか」と証拠物《もの》を目の前に突き付くれば、左しもの有徳も堪り兼ねしか、額より脂汗を流し、手は戦々《わな》と震いて、証拠物《ぶつ》を受け取ることさえ出来ず、かつ口唇《くちびる》全く乾きたれば、言わんとするも言葉出でず、ようやくにして最渋枯《いとしわがれ》たる声を発し、

有「実に、実に、恐ろしう、ムい、ます」。

　判事はこゝぞと思い、一寸《いっすん》も猶予せず、引き違えて筒袴《づぼん》を取り出し、田「これは其方が四日の夜に穿いて出た筒袴である。これを取り押さえたときは、なお濡れてあった。ことにこの通り所々に泥も着き、埃も着いてあるのみならず、ひどく引掻いた者と見え、膝の所がこの通り破れてある。其方は四日の夜に何所をどう散歩したか知らぬと言えど、筒袴を引き裂いたも知らぬと言うか。手袋を掻き挘《むし》られたのも知らぬと申すか。左様な虚々《そら》しい言い抜けを誰が信《まこと》とにすると思うぞ」と百貫★15の鉄槌《かなづち》にて熱鉄を打ち挫《ひし》ぐ如き勢いにて問い詰めれば、有徳は心《こゝろ》狂乱せしか、後ろなる椅子に動《どう》と倒れ掛り、有「恐ろしうムいます。私しはもう発狂します」。田「よく聞け、かく重ね重ねの証拠出づるからは、お傳を殺せしは其方のほかにない。すなわち其方はお傳を殺した者である」。有「私しは、とてもこの言訳は出来ません。全くこの有徳は恐るべき陥《おと》し穴に落ちました。これきり殺されても、この有徳は無罪であります。決して罪を犯しません」。田

「犯さぬとならば、四日の夜は何所に居た」。

有「何所となく散歩致しました。その道筋は忘れました」。田「忘れたとならば、此方《このほう》が言い聞かさん。其方は四日の夜八時ごろ、酒の力を仮り、恐るべき決心を起し、我が家を立ち出で、卅五分過ぎに羅猿《らざる》の停車場《すていしょん》にて汽車に乗り、九時少し前に棒木場《ぼうきば》の手前の停車場《すていしょん》にて汽車を

降り、尊長村に行ッたのである。二十五分にお傳の門口《かどぐち》を叩き、すぐさま奥の間へ通ッたのである。その時、酒の酔い少し醒めしにより、またも一杯のブランデーを命じ、充分の勇気を引き立て、十五分ばかり経ッたるころ、この短刀を以て後ろよりお傳を殺したのである。其方それより家のうちを捜索し、入用《にゅうよう》の書を取り集めて残らず焼き捨て、次には探偵の目を暗まさんとて金目の品物を手当り次第取り出だし、盗賊の仕業と見せ掛けたのである。これにてこの家《や》を立ち出で、入口の戸を鎖《とざ》し、その鍵を溷《どぶ》に投げ込み、一走りに瀬音川の辺《ほと》りに付き、向う河岸《がし》に廻りて品物を投げ捨て、再び汽車に乗りて帰ッたのである。

有徳よ、心を開いて承われ。すでに斯くまで露《あらわ》るゝからは、強情を打ち捨てよ。汝の心を入れ代えよ。法庭は決して汝を憎まず。何ゆえ早く白状せぬぞ。有体《ありてい》に白状せば、汝が非情なる情実を察し、汝が頼りなき身の上を斟酌し、憐れ汝が失望の心中を憫れみ、及ぶだけの恩命を施すなるに。白状せずや、小森有徳、白状せずや、如何に〳〵」と稀世《きせい》の雄弁を掉《ふる》い説き聞かすに、その一言一句は有徳の心中を貫くかと疑われ、有徳は今にも判事の前に平伏《ひれふ》し憐れみを請わんとする様子充分に見えたれば、田風呂氏は早や事成りぬと思いのほか、有徳なおも屈せず起ち直りて、判事に向い、有「判事閣下の仰せは一々御尤《ごもっと》もであります。何から考えても、此度《このたび》の罪人はこの有徳とほかは見えません。私し自ら我が身を疑わしく思うほどであります。なれど、私しは決し

★15――一貫（一貫目）は三・七五キログラムの重さに相当する。すなわち、百貫は三七五キログラム。

て罪人ではありません」。

田「コレ、よく聞け……」。有「イヤ、私しは罪人ではありません。もとより、斯くまで証拠の挙がる上は、一言も言い開きは付きません。現に私しが斯く恐れ戦きて、音声の震うのも、私しが罪の証拠と見えましょう。私しは余りの不思議サ、余りの恐ろしさに、心を奪われ、言葉さえ出ぬ事となりました。私しの言い訳は通りません。通るだけの言い訳はありません。私しの一命は、最早や逃るゝ道もなく、判事閣下に献じます。それでも私しは罪人ではありません。決して罪は犯しません」。田「犯さぬと云ッても証拠がある」。有「証拠があッても犯しません」。田「それでも証拠が」。有「それでも犯さぬ」。田「それでも」。有「それでも」。田「それでも」。有「それでも」と、争い果てしあらざれば、判事は持て余し、今しばらく休ませなば彼が本心に立ち復《かえ》り、強情の無益なるを悟りて白状する事もあらんかと思い直して、有徳に向い、今日はこれにて一先ず閉廷するむねを告げ、先ほどより陳述せし事の筆記を読み上げて、これに有徳の名を記させ終りて、直ちに憲兵を呼び入れ、またも有徳を元の牢屋へ送り帰しぬ。

その後に田風呂氏は卓子《ていぶる》に俯向《うつむ》きて心を悩まし、「ア、、これだけの証拠があれば直様《すぐさま》公判に廻しても充分なれど、たゞ、彼は昔しの怨みがあるだけに、疎忽《そこつ》な事をしてはならぬと思い、充分に白状させんと勉めても、白状せぬは困った強情な男じゃ。散倉の説では、いくら強情でも手嚢《てぶくろ》一ツ見せれば必ず白状すると云ったが、手袋ドコロか残らずの証拠を見せても、現在恐れ戦きながら未だ白状せぬ。ア、、六カしい役目に当ッて今さら後悔千万じゃ」と独り考え入りたる所へ、裁判の様子如何にと待ち兼ね居たる探偵散倉、息も世話しく入り来り、田風呂氏の背《せな》を叩きて、散「白状しましたか」。判事はようやく我に帰り、田「イヤ、勿々《なか》白状せぬ」と聞きて散倉は痛く驚き、「白状せぬ。それでは、偽証《にせしょう》を沢山に持ち出しましたでしょう」。田「一ッも偽証を出さぬのサ」。

散倉は飛び上がり、「それは不思議だ。白状もせず、偽証も出さず」とて、しばらく考えしが、たちまち顔の色を変え、泣き出しそうな声を出し、散「ハア、大変〳〵。それでは有徳は罪人ではありません。必ず真事《まこと》の罪人がほかにあります。アヽ、こればかりはこの散倉の見損《みそこな》いでありました。困ッた事をしたナア。有徳は罪人でない。罪でない者を牢に入れて、取り返しの付かぬ失策を遣らかした。これでは本統の罪人は益々もって容易ならぬ奴じゃ。片時《へんじ》も早く探偵を仕直さねばならぬ。田風呂氏よ、この調べはしばらく待たれよ、散倉が一生の失策です」と禿げ頭を撫でまわしながら言い立てたり。抑《そ》も散倉は発狂せしか。十の者を九ツまで仕揚げたる今に至りて、にわかにその説を更《か》ゆるとは、不思議と云うも余りあり。

第二十五章

探偵散倉の意外なる言葉に、判事は思わず笑いを催し、田「君は全体、何を云うのだ。もう罪人は充分に分ッて居る。白状こそせねど、その様子と云い、言葉付きと云い、ことには四日の夜に何処を散歩したか知らぬなどと、これが何よりの証拠だ。拙者も随分罪人を取り扱ったが、これほど見事に証拠の揃ッた例《ため》しはない。これと云うのも全く君の尽力じゃ。なお疑わしく思わば、裁判筆記を読んで見たまえ」と云われて、散倉は頷《うなづ》き、書記の後ろに廻り、その帳面を借り、瞬潑《まばたき》もせず読み初めしが、十分間も経ぬうちに早くも読み尽し、益々顔の色を青くして、散「どうしてもこの罪人はほかにあります。有徳は無罪です」。田「君は今の筆記を何と読んだ。今から老耄《おいぼれ》てはいけないテ」。散「イヤ、決して老耄は致しません。この筆記を読めば益々有徳の無罪が分ります。有徳の返事は一句一言ことごとく無罪の証拠であります。我が身に暗い所があれば、決してアノ様な返事は出来ません。我が身に覚えがないのに、余り証拠が符合したから、心のうちで恐ろしくなッたのです。本統の罪人ならば、充分に言い抜けようと致します。然《しか》るに彼れが一言も言い抜けせんとせず、ひたすら無罪を言い張るのは、何よりの証拠であります。田風呂氏よ、罪もなき有徳をこのまゝ牢屋へ留め置くは、じつに可愛想ではありませんか」。

田風呂氏は少し立腹の如き声にて、田「君は全体どうしたのじゃ。昨夜は拙者に向ッて、一刻も早く有徳を捕縛せねばならぬとて無理に逮捕状を認《したゝ》めさせ、ことに今朝《こんちょう》有徳が寐込を捕えて我が手柄に誇りながら、今となッてそのような意外な事を云うとは、拙者の旨《むね》には落ちません」。散「イヤ、それが拙者の一生の誤りです。必ずほかに罪人がありますから、この裁判ばかりはしばらくお見合わせを願います」。田「イヤ、斯《か》く証拠の揃いし者を、一刻も永く未決監へ留め置く事は出来ません。明日《みょうにち》なお一応取り調ぶれば、充分彼を白状させる手段があるゆえ、直ちに公判廷へ廻します。これをグヅ〳〵しては拙者の手落になります」と云いながら、早や四辺《あたり》の証拠物などを取り片付け、退庁せんとする様子に、散倉は涙を流し、散「田風呂氏よ、今有徳を公判に廻しては取返しが付きません。君でさえすでに充分と認むるだけの証拠があるゆえ、これを公判に廻せば、どのような陪審官でも必ず有徳を有罪と認めます。もし有徳が処刑となッた跡で真《まこと》の罪人が出たならば、どう致します。君の名誉も拙者の名誉も、これ切りで亡びます」。

田「君も分らぬ事を云う。すでにこれだけの証拠があッて公判廷へ廻すのに、何の名誉に障《さわ》るものぞ。かく明かな証拠を押えながらこのまゝ打ち捨て置けば、田風呂は証拠を見るだけの眼《まなこ》がないかと人に笑われます。自分の職務を軽んずるに当ります。また現に有徳が罪人だと云う事は争いようがありません。どのような弁護人でも、この証拠を破る事は出来ません。それを何ぞや、有徳が処刑を受けた跡から誠《まこと》の罪人が出て来るなどとは、拙者、一切合点《つらくがてん》が行きません。それとも、別に疑わしい人がありますか」。散「サ、その疑わしい人が未だないから、御待ちを願うのであります。探偵を仕直すのであります。誰にか疑いの落ちるまで、こればかりは御猶予を」。

田「イヤ、すでに証拠のある罪人が捕まッたからは、無理にほかの人を疑ッて探偵を仕直すなどと、そのような事は出来ません。それこそ罪なき人を捕えるの元となります。それとも君が物数奇《ものずき》に探偵を仕直すは随意でありますけれど、拙者においてそう致せと云う事は決して出来ません。すでに有徳の証拠が出たからは、君が探偵の役目だけは済みました。これから後《のち》は予審判事たる拙者の役目です。拙者の役目にこの罪人を証拠と共に公判の判事へ引き渡すだけの事ですから、誰が何と云おうが役目だけは尽します」と固く云いつゝ早や立ち上がりて、書記に向い、田「コレ、今夜のうちにも有徳が熟《しみ》々後悔して、白状のため拙者に逢いたいと云うかも知れぬ。そのときは夜《よる》が夜中でも直ぐに拙者を迎いに寄越すよう、牢番へ伝えて呉れ」と云い捨てゝ、証拠物をまとめ、早や立ち去らんとするにより、散倉は周章《あわて》てその上被《うわぎ》の裾《すそ》を引き留め、散「君は余り固《かた》過ぎます。いくら役目でも無罪の有徳を罰してはなりません。この散倉を助けると思ッて、三日の間ご猶予を」。

田「イヤ、ほかにこの者が怪しいと云う充分の証拠があらば兎に角、たゞ君の想像だけでは証拠を打ち消す事は出来ません」とて、そのまゝ法廷を立ち去りたれば、跡に散倉は失望の余り書記に向い、散「書記さん、まア聞いて下さい……」。書「イヤ、僕にそのような事を云ッても駄目だ。もう夕飯《ゆうめし》の肉汁《そっぷ》が冷たくなる時刻だから、君の愚痴を聞く暇はない、失敬」と云い放ちて、これも公廷を退きたり。散倉は悄々《すご》として裁判所を立ち出でしも、口のうちにて「ア、、有徳はどうしても無罪じゃ。それを捕えて無理にも牢へ押し込めたは、この散倉じゃ。判事はまだ年が若いから、職務を大事にしてあア云うも無理はない。じつに失策《しくじっ》た。そう云ううちにも有徳が牢のうちで失望の余り自殺をせねばよいが。このあいだも無罪な奴が自殺して、その後から本統の罪人が現われたテ。困ッたものじゃ」と呟きながら帰り去れり。

第廿六章

これより澤田實と小森禮堂の話しに移る。

法学士澤田實は法廷において初めて父禮堂に面会し、禮堂を我が肩に扶《たす》け、裁判所の門前に出で、首尾よく馬車に載せたれば、車の外より恭しく父に向い、實「この次はいつ御面会をお許し下さいます」と問えば、禮堂はしばし考えしが、「すぐさま身共《みども》と一所に参れ」とて馬車の上より手を差し延べたれば、實は一言二言《ひとことふたこと》辞《いな》みたれど、心の頑《かた》き父の言葉に達て背けば為めに悪《あし》からんと、實「それではお言葉に甘え、お馬車の傍《そば》を汚《けが》します」とて、あたかも猫の前に出でし鼠のごとく小さくなりて、禮堂がそばに打ち乗りたり。やがて馬車は家路を指し馳せ出でしが、二人はなお父子《おやこ》と云うは名のみにて、心に充分の隔てあれば、一言の話しもなさず、互いに顔を背けて居るうちに、馬車は早くも禮堂が門前に着きたり。實は直ちに飛降りて、父禮堂を抱《いだ》き降ろせば、禮堂は直ちに實が手を取り、我が居間に誘《いざな》い入り、ことごとく下僕《しもべ》のものを退け、實と顔を合せて椅子に着きたり。

両人《ふたり》はたゞ睨み合いの姿にて、その顔に少しの愛情をも浮べざるは、父子《おやこ》の対面とは思われず、敵《かたき》と敵とを一間《ひとま》のうちに閉じ込めしかと思われたり。斯くては果てじと心付きしか、禮堂ようやく口を開き、禮「今日《こんにち》只今より、この家《や》は汝の家《いえ》で、汝は有徳に入れ代り小森伯爵と名乗らねばならぬが、しかし後《のち》々心得違いがあッてはならぬゆえ、とくと申し付けておく。この小森家の名義を軽々しく思ッてはならぬぞ。此方《このほう》も、汝を家《うち》に入れてはこの家《や》の恥を世間へ晒すような者ゆえ、いつまでも有徳を長男のまゝで据え置く所存《つもり》であッた」。實「ハイ、その事はよく存じて居ります。私しも固《もと》より小森家の名義を毀《きず》つけてはならぬと存じ、なるべく事《こと》穏便に治める積りでありました。法廷などへ持ち出す気は毛頭もありませんでした」と聞いて、禮堂は幾分か感心せしも、なお一層言葉を真目《まじめ》になし、禮「もとより汝は今まで民間に育ちしゆえ、此方《このほう》に対する愛情はあるまい。愛情はなくッても善いが、礼儀だけは堅く守らねばならぬ。先祖よりの家風として、子たる者は父が言葉の終らぬうちに口を出してはならぬ。今も汝は此方が談話《はなし》中に中言《ちゅうげん》を致した。また、父のする事は善悪ともに黙ッて従わねばならぬ、よいか。また、これまで有徳には、馬車、乗馬《のりうま》、従僕《しもべ》なども給与《あてが》い、その費用として月々八百円（四千法《フランク》）の小遣を与えてあッた。今汝を有徳より劣る待遇に致しては、世間で様々の悪口を言うやも知れねば、矢張り馬車も乗馬も遣る。且つ月々の費用を千二百円（六千法《フランク》）に増して遣る。よく気を付けて、人に笑われぬように費《つか》うがよい。身の行いは勿論、言葉に至るまで、今までと違い軽々しくしてはならぬぞ。シテ、汝は撃剣は出来るか」。實「可なりに出来ます」。禮「馬に乗れるか」。實「これまで余り乗りませんが、半年も稽古をすれば乗れると存じます」。

禮「フム、まだ言い聞かす事がある。有徳が今までの居間は汚らわしいゆえ、釘付けにして、汝には別の居間を与える。仕合せな事には家の構えが広いから、今まで有徳の出入りした左りの門も閉じてしまい、汝は右の門より出入りし、此方《このほう》は真中の門を使う。また、馬車などは今注文すれば明後日《あさって》の朝は出来て来るゆえ、これもよし。全体、汝を一二年旅行させようと思ッたが、旅行させても世の悪口は消えぬゆえ、直ぐ様この家《や》へ入れる事に致した。ついては、これより直ぐに家内一同へ引き合せる」と云いながら、早や呼鈴《よびりん》に手を掛けて下僕《しもべ》を呼び入れんとするゆえ、實は遽《あわたゞ》しく押し止《とゞ》め、「仰せは一々有難く肝に銘じました。いま彼是《かれこ》れ申し上げては恐れ多くはありますれど、この御引合せはしばらくお待ち下されませ。此度《こんど》の事件はこの家《や》に取りて容易ならぬ事なれば、波風なく穏便に治めるのが何よりも大切であります。いま私しがお言葉に従い直ぐ様この家の嫡男となれば、世間の人は必ずよくは申しません。未だ有徳殿の裁判も定まらぬうち、それを余所《よそ》に見てこの家に入れば、人情の常として私しを悪《にく》みます。小森家を騒がして、その後へ得たり賢しと入り込んだ、などと云われては、後々貴方のお為めでもありますまい」。禮「成る程」。

實「なお私しはしばらくの間、今まで通りの澤田實で澤田夫人の許に居れば、そのうちには世間でも何ともなしにこの私しを小森の長男と思いましょう。ことには下女下男に至るまでも、見ず知らずの私しが急に主人の位いに直れば、種々《いろ》の誹《そし》りを起すかと存じます。その上に私しの身とても、これまで民間に人となり、貴人の礼儀さえも心得ず、にわかにお手許へ参りては、いかなる失策を仕出来《しでか》して物笑いにならぬとも申されません。この儀ばかりは今一応お考えの上、しばらく御猶予を願います」と道理を推したる實の言葉に、禮堂も私《ひそ》かに感心せしか、口のうちにて、「成る程、それもそうじゃ」と意外に早く承諾の様子見えたれば、實はこれに力を得て、なおも言葉を進むるよう、「かつまた、私し一身に取りましても、今まで頼まれた代言の事件を初め、そのほか急に手を引き兼ねる用事も残ッて居ますゆえ、一々に片を付けねばなりません。私しが小森伯爵を名乗り、その上で裁判所へ出入りするは、身分不相応と存じますゆえ、未だ澤田實と名乗るうちに、斯かる用事の手を切りまして」。禮「フム、成る程、そうするが善い。其方は有徳より余程世故に長《た》けて居る」。

實「イヤ、有徳殿の事に就きましても、少々私しに所存があります」と聞きて、禮堂は少し怪しみ、「汚れた有徳を何と致す」と云えば、實は驚きたる体にて、實「貴方は不仕合せなる有徳をお見捨てになりますか。それは可愛相であります。有徳とても同じく貴方の子であります。私しの兄弟であります。その上、三十年近く小森家の名を帯びた者であります。たとい如何なる罪ありとも、これを救うが父たり兄弟たる貴方と私しの義務と存じます」。禮「それではどうするつもりじゃ」。實「私しは、有徳がお傳を殺すなどとそのような卑怯な事はないと存じます。たとい殺したとするも、私しは弁護専門の法学士であります。有徳を弁護致します。裁判所にどれほどの証拠が有ろうと、私しは一々言い開き、法官の議論を説き破ります。この弁護さえ仕果《しおお》せば、私しが貴方へ対し身分相応の土産になると存じます」。禮「もし弁護せぬ前に有徳が白状すれば、どう致す」。實「白状すれば取り返しが付きませぬゆえ、せめては裁判を経ずに内密に治めるだけの手続を致します」と、誠心見えて説き立てしかば、傲慢なる禮堂も、その情け深くかつ勇ましき覚悟に心の底より感服し、我れ知らず涙を流し、「よく云うた。それでこそ禮堂の嫡男じゃ」とて、實の手を取り、握り〆たり。

第二十七章

左《さ》しもに傲慢なる小森禮堂も、世に珍らしき澤田實が心の潔白なるに感じ、しばしがほどは握りし手を放ちも得ずにありたるが、元来心に定まりなき質《たち》なれば、またも思い直す所ありしか、やゝありてその手を放し、禮「汝の言う事、至極道理に合ッて居るゆえ、その通り致すであろう。されど、この事を手本にして後々父の言葉に否応を言うてはならぬぞ。道理はどうでも父は父、子は子である。子として父に背くという道はない。ハイ〳〵と云ッて従う者じゃ」。實は黙然《もくねん》として聞き居るに、禮堂なおも言葉を続け、禮「まず汝は有徳の裁判も済み自分の用事も片付いた上、改めてこの家へ這入る事として、しかしまア今夜だけはこの家に泊ッても好かろう。父と一所に夕飯《ゆうはん》を喫べながら、緩々《ゆる》と話も仕よう。また、汝の居間にする室《ま》が気に入るかどうだか、一応見定めてくれ。愈々気に入るとならば、すぐさま造作の作り替えや飾り付けに取り掛からせよう」と、思うに優る柔《やさ》しき言葉は、隠さんとすれど隠されぬ父子《おやこ》の情の洩るゝなるべし。實はしばらく考えしが、思い切りて、實「イヤ、仰せでは厶いますが、今日《こんにち》はこれよりお暇《いとま》を戴かねばなりません。澤田夫人が病気危篤でありますれば、これを余所《よそ》に見るは實の忍びぬ所であります。たといこの身の母でなくとも、今まで廿余年の間、母と呼び子と呼ばれ、養育の恩を受けながら、臨終《いまわ》の際《きわ》に至り看病を致さねば、あまり恩を知らぬようで、本心に済みませぬ」と臆する色なく言い述べたり。

抑も澤田實は初めて夫人が我が母にあらぬを知りし時は、痛くこれを憎みたれど、胸に一点の邪心なき男なれば、その憎みは一時にして消え失せ、またもこれを憐れむの心出でたるなり。禮堂はこの言葉を聞きて、實の心を察すると共に、過ぎし昔し澤田夫人と想い思われし時の事を思い出でしか、茫然として夢路に迷うが如く、口のうちにて澤田夫人の名を幾度《いくたび》か唱え居たるが、およそ人の心に何時までも浸《し》み入りて忘れぬ者は初恋の嬉しさなり。まして禮堂は、澤田夫人を想う一念にて本妻の子を捨つるまでに慕いし身の、たとい一旦その仲を絶ちたりとて、心に忘るゝ事あらんや。思い廻《まわ》せば廻すほど、愛らしき澤田夫人の面影目の前に浮び来て、この時またも少年の痴情に還りしか、我を忘れて声を出し、「澤田嬢よ、余は御身を恨みたれど、御身も今は余がために病いとなれり。余もし御身の言葉に従いなば、二人が子を取替えもせじ。御身に斯くまでの苦労も掛けまじ。御身の病いは余がためなり。余は情けあり、何時までも御身を恨まんや」と言いつゝ落す一雫《ひとしずく》は、断腸の涙なるべし。

實も父の心を察し、たゞ伏し俯向きて居たりしかど、繰言《くりごと》果てしあらざれば、恐る〳〵顔を揚げ、「いかゞ致しましょう」と言われてようやく我に返り、禮「ア、、己《おれ》も一所に行こう。己が一言《こと》慰めてやれば、末期《まつご》の功徳になるだろう」と意外の言葉に、實は驚き、「父上、それはお控えなさるが宜しうムいましょう。澤田夫人は今不意に貴方のお顔を見れば、驚きのあまり如何なる事になるかも知れませぬ。医博士春邊氏の説では、今しばらく心を落ち着けて置くが何よりの大事と申します。二三日も経ッたうちには、少し落ち着く時もありましょうゆえ、その時になされませ」と言われて、禮堂はしばらく思想《かんが》えしが、長き嘆息《ためいき》をつき、「それでは汝の言葉に従おう。早く行ッて看病せよ、息子《せがれ》」と云いたるが、この時は初めて心の底より「息子《せがれ》」と云える声出でたり。實は心得て立たんとするに、禮堂またも推し留め、「もし澤田夫人の病気が少し善さそうなら、今夜直ぐに帰ッて来い。八時までは夕飯の支度をして待ッて居るゆえ」。實「心得ました」と立ち上がれり。このとき禮堂は急に下僕を呼び入れて、「コレ傳助《でんすけ》（原名デニス）、以後この紳士（澤田實）に少しでも失礼の廉《かど》あるものは、誰彼の容赦なく即座に放逐するゆえ、皆の者によく言い聞かせて注意せよ。この紳士はこの家《や》の主人《あるじ》同様だぞ」と厳かに言い渡したれば、實は相当の挨拶を述べ、小森家の外へ立ち出でたり。

跡に禮堂は打ち寛《くつろ》ぎて長椅子に倚《よ》り掛かり、昨日より降ッて湧きたるこの家《や》の波風を思考《かんが》えながら、「フム、今のが真のこの家の後嗣《あとゝり》じゃ。真の禮堂の嫡子《ちゃくなん》じゃ。まア彼《あ》れを入れて好い事をした。心の勇ましい所と云い、形容《かおかたち》の凛々しい所と云い、この乃公《おれ》を生き写しじゃ。乃公が若い時は丁度アのようであッた。智慧も勝れ、品行も正《よ》し、謙遜のうちにも勇気があッて、物に騒がず。フム、あれでは小森伯爵と名乗ッても耻かしからぬ。大抵の奴なら、貧しく育ッて急に大家《たいけ》の後嗣《あとゝり》となれば、その富貴に目を眩ますが、彼《あれ》は泰然として動かぬ、剛《えら》い奴じゃ。……しかし、どう云うわけか、真底から可愛く思わぬ。彼《あれ》よりは有徳の方が可愛いテ。否《いや》々、有徳は人殺し。ア、、可愛相な奴じゃ。何んでも彼奴《きやつ》は余り失望して発狂した、発狂の上で殺したのじゃ。實の方は余り賢《かしこ》過ぎる。イヤ、賢いばかりではない、情け深いテ。澤田夫人を大事にし、有徳をも兄弟と思ッて可愛がる。今時アレ位い賢くて、アレ位い情け深い若者は珍しい。フム、両方とも劣り優りのない好い子じゃ。このような好い子を二人まで持ッたは、乃公の仕合せじゃ。イヤ〳〵、父が好いから矢張《やっぱ》り好い子が出来たのじゃ。親が好くなくては、好い子は出来ぬと見える。デも、有徳は人殺し、シテ見ると、あるいは奸夫《まおとこ》の胤《たね》……イヤ、そうでない、鶴亀〳〵★16、澤田嬢は……澤田嬢は、そのような……フム、一寸《ちょっと》逢いたいな。實と一所に行けば善かッた」と、取り留めもなく考え居たり。

★16――縁起の良いことを願って、または縁起の悪いときに縁起直しのために、「鶴亀《つるかめ》鶴亀」という言葉を唱える風習が往時の日本にあった。もちろん、「鶴は千年、亀は万年」と言われる鶴と亀の長寿にあやかってのことである。

第二十八章

澤田實は父禮堂の家を出でてより、通り合わす馬車に乗り、一散に我が家に着き、そのまゝ二階に上がり行けば、足音を聞きて召使の下女出で来たり、下女「旦那様、先刻よりお客様があッて、貴方のお帰りを待ッて居ます」と云いつゝ、一枚の名札《なふだ》を差し出だせり。受け取り見れば、山田苦連次《くれんじ》とあり。實は一目見て、口のうちにて「ウム、また金貸苦連次が催促に来たか。蒼蝿《うるさ》い奴じゃ」と呟きながら、下女に向い、「ヨシ〳〵、しばらく居間へ待たせて置け」と云い捨てゝ、澤田夫人の寐間《ねま》に入り行けり。こゝには折よく医博士《いはかせ》春邊氏も来たり居て、かつ見知らぬ看病婦一人付き添い居るゆえ、實はまず春邊氏に向い、「先生、母の容体は如何でありましょう」。春「イヤ、医学上から申せば到底六カ敷《むずし》かろうと存じます。それに就き、実は拙者の一存でこれなる婦人を鬢仙寺《びんせんじ》より迎えて参りました」（鬢仙寺とは尼寺なり。この寺の尼は慈善のため看病婦となり、病人のもとへ迎えられ来るなり）。實は聞きて今さらの如く失望し、「看病婦人をお迎え下されしは何より有難く存じますが、母の病気は何とか致し方のない者でありましょうか」。春「まア、そう思ッて居ねばなりません」。實「それは困りました。尤《もっと》も、寿命のない者は嘆いても無益でありますけれど、実は是非とも死ぬ前に母に知らせたい事もあり、また母の口で愈々是《これ》々だと一言《ごん》云ッて貰わねばならぬ事もありますが、もう是切りで口を聞く事は出来ますまいか」。春「左様、唯今の所では何を言ッても通じませんが、この病気では愈々息を引き取る間際に半時間くらいは必ず正気に返ります。その時を待ッて、言う事は言い聞く事は聞くよりほかに、致し方がありません」。

實は何の返事もせず静かに立ちて、澤田夫人の枕辺に寄り、涙に湿《うる》みたる声にて、「阿母《おっか》さん、實であります。阿母さん、風《ふ》とした事から貴方に御心配を掛けて済みません。さぞこの實を悪い奴じゃと思召《おぼしめ》しましょうが、もうこれから貴方の御為にならぬ事は決して致しませんから、どうぞお許しなさって下さいませ。阿母さん〳〵」と耳に口よせ掻き口説けど、夫人は更に正気なし。ただ仰向けに臥したるまゝ、今にも引き取るかと思う如き細息《ほそいき》を発するのみ。實はその痩せたる顔を悲しげに打ち見守りて、枕辺《まくらべ》を得も離れずにありたるが、医博士春邊氏後ろより声を掛け、「イヤ、澤田君、今は何と仰言《おっしゃっ》ても通じません。そのまゝ静かに置き玉え。まだ明日《あした》までは大丈夫ですから、拙者は一まず帰って今夜十時前にまた参ります。跡の事は看病婦人によく申し含めてありますゆえ、御心配には及びません。それでは失敬致します」と暇《いとま》を告げて帰り去りぬ。

これと引き違えて最前の下女入り来たり、「旦那様、お顔を」と呼ぶにより、實は「何事なるぞ」とこれに従いて廊下に出づれば、下女は声を潜《ひそ》め、下女「旦那様、今朝《こんちょう》から薬舗《くすりや》へも借りになッて居ます。只今もまた春邊様がお薬の方箋《かきつけ》を置いて行きましたゆえ、これから薬舗へ参りますが、お銭《あし》の都合は付きませぬか」と言われて、實は衣嚢《かくし》を探り、昨夜散倉から貸し与えられし千円を取り出し、そのうちより五十円の切手★17一枚を取りて、「お銭は出来たから幾等でも遣る。先ずこれだけ渡して置こう」とて差し出せば、下女は實が身に珍しき大金を見て、怪しげにその顔を眺めつゝ出で行きたり。

この時、金貸苦連次は、實の声を聞きつけて、抜き足に廊下へ出で来たり、後ろより大金を見て、腹の内に何やらん頷首《うなづ》く体《てい》なりしが、その顔色を推し包みてにわかに声を掛け、「イヤ澤田様《さん》、先ほどからお帰りを待ッて居ました。今日《きょう》は是非に先日の分を……」と容赦もなく述べ立てんとするにぞ、實は周章《あわて》て推し止《とゞ》め、「病人があるから、まア静かに……」と云いながら、伴いて居間に入《い》り、入口の戸を堅く閉じたり。苦連次は坐に就くや否や實に向い、「前《ぜん》々の水曜日から延《のび》々の三百円、今日は是非とも戴かねばなりません」。實「イヤ、あれは払うわけに行かぬゆ

★17——ここでは、小切手ではなく銀行券（つまり紙幣）のことと考えられる。集榮館発行の後版では、《昨夜散倉から貸し与えられし千円を取り出し、そのうちより五十円だけ取りて、「お銭は出来たから幾等でも遣る。》と改められている。

え、証文を書き替えてくれと、一昨日《おとゝい》利子を添えて手紙を出して置いたが」。苦「その手紙は見ましたが、まだ承知したと云う御返事は致しません」。實「返事はなくとも、そうして貰わねばならぬ。お前の方では利子さえ取れば言い分はあるまい」。苦「そうは行きません。もうこれで書き替えが四度目です。いくら利子を戴いても、三度以上書き替えると云う事はありません。こののち改めてお貸し申すまでも、今日は一旦お返しを願います。あるときにお返しなさらねば、何度書き替えても果てしが付きません」。

實は腹の内にて「彼奴《きやつ》目、今己《お》れの金を後ろから見て、それでこのような事を云うのだナ。悪い奴だ」と思えども、荒立てゝは悪しからんと、故《わざ》と言葉を柔らげて、「イヤ成る程、ある事はあるが、これは已《や》むを得ぬ入用が有ッてほかから借りたので、今払う事は出来ぬ」。苦「サ、私しを差し置いてほかからお借りなさるようでは、なおさら書き替えは出来ません。達《たっ》てと仰しゃれば、裁判所へ持ち出しても受取らねば成りません」。實は法律の学士なり。裁判所の事はいろはよりもよく弁《わきま》え居れば、忽ち思い付く事ありて、「好《よし》々苦連次さん、裁判所へ持ち出すくらいなら、いっそ一月《つき》半待ッてもらおう。よく聞きなさい。裁判所から呼び出しの来るには、八日掛るよ。その上、借り貸しの事件は廿五日間の猶予を許してくれる規則だ。して見れば、八日と廿五日、都合三十三日だけは手間が取れる。それよりは、和《おと》なしく一月半待ッておくれ。そうすれば、五百円にして返す。サ、裁判所へ持ち出して、三十四日目に三百円受け取るよりは、もう十一日辛抱して、四十五日目に五百円受け取るが利分だろう。どうだ」。

苦連次は意外の言葉にしばし考えしが、にわかに声を低くし、「貴方は、四十五日目に五百円と云う大金をどうしてこしらえます。それさえ確かなら、待ちも仕ましょうが」。實「イヤ、どうして拵えるか、そんな事は問わずと好い。確かに当てがあるから」と云う言葉付きの偽りとも思われぬに、苦連次潑《はた》と手を打ち、「宜しい、それでは五百円として証文を一月半の期限に書き替えましょう。旦那、分りました。貴君《あなた》は近々《きん》、大家《たいけ》のお嬢さんと婚礼をなさるのですナ。そのお嬢さんの所持金なら確かです」。實は驚き、「何を詰らぬ事を云うのじゃ」。苦「隠しても了《いけ》ません。今朝《こんちょう》お理榮孃に逢ッたら、貴方の素振りが違ッたから必ずほかの女と婚礼するに違いないと言いました。ナニ、そりゃ大丈夫、決して私しからお嬢様に多舌《しゃべり》は仕ません。旦那、貴方は余程《よっぽど》お仕合せ者ですぜ」と飛《とん》でも付かぬ推量に、實は笑《おか》しさのうちにも心を痛め、「さてはお理榮孃、余が昨夜《ゆうべ》情れなく言いしを恨みて、ほかに女の出来し者と察し、苦連次にまで斯くと告げたるか。さりと知りなば、用事の次第を打ち明けて得心させ置くものを、大事を取りて語らざりしため、無益にその心を痛めさせることの愛《いと》しさよ」と、返らぬ事に心を苦しむるも、相思う情《じょう》なりかし。

されど、斯かる事を苦連次に告ぐるも詮なければ、真目《まじめ》になりて、「ナニ、そのような事ではなけれど、五百円は確かだから、今云う通り取り決めよう」。苦「それでは、この次の月曜日には証書を書き替えて参ります」とようやく帰り去りたるが、實は発《ほっ》と息を突き、静かに時計を眺めて、「ア、、もう七時だ。父が夕飯《ゆうめし》の支度を仕て待ッて居ると言ッたが、これからまた行かねばならぬか。イヤ〳〵、あの通り病気危篤な夫人のそばを離れては済まぬ。父の所へは断わり状を出そう。ア、、そのついでに澤田夫人の舎弟《おとうと》も呼びに遣ろう、そうじゃ」とて、直ちに紙筆を取り出し、一通は父に宛て、一通は夫人の兄《(ママ)》へ宛て、匆々《すら》と二通の手紙を認《したゝ》めたり。

このとき、またも入り来たる一人の人あり。こはすでに看客《かんかく》の知る人なり。果して誰なるや、試みに推《すい》したまえ。

第二十九章

澤田實が手紙を認め終りし所へ入り来たりしは、別人ならず、探偵散倉なり。散倉は元来、才と情《じょう》との働き非常に強き男なれば、一旦我が才に斷くと思い定めし事は、我が情にて飽くまでも貫き果《おお》せんとすれど、過ちを悟る事もまた早く、一旦過ちと知らばまた情に迫《せ》められて、一時《じ》も早くその過ちを改めんと、力の及ぶ限り働くなり。されば、初め小森有徳を罪人と認めしときは、一刻の猶予もなく鬼神の如く手を廻してこれを捕えしも、その申し立てを聞くに及びて忽ち我が過ちを悟り、判事に向いしきりにその事を述べたれど、もとよりすでに証拠の揃いし罪人を散倉の一言にて放免《ゆるす》べき謂《いわ》れ無ければ、判事は固く執《と》ッて散倉を斥けたり。判事の見込みと散倉の見込みと、いずれが当れるや。また、この話しの発端において烟六と云える一人の探偵吏は、耳に輪を掛けたる男を恠《あや》しゝとて、その跡を追い行き、未だ何の沙汰も有らざるが、三人三色《みいろ》の意見を抱き互いにその勝ちを争う如くなるは、中原の鹿、[★18]果して誰《た》が手に落つべきか。そはこの話しの終りまで分らぬなり。兎に角、吾等が素徒了見《しろうと》より考え見れば、判事の見込み正しくして有徳こそ罪人ならめ、と思うなるに、法学士澤田實は、三寸の舌頭《ぜっとう》を以て悉く判事の証拠を破り尽くさん、と云えり。何ぞ知らん、實の先を潜《くぐ》り且つ散倉を抜きて、我こそ有徳を救わんとて横合いより、奇怪千万信ずべきが如く、疑うべきが如き証人出で来たり、判事田風呂氏を五里霧中に迷わしめんとは。

されど、斯かる話は悉く順を追うて述ぶる事となし、今はまず探偵散倉の事より説かん。

散倉は、田風呂判事に斥けられ、痛く失望して、呟きながら裁判所を出でてより、とある料理店《や》にて夕飯《ゆうめし》を喫《た》べたるが、思えば澤田實の事も気に掛り、彼れ今日父禮堂に逢いて如何なる話しをなしたるや、それとなく聞き糺さば参考になる事もあらんと、そのまゝ我が家に帰り来て、實が居間に入り来たりしなり。實は澤田夫人の病気に力を落し、痛く心を悩ます折なれば、散倉早くもその顔色を見て取り、「夫人の病気はどうした」。實「春邊氏の診察では、到底癒《なお》るまいと申します。只今の所では全く前後夢中ですが……」。散「当人のためには取っては夢中の方が返って善かろう。もし心が確かで居て、実子有徳が牢に入れられた事を聞いたら、どのように嘆くかも知れぬ」。實「私しも、それがまだしもの幸いと存じます。考えて見れば、一時は夫人を悪《にく》みましたが、私しの身には誠の母はすでに世を去り、すなわち澤田夫人が母同様でありますから悪んだは誤りでありました。今まで廿余年のあいだ育てられた恩愛は、誠の母よりも深いと思います。

しかし、貴方は何とお考えかは知りませんが、私しはどうしても有徳をこのたびの罪人とは思いません」。

散倉は、世の中に有徳を無罪と思う者は我よりほかに非《あ》らじと思い居る折から、意外にもこの言葉を聞き、嬉しさに驚きて、「何じゃ、其方《そなた》も有徳を無罪と思うのか」と我れ知らず口走りしが、たちまち心に思い付き、「ア、、こう言っては己《おれ》が探偵という事を悟られる。これを悟られては大変だ」と直ちに言葉を改め、「ナニサ、世間ですでに大《おお》評判となッて、人々が有徳を罪人のように云うけれど、この己は豈夫《よもや》皇族と云わるゝ者が人を殺すなどゝいう卑怯な事はしまいと思ッて、今も判事と、イヤ何、今も判然と考えて居た」。實は散倉が言葉の行き詰まるには気も付かず、「それヤ世間では色々の臆測を下しましょうが、世間で何と言ッても私しは介意《かまい》ません。愈々公判に廻さるれば、自ら弁護人となッて彼を救い出したい思います。先刻も父侯爵にその旨《むね》を申し述べて参りました」と聞いて、散倉は益々感じ入り、今にも口を開きて「それでは二人で力を合せ、有徳を救い出そう」と言わんかとて、すでに唇《くちびる》頭まで出でたれど、「イヤ待て、今い

★18――中原《ちゅうげん》は、元来、中国文化発祥の地とされる黄河中流の地域を呼ぶ名だが、転じて、天下国家の中央部を意味し、ここを制圧して政権を握るための争いを「中原に鹿を追う」と言うようになった。さらに広くは、権力や重要目標を目指して競い合うことを、この譬えで表現する。ここではもちろん、真犯人を競って追うことを意味している。

うは尚お早し。愈々その時に臨まば、我が探偵なるを打ち明けて充分彼に力を借そう。それまでは包むに如《し》かじ」と思案を定めて、實に向い、「どうも其方は感心じゃ。皇族の家に入《い》ッても更に豪《おご》る心はなく、有徳を救い出そうと云う義気《ぎき》は今どき珍しい」。

實「ナニ、義気でも何でもありません。たゞ、兄弟の難儀を救うは人々の務めであります。しかし、救い出すとした所で、有徳の身になれば、救うてくれる者のあるのを知らず、サゾ心配して居るだろうと存じます。兎に角、明日《あした》は母が看病の手暇《てすき》を見て牢屋へ行き、救うて遣るから安心して居ろと云う事だけでも通じて遣りたいと思います。もし失望の余り牢の中で取返しの付かぬ事でもされては大変ですから」と云う心は散倉が心と寸分違わず。散倉は転《いと》ど感心のほかなけれど、まず禮堂の様子を聞かんと思えば、「シテ、其方《そなた》は今日父に逢ッてどうした」と何気なく問い掛くるに、實「父も意外に早く打解けて、この身に余るほどの難有《ありがた》い約束を仕てくれましたが、たゞいま大病の母を控えながら我が身の仕合せばかり話しては、心に済まぬゆえ、追ッて悉《くわ》しくお話し致しましょう」と云ううちに、心の憂いその顔に現われたれば、散倉は推しても問われず、私《ひそ》かに哀れを催して實に分れを告げ、我が居間に帰りたり。

このとき夜はすでに十時を過ぎたれば、早く寝《いね》て身体を休め、明日充分に奔走する勇気を養わんと、そのまゝ寝床に入りたれど、思い乱れて眠られず。「ハテナ、これほど分らぬ事はないぞ。犯罪のために利益を得る者を疑えと云うけれど、この言葉も当てにはならぬ。此度《こんど》の事件で一番の利益を得るのは有徳だが、有徳は無罪に極まッて居る。その次は澤田夫人と禮堂なれど、夫人はこの事の新聞紙を見て（可愛相な男だ）と云いながら気絶したゆえ、自分ではない。必ず有徳の仕業と思い、それが元で病気となッた。シテ見ると禮堂かナ。イヤ、禮堂は四日の日は未だ旅行中で、ことにこの秘密が實に洩れた事を知らぬはずだ。決して殺すわけがない。ことに先日の足跡で見れば、どうしても若い男ゆえ、禮堂ではない。ハテな、スレば矢張り有徳と思わるゝが。イヤ、全体お傳と云う奴は、金のために子を取替えるような悪婦ゆえ、ほかに誰れにか恨まれて居たかも知れぬ。その恨んだ奴がお傳を殺したのかナ。そうじゃ、スルト烟六の追掛《おっかけ》たのが本統の罪人かも知れぬ。フム、流石烟六は探偵長と云われるだけで、己よりも目が見えたか。それにしても、有徳の身に係わる書面を悉く焼き捨てたのが怪しい。有徳でなければ焼くはずがない。ハテ、田風呂判事の見込みが正しいのか。それは有徳が四日の夜どこに居たか知らぬと云うは実に不思議だ。それとも、有徳の方に己よりも一層の知慧があッて、探偵の裏をかき、旧《ふる》くさい言い抜けでは行かぬと知ッて、一か八か運だめしにアのような事を云うのか。ハテナ、そうすればこの己は有徳の計略に係《かゝ》ッて居るぞ。イヤ、そうでない。有徳にそれほどの智慧はあるまい。どうしても探偵を仕直さねば行かぬ。どう仕直そう。フム、四日の夜、有徳が何処に居たか、それを探る。もしそれが分らねば、尊長村を捜し、この村へ立ち寄らなんだと云う事を確かめるじゃ。妙々《よし》」と、独り果てしなく考えしが、考え疲れて眠りたり。

第三十章

彼《かれ》か是《これ》かと考えながら草臥《くたび》れて眠りに就きし探偵散倉は、夜の明けるまで恐ろしき夢を見、あるいは有徳が断頭台《くびきりだい》に載せられて物凄き顔にて恨めし気に已《おの》れを睨むかと見れば、たちまちに警官四方より来たりて已れを捕縛し、「汝散倉、罪なき有徳を罪とせしは汝が誤りなり」とて均《ひと》しく断頭台に引き上げんとするなど、幾度となく魘《うな》されて、ようやく夜明けに達したり。

明くれば三月八日土曜日なり。散倉は朝飯《あさめし》さえも匆々《そこ》に済ませ、直ちに田風呂判事の家を訪《と》い行きたれど、判事もこの事件には一通りならず心を痛むると見え、朝なお七時なれどすでに裁判所へ出で行きて家にはあらず。散倉は直ちにその跡を追いて裁判所に至り、ようやく田風呂氏に逢いたれど、今日の田風呂氏は昨日の田風呂氏に非らず。昨日までは共に見込を同じくし、心を開きて語らいたれど、今日は何となく隔てありて、迂闊には言葉も発せず。散倉は畢生《ひっせい》の雄弁を振るいて有徳の無罪を説けども、悲しや判事は充分の証拠を持てるに己れは唯だ心の想像のみにして、取留めたる証拠とては一片《きれ》も持たざれば、判事の決心石よりも堅く、散倉の雄弁には少しも動かず。

斯《か》る所へ一人の牢番突《つか》々と入り来たり、田風呂氏に向かいて「昨夜より仰せに従い少しも目を離さずに有徳の挙動を窺いますに、彼れは余程渋太《しぶと》い根生《こんじょう》と見え、宵のほどより十時までは平気で牢のうちを散歩しました。それより十時を合図に寝床に就き、直ちに眠ッた様子でありますが、あたかも座敷の上で寝るように安々と今朝《こんちょう》まで眠りました。何でもこれまで幾度《いくたび》も牢に這入り、牢のうちを我が家のように思ッて居ると見えます。悲しい顔もせず、嘆息《ためいき》もせず、独り言も言いません。これほど落ち着いた罪人は見た事がありません」と言い置きて出で行きたり。

判事は腹のうちにて、「これほど横着な奴だもの、容易には白状せぬはずだ」と呟けば、散倉はまた見込が違うと見え、判事に向い、「今の知らせでも有徳の無罪は分りましょう。本統に人を殺した者が、どうして安々と眠られます」。田「イヤ、昨日《きのう》の裁判に草臥《くたぶ》れたのサ。ことに先日以来彼是《かれこれ》と心のうちに苦労があッて、夜《よ》の目も碌々寐なんだものが、いま牢の中へ這入り、もうこの上は何時《いつ》までも強情を張ればそれで済むと、充分に決心したゆえ、ほかに心に掛ける事がない。それでよく眠るのじゃ。君が何といッても、拙者の見込みは動きません」とて、従う様子さらになければ、散倉は思い切り、「それでは責めて五分間有徳に面会をお許し下され」と只管に願えども、判事はこれさえ許さねば、散倉ほとんど落胆して、独り溜息のみ発《つ》き居たるが、たちまち屹《きっ》と思い直し、「宜《よろ》しい。そう仰有る上は、貴方の力は仰ぎません。たとい物好きと云われようが、この散倉、一身の力を以て充分に探索し、誠の罪人を見出します。その時になッて後悔なさるな」。田「イヤ、君こそ証拠ある罪人を捨て置いて、物好きにもなお探偵を尽さんとは、罪なき人を疑う原《もと》、後悔せぬよう用心したまえ」と、互いに募《つの》る意地と意地。散倉は禿げ頭に青き筋を出し、拳を握りて出で行きたるが、これより日頃懇意なる探偵七人を自費にて傭い、これを夫《それ》々の地に派出し、己は駿足《あしはや》き馬に打ち乗り、飛ぶが如くに孰《いず》れへか走《は》せ行きたり。

　判事田風呂氏も、斯くなりては引くに引かれず、如何様《いかよう》の事あるも早く有徳に白状させねばならずと、熱心前より百倍し、直ちに写真師を呼びて、まず有徳の写真を数百枚写し取らせ、これを五人の探偵に分かち与え、棒木場より尊長村に立たせしめたり。こはすなわち、この写真を停車場より尊長村に至るまでの家々に配り付け、もし四日の夜《よ》この写真と似寄りたる人を見認《みと》めし者はあらざるか、申し出づる者は幾何《いくばく》の褒美を取らせんとて、証人を探さんがためなり。かく手筈を定めたる上、午後一時に至り、再び有徳を呼び出したり。

　昨日は有徳が顔、土よりも青くして、痛く草臥《くたび》れし様子見えしも、昨夜眠りて気力恢復せしためか、今日は血色もよく、振舞さえも活溌にして、勇み進んで判事の前に入り来たれり。あるいは更に巧みなる言い抜けの手段を案じ出し、安心して斯く勇気の出でし者には在らぬか。兎に角判事は昨日の如く審問しては白状せじと思い、さらに手を替え、このたびは書記をも退け、四辺《あたり》の入口には悉く錠を卸し、丁寧に有徳を我が傍《そば》に呼び上げ、極めて信切なる声を出だし、懇々と説諭を初めたり。その言葉の柔らかなる綿の如く、あたかも田風呂氏は有徳の父にはあらぬか、兄弟にはあらぬかと疑わるゝばかりなり。斯くて或いは小森家の家柄大切なるを説き、或いは一身の名誉を説き、愛情を説き、苦楽を説き、道徳を説き、法律の斟酌《しんしゃく》を説き、およそ二時間がほど、早く白状すべきむねを説き勧めたるに、有徳も後《のち》にはその情に感じ、有難さの涙を流すまでに至りしかど、なお白状せず、「判事閣下、貴方の情けあるお言葉に対し、嘘にも白状せねば済みません。白状して早く貴方の御信切に酬いたくはありますれど、犯さぬ罪は白状の致しようがありません」と言いたれば、田風呂氏も最早や言葉尽き、心私《ひそ》かに有徳が余りに強情なるを憤るほどとなれり。

こゝにおいてまたも手を換え、棒木場の区役所に人を遣り、お傳の死骸を取り寄せて、これを有徳が目の前に突き出したり。判事は、有徳がいかに強情なるも、この死骸を見ば、己れが罪の恐ろしさを悟り、心を改めて白状する事もあらんかと、瞬きもせず有徳が顔色《がんしょく》を打ち眺むるに、有徳は死骸を一目見るより青くなり、顔を背けたり。背けたれども、白状せず、口のうちにて「ア、可愛相な死様《しにざま》じゃ。この女が一言《ごん》口を開き、誰某《だれそれ》に殺されたと云ッてくれゝば、このようなお手数は掛けまいに」と云いて深き溜息を発したり。判事も今は詮《せん》すべなく、またも有徳を牢屋に帰せしが、これより夜《よ》に入《い》るまで裁判所にありて、今朝ほど尊長村に出だしたる探偵の通知を待てど、取留めたる報道《しらせ》は更に来たらず。

この翌日は日曜日にて、官省は総て休みなれど、田風呂氏はなおも裁判所に出勤し、色々の手筈を案じ居たる所、尊長村より探偵の一人帰り来たれり。判事は、定めし吉報を持ち来たりしならんと早速に様子を問えば、その者答うよう、「尊長村には探偵散倉が数人の同勢を引き連れ、吾々の先を潜りて縦横に馳せ廻り、この上もなく邪魔を致します。先刻も散倉は私しに向い、お前はそのように骨を折らずとも、二三円も銭を遣れば喜んで証人となる者はいくらもある。盲目《めくら》判事の事だから、銭で買い求めた証人でも真《まこと》の証人と思い込んで褒美をくれるは請け合いだ。そうしなさい、その方が近道だぜ、と嘲りながら申しました」と述べ立てしより、田風呂氏は火の如く怒《いか》り、己れ悪《にく》き散倉よナ、いで引捕《ひっとら》えて懲らしくれんと、早速馬車に乗り、尊長村に馳せ行きしも、不思議や散倉の連中はいずれへか身を隠し、影だに見えねば、田風呂氏はなお日の暮れに至るまで同村を奔走し、七時ごろ裁判所に帰りたり。

帰り見れば、卓子《ていぶる》の上に一通の電信★19あり。探偵烟六の出だせし者なれば、急がわしく読み下す文に曰《いわ》く、「耳に輪を掛けたる男を首尾よく郎縁《ろうえん》町にて捕えたり。果して非常の関係人なり。この事件は皇族に係る。拙者充分の証拠を以て明《みょう》月曜日の朝までに引き連れ帰る。探偵烟六より」とあり。判事は読み終りて、「流石は烟六だ、豪い者じゃ」と呟きたり。

★19――電報のこと。まだ電話が（もちろんファックスも）普及していなかったころ、急ぎの通信は電信による「電報」がその手段だった。発信者は電報局に出向いて送信を依頼し、着信の電報局が受信者宅まで電報を配達した。（ちなみに、夜間、電報配達を装った押し込み強盗の被害が相次いだこともある。）

第卅一章

判事田風呂氏は、烟六の電報を見て痛く喜び、この証人あらば最早や有徳の罪を定むるに充分なるべしと、翌九日は朝夙《はや》く裁判所に出勤し、一意《ひたすら》烟六の帰りを待ち居たり。やがて八時と覚しきころ、一人の小使い田風呂氏のそばに来たり、小「貴方に御面会を願いたいとて年若き婦人が控え所に待ッて居ます」と知らせたり。田風呂氏は婦人と聞きてしばらく考えしが、独り頷首《うなづ》き、「ア、、分ッた。この前の裁判で保釈を許した女であろう。こちらへ通せ」と言い捨てゝ、そのまゝなおも取調べ物に心を委ね居たり。

およそ五分間も経ちしころ、田風呂氏の背後《うしろ》より最《いと》も妙《たえ》なる声音《こわね》にて、女「田風呂氏よ、たゞいま面会を願いたるは、御身の友なる妾《わらわ》にて候ぞ」と云う者あり。田風呂氏は驚きて振り向き見れば、こは如何に、思いも寄らぬ呉竹姫なり。先《さき》つ年、我が身が恋に焦がれて発狂せし呉竹姫なり。判事は我れ知らず、田「オ、、呉竹姫か」と声を出せしが、たちまちに思い返せば、我が身は姫に捨てられし身なり。ことに今は判事と云える最重《いと》き席に就ける身の、争《いか》で軽々しき言葉を云い出さるべきと思えば、飛び退く如く身を引きたり。このとき、田風呂氏の顔色は草の葉よりも青く、その身体は芦の葉の風に戦《そよ》ぐ如く震いたり。

そも呉竹姫は深窓に人となり、他人に面《おもて》を合すさえ羞《はじ》ろうほどなるに、今日は如何にしてたゞ一人裁判所には入《い》り来たるぞ。深き仔細のなくては叶わじ。ことに平生の憂い顔には似も遣らず、顔色澄《さえ》々と晴れ渡りて、堅く締りたる口許に充分の決心を現したるは、ほとんど生れ返りしかと疑わるゝばかりにして、容顔《かおかたち》の美しく艶やかなる何に譬《たと》えん方《かた》もなし。月ならば、月羞らいて雲に入らん。花ならば、花妬《ねた》みて葉にも隠れん。田風呂氏は早くも姫が有徳を救い出さんとて来たりしを知るからに、この美くしき顔を眺めては我が心鈍りやせんと震えながら、伏俯《ふしうつむ》向き居たり。姫は静かに判事のそばに進み寄り、右の手の手袋を抜き取り、呉「田風呂氏よ、御身は妾《わらわ》がためには永く無二の友たるべしと誓いしに候《そうら》わずや」と言いつゝその手を差し延べたり。

田風呂氏は、今この柔らかなる手を握りては我が身は忽ち飴《あめ》の如く解け去るべしと恐れしか、卓子《ていぶる》に置きし手を後ろに引き、田「然り、余は御身のためには何時までも力を尽くさんと願うなり」と恐る〳〵述べければ、姫は「御免候《そうら》え」とて傍《かたえ》の椅子に腰掛け、「田風呂氏よ、妾が乙女子《おとめご》の耻かしさをも打ち忘れ、今こゝに来たりたる、その訳を知り給うか」と問われて判事は言葉さえ出だし得ず、たゞ首《こうべ》を垂れて頷くのみ。真《まこと》に呉竹姫は有徳を思う一心にてこゝに来たりしなり。法律も知らず、証拠も知らず、たゞ処女気《おぼこき》の一念に、慕う男を救い出ださんと望めるなり。もしもこれより泣きつ口説きつして聞き訳もなく判事の膝に取りすがらば、判事は如何になすべきか。なおも情れなく突き離し、情けを以て法律は枉《ま》げ難しと言い懲らして帰すべきか。貴婦人淑女に対して礼儀に背く事をなすは、文明国人の作法に非ず、紳士の耻とする所なり。田風呂氏は斯く思い廻らせば、情けと法律の間に一身を挟まれて、右に従えば左に背かん、左に従えば右に背かん、如何にせばやと胸の内は血の波高く騒ぎ立つめり。

呉竹姫は、判事が心に斯かる苦しみのありとも知らねば、「田風呂氏よ、妾は昨日《きのう》初めて有徳が捕われし事を聞き知りたり。母を初め従僕《しもべ》の者まで、妾にこの事を聞かせなば憂いの余り病《やまい》にもならんかと堅く秘め居たれど、妾は乳母より聞き知りたり。知りたるときの妾が悲しみは、言葉にも尽くされず。今朝に至り初めて御身の係りなるを聞きたれば、最痛《いといと》う安心し、斯くはこの所に来たるなれ。田風呂氏よ、御身は妾の悲しみを察し、有徳を助けんとて、斯くことさらにこの事を引き受けしに侍《はべ》らずや。御身が淑女を重んずる心のほどは、感ずるに余りあり。妾を助けんとて斯くまで力を尽さるゝ御身が心は、妾、謝するに言葉なし」。田風呂氏は聞くに従い益々胸のみ騒げども、心弱くては叶わぬ場合と思い定め、田「姫よ、余はたゞ法律によりて有徳の事件を引き受けしのみ。御身の賞辞《ほめことば》に与《あずか》る謂《いわ》れなし」。呉「否《いな》とよ、妾は法律の事は得《え》知らず。たゞ御身が有徳の身を預りしを有難しと思うなり。有徳もしほかの判事の手にあらば、妾いかで裁判所に来たり得べき。名を聞くだにも恐ろしき法廷とやらへ只一人かく来たりたるは、全く御身を頼めばなり。外《ほか》々の判事ならば、たとい妾が何事を述ぶるとも、そを露ほども採り用いはせじ。たゞ御身は妾が心の潔《きよ》きを知り、妾がかりそめにも虚偽《うそいつわり》を述べざる事を知るからに、妾が言葉を疑わじ。妾が言う事を辞《いな》みはせじ。田風呂氏よ、有徳を助け玉え。有徳は国の掟を破る如き汚らわしき男には非ざるぞ。有徳を捕えしは全く事の間違いなるぞ」。

田風呂氏はこゝに至り、何と言い解かばよからんかと心さえ定まらねば、たゞ嘆息《ためいき》を発《つ》くのみなり。姫はなおも言葉を続け、「田風呂氏よ、御身は妾が友ならずや。妾が願いを情《つ》れなくも捨てはせじ。有徳が如何なる疑いを受け居るや、妾はよくも知らざれど、有徳に罪はなし。疑う者は有徳が清き心を知らざるなり。御身、速やかに有徳を解き免《はな》したまわずや」と他事《たじ》もなく述べたるが、これより田風呂氏は如何なる事を言い出づるや、次号を待ッて説き分けん。

第三十二章

呉竹姫は世間も知らず法律も知らず、たゞ情夫を慕う一念にて心の誠を打ち開き、毒もなく罪もなく思うまゝを打ち明かす、その清き憐れなる言葉は、田風呂氏の霊魂《たましい》にまで浸み入りたり。立板に水を流す如き代言人弁護人の雄弁は日々聞き慣れて、空吹く風ほどにも思わざる身なれど、淑女の甲弱《かよわ》き真心には腸《はらわた》を断たるゝ思いすなり。田風呂氏はしばし言葉もなく考えしが、斯くては果てじと顔を挙げ、さらに言葉の調子を替えて、田「呉竹姫よ、もし有徳が真実《まこと》の罪人ならば、御身は何となし玉うや。余《わ》れもし御身に向い、有徳は全くこの罪を犯したりと云わば、御身は何と思い玉うや」。姫は驚きたる様子にて田風呂氏の顔を眺め、呉「御身は妾《わらわ》の友に非ずや。妾がこれほどまでに罪なしと云うなるに、御身何ぞそれを虚偽《うそいつわ》りと思う事あらんや。御身は露ほども妾が言葉を疑いはせじ」。田風呂氏は悲しき声にて、「否《いな》とよ、余は有徳の罪を認めねばならぬなり。彼が罪は誰に見するも最早や疑うべき所なし」。

呉竹姫はこの言葉を聞き、ほとんど呆気《あっけ》に取られし如く、たゞ田風呂氏を眺むるのみなり。姫は判事の言葉を戯れと思えるか、笑談《じょうだん》と思えるか。田風呂氏は思い切りて、田「姫よ、我とても御身に斯かる悲しき事を打ち明けたくは思わねど、今は早や包むにも包まれず。心を静めてよく聞かれよ。有徳は人を殺せし罪人なるぞ。すでに充分の証拠ありて、言い解く道のなき身なるぞ」と、あたかも老練なる医師が激薬を用うるごとく、一滴〱用心して言い聞かせり。姫は定めし事の恐ろしさに堪え兼ねて気絶をもなし兼ねまじと思いしに、左《さ》はあらで、瑠璃の目眦《まなじり》を屹《きっ》と見開き、呉「田風呂氏よ、御身はなお妾が言葉を疑わるゝか。御身は誰にか欺かれ給いしなり。有徳、何ぞ左《さ》る卑怯なる振舞いをなさん。有徳たとい自ら殺せしと白状すとも、妾はその言葉を信《まこと》とは得《え》思わず。妾は、我が声の続く限りは世の正しき人々に訴え、有徳を救い出さん。田風呂氏よ、有徳すでに白状せしか」。田「イヤ、未だ白状は致さねど、すでに証拠の揃いし上は、強いて白状せしむるに及ばず」。

呉「田風呂氏よ、御身は有徳を知らざるゆえ、その証拠に欺むかれしなり。御身の裁判は誤りなり。たとい世の人悉く有徳を罪とするも、妾は有徳を救い出ださん。知らずや、有徳の心の潔白は、有徳が自ら知るよりも妾なおよく知れることを。有徳が心は妾が心なり。妾、我が身を疑うも有徳を疑わず。田風呂氏よ、御身は何ゆえに他人の証拠を捨てざるや。妾が言葉を証拠とせざるや。妾が言葉は神に誓いたる言葉なり。御身は神を疑うか。神に誓いし言葉のほかに証拠と

すべき者いずれにありや」と言いつゝ一息突きたれば、田風呂氏は何とか言い慰めて帰さんと顔を上げしに、呉竹姫は推し留めて、なお言葉を続《つ》ぎ、「田風呂氏よ、妾は甲弱《かよわ》き少女《おとめ》なり。独り男子の前に出づるは少女の嗜みを破るなり。されど、妾は有徳を救わんため开《そ》を破るとも厭いはせず。田風呂氏よ、妾が有徳と思い初《そ》め、思われ染め、誠を明かして誓いしは、三年《みとせ》の昔なるぞ。三年以来《このかた》、妾が心は有徳なり。有徳が心は妾なり。隔てもなく、隠しもせず。御身は知らずや、有徳を知る者は妾のほかにあらじ。有徳が清き、潔《いさぎよ》き、寛《ゆるや》かなる心のほどは、昔し聞く聖人にも劣りはせず。かく清き心を以て、何ゆえに罪を犯せしや。田風呂氏よ、有徳は何ゆえに罪を犯せしや。サ、何ゆえに、何ゆえに」と一筋に問い詰むるを、田風呂氏は言葉を柔らげ、田「姫よ、小森有徳は誠の有徳にあらざるぞ。彼すでに、家を捨て名誉を捨て民間に下らねばならぬ身となりたり。彼は零落の人なるぞ。その零落を逃れんため、証拠となるべき女を殺せしなるぞ」と聞きて、姫は一きわ声を励まし、呉「そは、有徳を知らざる者の云う事なり。有徳はすでにその事を妾に告げたり。妾は有徳を愛するなり、皇族を愛しはせず。妾は栄耀栄華を以て飾りたる有徳を愛しはせず。飾られずとも有徳は有徳なり。妾は有徳に向い、速やかに皇族の家を去ることを勧めたり。有徳も栄華を愛せず、妾を愛するなり。妾の愛をさえ失わずば、皇族の名を慕わぬなり。民間に下るを厭わぬなり。速やかに小森の家を立ち去り、誠の嫡男と入れ代らんとて、堅く妾に約束したり。斯かる約束をなしながら、何ぞ卑怯なる罪を犯さんや。田風呂氏よ、有徳は栄華を得んとて罪を犯す者に非ざるぞ。清く潔き男なるぞ。早く解放《ときはな》して妾が手に返したまえ」と述べ来たる言葉の節《ふし》々、淑女の真心を現わしたれど、田風呂氏は、如何にするも無事に説諭して帰さねばならずと思うゆえ、「姫よ、余《われ》御身の詞《ことば》を疑う事にはあらねど、有徳は失望のため、日ごろの清き心を攪乱せしなり。心乱れてこの罪を犯せしなり。姫よ、有徳が身は罪のために汚《よご》れしなり。有徳は御身の清き愛情を汚《けが》せしなり。それをしも知らずしてなお有徳を愛するは、御身自らその身を汚《けが》すなり。有徳は御身の愛に酬ゆる人に非らず。余《わ》れ御身が無二の友となり、兄妹《あにいもうと》の情《じょう》を以て御身に告げん。汚《けが》れし男を思い切り身を清くするは、淑女の務《つと》めなり。如何ほどの悲しみとても、時経て忘れぬ事はあらじ。姫よ、一時の悲しみを推し鎮め、行く末長く身を清くし、荒川家の家名まで人殺しの罪に汚すなかれ。御身の務め、こゝなるぞ」と、道理《ことわり》せめて説き聞かせり。

第卅三章

田風呂判事が道理《ことわり》せめし言葉を聞き、呉竹姫はいとも悲しき声を出だし、「田風呂氏よ、御身は有徳を思い切れと宣給《のたま》うか。有徳、今は囚牢《ひとや》のうちにありて、世間の人に見捨てられ、妾《わらわ》のほかには頼りと思う者さえなきに、妾争《いか》で有徳を見捨てなば、誰か有徳を救い出ださん。田風呂氏よ、男心は鬼《おに》々しく、艱難《かんなん》には無二の友をも捨つると聞けど、女にはさる変り易《やす》き心なし。御身は女心を知らざるか。御身自ら思い見られよ。御身病《やまい》に罹りなば、介抱するは妻に非らずや。女は男の艱難を助くる者なり。御身もし世に零落《おちぶ》れて、親に捨てられ子に捨てられ、友達親戚に捨てらるゝ事あるも、独り踏み止まりて御身と艱難を共にするは、妻のほかに誰かある。妾は有徳の妻なるぞ。彼が苦しみを見捨てなば、自ら操《みさお》を破るなり。操を破れと勧め給うか。左るお言葉は聞く耳なし。田風呂氏よ、妾は甲弱《かよわ》き乙女なり。甲弱けれども、我が友を見捨てる如き卑怯の心は候わず。妾は自ら神に誓いて有徳を未来の夫と定めしなり。有徳もまた自ら撰びて妾を妻と定めしなり。捨てもせじ、捨てられもせじ。有徳が苦しみは妾その半ばを分ちて苦しまん。有徳と共ならば、苦しみも苦しみならず。有徳と妾は一体なり。有徳が囚牢《ひとや》のうちの苦しみを妾は外にて苦しむなり。御身は有徳を忘れよと宣給《のたま》うか。妾は彼を愛するなり。忘れよと責められても、妾は忘るゝを知らぬなり。妾は忘れんと願いても、妾が愛情は変らぬなり。妾には有徳を忘るゝ力なし。妾が愛情は変らぬなり。忘れ得ぬなり。たとい有徳に罪あるも、妾は有徳を愛するなり。有徳人を殺せしとて、妾は有徳を愛するなり。御身は有徳を嘲り、有徳を罵りたまえど、妾は罵られ嘲られたる有徳を愛するなり。御身有徳を囚牢に送らば、妾が心は囚牢を守らん。有徳もし罪のために殺されなば、妾は悲しみのために殺されん。妾と有徳は共に死なん。別々には永らえ得ず。御身、妾と友ならば、有徳を救い給え。妾をば助け給え」と身を忘れて嘆き口説くを、嘆息《ためいき》しつゝ聞き居たる田風呂氏は、心のうちに、「アナ憐れむべき乙女子よ、かくまで愛情は強き者か。我もし斯かる愛を得ば、断頭台《くびきりだい》に載せらるゝも恨みなし」と独り柔腸《はらわた》を断つなるべし。

呉竹姫は、今云いし言葉の終りしより心に弛《ゆる》みを生ぜしためか、何時の間にやら背後《うしろ》なる倚子《いす》に力なく倚り掛り、横に首《こうべ》を垂れて、眠り去らんとする如くなれば、斯くと見て田風呂氏は打ち驚き、「アナ、姫は心を痛めし余り、気尽き力衰え、このまゝこゝに倒るゝか」と、思案に呉るゝ暇さえなく、直ちに呼鈴《よびりん》に手を掛けんとすれば、姫は弛みたる目を見開き、細き声にて、呉「田風呂氏よ、御身は何をなし給うや」。田「御身の身体《からだ》、力なく見受けたれば……」と云われて、姫は心付き、「許し玉え。妾は女の身にあるまじき、自ら法廷とやらに出でて心の奥まで打ち開きたれば、我知らず草臥《くたび》れて気を失わんとしたるなり。心を痛め玉う事かは。★20 妾は全く常に復《かえ》りて候ぞ」と云いながら、四辺《あたり》を見廻し、深く呼吸《いき》を吸い入れたるが、「ア、、これにて心も爽やかになりたり。田風呂氏よ、御身は悉く妾が願いを退《の》けたれど、妾露ほども怨みはせず。妾が言葉の聞かれぬは、なお妾が有徳を愛する心の足らぬためなり。妾が愛の足らぬため、神なお妾を助け給わぬなり。遮莫《さあ》れ妾は有徳を救い得させで置くべきか。田風呂氏よ、今せめてもの願いには、何とぞ有徳が罪を犯せし証拠をば残らず妾に示し給われ。妾が心は有徳が心なれば、妾は有徳になり代りてその証拠の偽りなるを説き尽くさん」と世間知らずの大胆なる言葉なれど、田風呂氏は少しも憤《いか》らず、「今この証拠を見せなば返ッて有徳を思い切る便りともならん。斯くまで清き乙女子に、何時までも人殺しの罪に汚れたる有徳を慕わせ置くは、いと罪深き業《わざ》なれば、及ぶだけは力を尽し、身を汚さぬよう心を改めしむるこそ、我が身に取ッての務めなれ」と、今は信切の一念にて、姫に向い、田「姫よ、裁判所には夫々《それ》の手続きあり。私しに証拠を示し難けれど、余《われ》は御身の誤りたる心を矯直《ためなお》さんため、今悉《ことごと》く示すなり。御身もし悉くこの証拠を破り尽さば、有徳を放ち帰すは勿論なれど、左る代りこの証拠破れぬときは、有徳は罪人なり。罪人を慕うは女の操に非ざれば、必ずともに心を入れ替え、有徳を思い切りて、淑女の操を全うしたまえ」と真心を以て言い聞かすに、姫は、「否《いな》とよ。妾の目には如何なる証拠も偽りなり。妾は、有徳を思い切るとの約束は得《え》なさぬなり。されど、その証拠を破り得るは疑いなし。たとい妾自ら破り得ずとも、妾は神の助けを借りて破り尽さん。神は妾が有徳を愛することを知り給えば、妾が愛を助け給わぬ事はあらじ。サ、早くその証拠を示されよ」と云いながら、椅子を離れ、しばらく蹉坐《ひざまづ》きて天を拝み、声朗らかに神の助けを祈りたり。

田風呂氏は、事込み入りたる証拠を一々示すも詮なければ、そのうちにて最も分り易く最も力ある者を唯一ツ説き聞かさば充分ならんと、姫に向いて、田「姫よ、証拠は数あれど、御身にはそのうちの最も重き者を説き聞かさん。姫よ、女の殺されしは去んぬる四日の夜《よ》八時より十二時の間なるに、有徳はその時いずれにありたるや、自らその事を説明し得ず。これ第一の証拠なり。御身は何と思い給うや」と言葉の終るを待ち兼ねて、姫は蹶然《むっく》と起《た》ち上がり、「四日の夜とは、過ぐる火曜日の夜に候わずや」。田「然り、火曜日の夜なり」と聞き、姫が顔色はにわかに爽々《さえ》と晴れ渡れり。如何になせしか、姫は再び蹉坐《ひざまづ》き、しばらく感謝の祈祷を捧げ、また起ちて、田風呂氏に向い、呉「田風呂氏よ、御身が第一の証拠と頼むは、たゞそればかりの事なるか。有難しく〳〵、神は妾を助け給えり。妾にその証拠を破り尽すの力を貸し給えり。有難し、辱《かたじけ》なし」と云いつゝ涙を翻《こぼ》せしが、呼吸を返して言葉を継ぎ、呉「田風呂氏よ、その証拠はすでに破れたり。四日の夜、有徳は八時より十二時まで妾が家にありたるぞ。妾がそばを離れざりしぞ。妾がそばにありしものが、如何で尊長村とやらの女を殺し得んや」。判事はこの大胆なる言葉に驚き、

★20――心を痛めていただくようなことでしょうか、いいえ、そうではありません。

「何と宣給《のたま》う、有徳過ぐる四日の夜、御身が家にありたるとや」。呉「然り、妾が家に妾と共にありたるなり」。田「然らば、御身の母上も婢僕《しもべ》も総てその事を知るなるか」。呉「否《いな》とよ。妾が家に来たりたれど、そを知るは妾のみなり。母も婢僕も知らぬ間に来たりて、知らぬ間に帰りたり。ゆえに妾のほかには知る者なきなり」。田風呂氏はこの言葉を聞き、発《ほっ》と一息つき、思わず「ア、」と云いたるが、腹のうちにて「フム、姫は有徳を助けんとて、いと分り易き偽りを作り設け、裁判官を欺かんと巧むよな。ア、憐れむべき少女なるかな」と私《ひそか》に姫が身を憐れみたり。

呉竹姫、果して有徳を救い得るや如何に。

第三十四章

田風呂判事は言葉を改め、「姫よ、有徳は御身の婿に非ずや」。呉「然り、婿なり。多年の間思い思われし末、ようやく親々の許しを得て、すでに婚礼の日取りも定まり居るなり」。田「然るに有徳は四日の夜、人目を忍びて御身に逢いたるか。すでに親々の許せしからは、人の目を忍ぶには及ぶまじ」。呉「然らば御身は妾の言葉を疑い玉うか」。田「否とよ。疑うにはあらねど、斯かる事は残りなく問い窮めねばならぬなり」。呉「斯く細かに問わずとも、妾は乙女なり、虚偽《うそいつわり》を申す者には候わず」。田風呂氏は一入真目《ひとしおまじめ》になりて、「姫よ、余は判事なるぞ。手に充分の証拠を持ちて有徳を捕縛せし上は、他人に何と云わるゝもその罪を定めねばならず。今までは全く御身の友なりしも、すでにかく有徳が罪を争う上は、御身の友にして友に非ず、仏国《ふらんす》政府の判事なり。誰人《たれびと》の言葉なりとて、証拠なき者は用い難し。御身の言葉に偽りなしとも、それだけの証拠なくば、判事は採用せぬなるぞ。サ、証拠は如何に」。呉「妾の言葉は証拠よりも確かなり」。田「その証拠は」。呉「妾が言葉なり」。田「その証拠は」と、幾度《いくたび》とても同じ言葉に、呉竹姫は屹《きっ》と田風呂氏の顔を見上げ、玉をも貫く声を出し、呉「田風呂氏よ、御身は有徳を憎み玉うか。御身は有徳が罰せらるゝを歓び玉うか。御身、判事の身とならば、昔しの事を忘れたまいしか。御身は法律を以て過ぎにし怨みを復《かえ》さんとするにはあらぬか」と叫びたれば、判事は腸《はらわた》を探らるゝ心地して、顔色火よりも赤くなり、田「姫よ、過言に候ぞ。控え召され」と制し止《と》むれど、姫は聞かず。

「田風呂氏よ、御身自ら、御身の裁判の危うきを知らざるか。御身、今なお忘れはせじ、過ぐる年御身自ら妾に向い愛情の言葉を言い出だし給いし事を。妾は御身の愛に感じ、誠心《まごころ》を以て御身を敬いたれど、妾はすでに心を有徳に許せしゆえ、詮方なくも御身を断り候いき。今は有徳罪人の疑いを受け、御身はその罪を定むべき人となれり。御身は昔しの夢を忘れしか。御身が心は過ぎにし怨みに思い乱れ傾く事はあらざるか。田風呂氏よ、心を静めて思い見られよ。妾、乙女の身分として、虚偽《うそいつわ》りを言わるべきか」と説き来たる言葉は、一々に田風呂氏が灸所を鑿《えぐ》るよりも痛ければ、田風呂氏はようやくに辛き顔を上げ、「姫よ、御身こそ心乱れ、容易ならざる事を宣《の》べ給うなれ。余《わ》れ過ぎにし事を忘れはせねど、妄《みだり》に法律を動かす事あらんや。有徳が罪を定むるは余《よ》が力に非らず、証拠の力なり。罪となるべき証拠あらば、余《よ》は放《ゆる》したく思うとも、罰せねばならぬなり。放《ゆる》すべき証拠あらば、御身これを救わずとも、放《はな》ち帰さねばならぬなり。余《わ》れ豈《あ》に私しの情《じょう》を以て国の法律を曲ぐる者ならんや」と言い返されて、姫はにわかに我が言葉の過ぎたるを悟りしか、一入《ひとしお》調子を柔らげて、姫「田風呂氏よ、許したまえ。妾は情に迫りて計らずも御身を誣《し》いたり。妾が知るだけの証拠は悉く申し上げん。御身、願わくは然るべく妾に問い給え」と他事もなく述ぶるにより、田風呂氏は心のうちにて、姫が如何なる作言《つくりごと》を云うやらんと怪しみながらも、その志しの殊勝なるに感じ、田「去来《いざ》問わん、答えたまえ。まず、有徳は何ゆえに忍びて御身が許に来たりしや」。

姫「左ればなり。妾が有徳と言い替わせしは三年《みとせ》の昔しなるが、そののち有徳の父禮堂は幾度となく、婚礼を許したれど少しの事にて機嫌を損じ、直ちにその許しを取り消したり。かくすること再三にして、愈々先月の末の方《かた》に至り、改めて許したれど、妾の母上はその言葉の定まりなきを怒り玉い、愈々婚礼の当日までは妾と有徳とを二日置きに二時間づゝ母の目の前にて面会させ、そのほかは一切面会させじと定めたり。斯くて去る三日の日は面会の当日なりしかば、妾は今にも有徳が来たるかと待ち受け居たるに、彼れ一通の手紙にて、「止むを得ぬ来客ありて今日は行き得ず」と断り来たれり。（こは、澤田實が初めて有徳の許《もと》を訪いし日なり。）その翌四日の午後に至り、また一通の手紙にて、「是非とも今夜、内々に面会したし」と云い来たれり。この日は面会日にあらぬゆえ、母に知らさば叱られなんと、妾は種々《さま》思案の末、返事の手紙を認《したゝ》め、「今夜八時より九時までの間に裏庭の潜門《くゞりもん》まで来たりて合図したまえ。妾は潜戸《くゞりど》を開きて案内し参らせん」と云い遣りたり。この夜は夕方より母の許に数多の来客ありたれば、妾は気分悪《あ》しゝとて我が居間へ退く振りにて母の許を去り、潜戸の鍵を持ちて裏庭に出で、今や来るかと待ち受けたり。やがて八時二十分とも思うころ、有徳外より合図したれば、妾は鍵もて開かんとなしたれど、その鍵錆びて少しも動かず。ついにその鍵を外に投げて有徳に与え、外より様々に試みさせたれど、開く景色のあらざれば、妾はこの面会を明日に延ばしてよと請いたり。

左れど有徳は聞き容れず、是非とも今夜ならでは叶わぬ事柄なるゆえ、この塀を乗り越えんとて、妾が浮雲《あぶな》しと制《と》むるをも聞かず、傍《そば》に生えたる古き松の木を頼りに、高き塀に這い登れり。塀の上には硝子《がらす》の屑を植えあれど、有徳はこれを事ともせず、やがて此方《こなた》に飛び降りたれば、妾はその手を取りて泉水の辺《ほとり》に連れ行き、用事の次第を聞きたるに、誠の嫡男に逢いし事より、民間に下らねばならぬ事など、打ち嘆きつゝ語らいたり。この時あたかも雨降り出でたれば、初めは有徳の傘を開き二人その影に宿り居たれど、雨益々降り荐《しき》るにより、妾は有徳を伴いて阿屋《あずまや》に入り、十二時ごろまで後々《のち》の事を相談し、速やかに嫡男と入れ代るこそ本分ならめと約束こゝに定まりたり。有徳はこれにて安心し、別れを告げて帰りしが、帰りには植木屋の梯子を掛けて前の塀を乗り越えたり。これにても怪しき所の候や」と少しの澱みもなく述べたれば、田風呂氏は心迷い、偽《うそ》か信《まこと》かとしばらく考え居たるが、やがて思案を定めて二通の手紙を認《した》めたり。一通は探偵係に当て、荒川家の裏庭の塀に人の越えたる跡あるやなきやを検《あらた》めさせんがため、一通は書記に宛て、小森有徳を呼び出す用意を言い付けんためなり。これよりなお姫の舌三寸を以て判事の難問を一々に破り得るや如何に。そは次回に解《と》く。

第三十五章

呉竹姫の申し立ては全く真事《まこと》なるか。真事ならば、有徳は四日の夜八時より十二時まで荒川家の後庭《うらにわ》に忍び居たるなり。お傳を殺せしはずはなし。ことに、高き塀に這い登りたりと云えば、その手袋の掻き剥《むし》られたるも、その筒袴《づぼん》の汚れ破れたるも、怪しむには足らぬなり。さるにても有徳は何ゆえにこの事を白状せず、たゞ知らぬ〳〵と答えしや、不審《いぶか》しき限りにこそ。田風呂判事も心迷い、しばらくは沈吟《うちあん》ぜしが、思い返して呉竹姫に向い、田「姫よ、御身は今云いし有徳の手紙を持ち給うか」。呉「肌身に付け居り候ぞ」とて姫は衣嚢《かくし》を探り、一通を取りて差し出だせば、判事は受け取り見るに、姫が言いしに違《たが》わず、内々の面会を請う手紙なり。されど、名前もなく月日も記さず、また使いに持たせて送りたる者とて郵便局の消印さえもなければ、裁判所の証拠には成り難し。判事はこの時風《ふ》と一団の暗疑《うたがい》その心に浮びたり。アヽ、平生謹み深き呉竹姫が、真実後庭《うらにわ》にて有徳に逢いたるや。世間一般の少女ならば兎に角、姫が斯かる事を為すべき謂《いわ》れなし。或いは奸智に長《た》けたる有徳が前以て巧み置きたる者にはあらぬか。姫も有徳の謀事《はかりごと》に乗せられ、知らず〳〵彼が手先に使わるゝ者にはあらぬか。危ういかな〳〵。

田風呂判事が考うると共に、姫も何とかしてこの面会の証拠を挙げんと種《さま》々に案じ居たるが、やがて心に浮ぶ事あり。呉「田風呂氏よ、妾《わらわ》は人目を忍びて有徳に逢いたれど、壁に耳ある譬言《たとえ》もあれば、数多き召使いのうちに妾と有徳が後庭に居たることを認めし者あるやも知れず。何とぞ一々召使の者を呼び出だして問い試み給え」と云うに、判事は驚きて、田「姫よ、斯かる事を召使い共に問い糺しては、御身の恥を他人に示すには非ずや」。姫「有徳を救わんがためには、妾何ぞ身の耻を厭わんや」と思い切りたる一言に、田風呂氏は益々その愛情の切なると心の潔きを感じたり。姫はまたも頭《こうべ》を挙げ、呉「なおほかに証拠あり。妾が投げ与えし鍵をば有徳は妾に返さざりき。この鍵、定めてなお有徳の手許にあらん。これを探さしめ給え」。判「よし、直ちに探さしむべし」。姫が心は抜け目もなく行き届くと見え、またも言葉を継ぎ、「なお一ツの証拠は、妾がこゝにあるうちに、早く妾が家に人を遣り、後庭の潜戸より塀の辺《ほと》りを撿《あらた》めさせれば、必ず有徳が這い登りし跡の残り居る事あらん」。判事は落ちもなき言葉に感心し、田「イヤ、申すまでもなく、すでに探偵係りに手紙を出だし、私《ひそ》かにその塀を改むべしと言い遣りたれば、安心せられよ」と云うに、姫は痛く歓び、「田風呂氏よ、御身は真に妾が友なり。その塀をさえ撿めしめなば、有徳が罪なき事は直ちに分るならん。イヤ、妾なお一ツの証拠あり。有徳は妾がその面会を許したる返事の手紙を持てるならん。これをも撿められたし」。

判事はこれにて考え見るに、有徳が四日の午後、或る女より受け取りて焼き捨てたりと述べしは、必ずこの手紙なるべく、また彼れが口の内にて「女だから己《おれ》に勝つことは出来まい」と云いしも、必ず呉竹姫を謂いしなるべし。左すれば、有徳が言葉は少しも姫の言葉と違わず。ア、、有徳は罪人に非ざるかと忙がわしく思案しながら、姫に向い、田「姫よ、その手紙は有徳すでに焼き捨てたり。さるにても、有徳は御身に面会せし事を露ほども白状せず、痛く裁判を惑わせしなるぞ」。姫は少しも猶予せず、呉「田風呂氏よ、白状せざることこそ有徳なれ。考え見られよ、誠の男子たる者が少女《おとめ》の耻ともなるべき事を裁判所にて言い上げらるべきか。田風呂氏よ、有徳は妾を愛するなり。妾の許しを得た上ならでは、妾に係わる事柄は露ほども口外せじ。その代り、妾自ら有徳に代り我が耻をも打ち明けて、彼を救わねばならぬに非ずや。有徳は必ず妾を信じ、妾が救いくれるならんと充分に頼母しく思い居るなり」と云われて、判事は返す言葉もなく、たゞ益々姫が心の清きを賞するのみ。

やゝありて、姫に向い、「姫よ、御身が務めは未だ終らず。御身は更に相当の手続きを踏み、白洲に立ち、今述べし言葉を繰返し、書記に筆記せしめて、その終りに御身の名を記さねばならぬなり」。姫「妾は歓びてその手続きを踏まん。有徳が牢のうちの苦しみに比ぶれば、妾が苦しみは何かあらん。妾は何事にても恐れはせじ。幾度《いくたび》にても白洲に出でん。たとい世の物笑いとなるも、妾は真事《まこと》を述ぶるを恐れぬなり。有徳の愛をだに失わずば、白洲は愚か将軍の前にも出でん、大統領の前にも出でん」と歓び勇みて述べたるが、しばらくして帽子の紐を結び直し、また立ちて、呉「田風呂氏よ、妾は、今塀を撿めに出でたる人々の帰るまで此所《このところ》に待たねばならぬや」。田「イヤ、最早や待つには及ばず」と聞きて、姫は一際愛らしき声を出だし、呉「田風呂氏よ、妾は願うなり、かく証拠の現わるゝ上は有徳を妾に返し給え」。判「なるべく早く放免せん。安心あれ」。呉「我が友よ、田風呂氏よ、今日《こんにち》放免したまえ。今直ちに解寛《ときゆる》したまえ。有徳は無罪に非ずや。罪なき者を一刻も牢屋に留め玉うな。サ、今直ちに返したまえ」と真心見えて口説きたり。田風呂氏はこゝに至りて情緒紊《みだ》れて麻の如し。ア、、我が思う呉竹姫、斯くまで深き愛情を備えながら、何とて我には与えざりしぞ。我が心は有徳に及ばざるか。我が身は愛せらるべき値《あたい》なきかと、煩悩《ぼんのう》の雲、心を鎖《とざ》さんとせしが、ようやくに思い返し、田「姫よ、今直ちにとては許し難し。もし我れ一存にて済むならば、たとい有徳に罪ありとも、御身の切なる言葉を聞き、猶予なく許すべきも、余《わ》が一存に計らい得る事に非らず。相当の手続きを尽すまで、嘆くともその甲斐なし」。

　姫は今まで気を張り詰め、嘆息《ためいき》一ツ発せざりしも、こゝに至りて心弛み、迫り来る涙を抑えも敢えず、呉「妾ほど力なき者は非らじ。夫《おっと》有徳が囚牢《ひとや》の苦しみを知りながらも、妾いま救う能《あた》わず。神よ、妾を憐れみ給わば、不幸なる有徳を救うべき力を授け給え。裁判を動かすべき強き声を与え給え」と泣きながら祈りしが、またも判事に向い、「田風呂氏よ、妾は甲弱《かよわ》き女なれど、思う一念を通さでは措《お》かじ。なお問うべき事あらば、何時《なんどき》にても召し出だし給え。妾はなお思う仔細あり」と様子ありげな言葉を残し、法廷を外に出でたり。

田風呂氏はその後ろ影の見えずなるまで見送りしが、一通りならぬ長問答に痛く心を悩めしかば、今は疲れて力なく背後《うしろ》の倚子に倒《どう》と憑《よ》り、「ア、、貞女なり、烈女なり。吾れ一目見し時より早くもその清き心を見抜きたれば……。ア、、賢女なり、勇女なり」と昔しに愈増《いやま》す愛慕の心を起し、茫然として我を忘るゝまでに迷い迷うてありたるが、この時たちまち心のうちに声ある如く、「汝、裁判官の身として少女《おとめ》の言葉に迷い、有徳の奸智に欺かれんとす、危うし〳〵」と言うかと聞きしは、これも心の迷いなり。田風呂氏は飛び起きて、「エ、、こんな事では勤まらぬ」と奮発の目を見開きたり。

第三十六章

呉竹姫は田風呂判事に分れて、直ちに裁判所を出でたるが、すでに有徳が無罪なるを言い開きたれば、この上はたゞ男の力を借り、相当の手続きとやらを尽して有徳の放免を願うほかなし、と心に思い定めても、深窓に育ちし悲しさ、有徳と田風呂氏のほかには日ごろ親しく交わりし男子とてなければ、誰に打明け相談せんと、しばらく思案に呉れたるが、やがて思い出づるよう、小森禮堂こそ有徳が父なるに、子を救わぬ道はなし。頼るべきはたゞこの人なれと、勇ましくも胸を定め、小森家を指して急ぎたり。

このとき禮堂は、食堂に在りて昼飯《ひるめし》を喫《た》べ在りしが、取次の者より呉竹姫の来たりしを聞き、いと痛く驚きて、如何にせんかと考えたり。考えたりとて、面会のほか別に思案も非らざるゆえ、身を起して客室《きゃくま》に至れば、姫は早やこゝにあり。禮堂は歩み寄り、禮「オヽ、呉竹か。有徳の様子を聞きに来たのじゃな」。姫は臆する色もなく、呉「イエ、伯父《おじ》さん、有徳の様子をお知らせ申しに上がりました」。禮堂は怪しみて、「ナニ、知らせに……」。呉「ハイ、有徳は無罪であります」と聞きて、禮堂は益々怪しみ、もし呉竹が狂気せしにはあらぬかと疑うばかりに目を開きて姫の顔を眺むるのみ、一言の言葉もなし。呉「伯父さん、私《わたく》しは初めから、有徳が罪を犯すはずはないと思いましたが、今日は愈々その証拠があります」。禮堂はあたかも我が耳を疑う如く頭《あたま》を右左りに傾け、禮「ハテな、無罪の証拠が……」。呉「ハイ、私しは只今裁判所へ参り、判事にもその証拠を知らせて参りました。有徳は四日の夜、私しと共に十二時まで話していましたので、罪を犯すはずはありません。それを判事が知らぬから、疑ったのであります。有徳は男子ですから、私しの耻になると思い、その事を裁判所で申し立てずに居ましたゆえ、益々疑いが重くなッたのであります。それを私しが言い開いて参りました」。禮堂は初めて姫が言葉の通ぜし如く、禮「フム、言い開き。言葉だけでは通らぬはずじゃが……」。

呉「言葉だけではありません。確かな証拠が私しの家に存《のこ》ッて居ます。裁判所から役人が出張して、今ごろはちょうど検査中です」。禮「フム、そのような事はないはずじゃ」。姫は悲しき声を出し、呉「貴方までも裁判官と同様に有徳を疑いますか。貴方は父《おや》として、有徳の気質を御存じありませんか。有徳のために一片の言い開きも為されずに、このまゝ我が子を捨てますか」と鋭き言葉に、禮堂は日ごろの気質に似も遣らず、黙然として頭《こうべ》を垂れたり。それ、人の好まざる事を説くは難く、その好む所を説くは易し。禮堂、仮初めにも父《おや》の身として、我が子を思う呉竹姫の言葉を聞き、また我が願う有徳の無罪なるを聞き、たといその言葉意外なりとも、何時まで信ぜずに居らるべき。また争《いか》で日頃の気質の如く一言のもとに立腹さるべき。たちまちにして心解け、姫の手を執りて、禮「呉竹、よう云うてくれた。成る程、有徳は潔白な男じゃ、人を殺すはずがない……。シテ、有徳はもう放免となッたのか」。呉「まだ放免にはなりません。色々と判事に願いたれど、私しの力に及びませんゆえ、貴方をお頼みに上がりました」。禮「フム、己《おれ》を頼みに」。呉「ハイ、裁判所では夫々《それ》の手続きがあると申しますゆえ」。禮「ハテな、裁判所の手続き、そうさナ」としばらく考えて、潑《はた》と手を拍《う》ち、「ア、、余り其方《そなた》の言葉に感心して、ツイ忘れて居た。その手続きは實《みのる》が知ッて居る、澤田實が……」。

呉竹姫は澤田實の名を聞き、これぞ有徳の跡に直《なお》る嫡男にして、有徳が不幸の身となるも必竟《ひっきょう》この實とやらのためぞと思えば、清き心も有繫《さすが》は少女《おんな》、自ずと変る顔色を、禮堂早くも見て取り、禮「ナニサ、實とは有徳の兄弟で、世に珍しい人物じゃ。己《おれ》が若いころを生き写しじゃ。心配には及ばぬ。智慧もあり、心達《こゝろだて》も優しく、ことには有徳を愛して居る。すでに昨日もこの己に向い、有徳を弁護して救い出すと約束して、今ではその方へ骨を折ッて居るから、この事を話しさえすれば喜んでその手続きを仕てくれる。大丈夫じゃ……。今は有徳の阿母《おっか》さんが病気で危篤だから、そのそばに居るけれど、使いを遣れば飛んで来る。サ、心配には及ばぬ」と説き聞かすうち、禮堂はまたも澤田夫人の事を思い出でしか、たちまちに言葉の調子を変え、「ア、そうじゃ、使いには及ばぬ。これから實の宿まで出掛けて行こう、其方と二人で……。其方も有徳の阿母さんに一目逢ッて置くがよい。己もしばらく逢わぬから。サ、行こう」とて、性急に呉竹姫を迫《せか》し立て、ついに馬車に乗り、姫と共に澤田實の宿を差して立ち出でしその心、七分は痴情に出でしなるべし。

たちまちにして馬車は實が宿に着きたれば、禮堂は姫が手を引き、その二階に登り行き、出で来たる下女に向い、實はうちに居るやと問うに、先刻止《や》み難き用事ありとて出で行きしまゝ未だ帰らぬむねを答えたり。禮「それでは、しばらくその帰りを待たん」とて一間のうちに入り行きたり。こゝは澤田夫人が病室の次の室《ま》と見え、医者一人、僧侶一人、海軍士官の服を着けし人一人（こは先回に澤田實が迎いの手紙を出だせし夫人の弟何某《なにがし》なり）、互いに悲しき顔をなし、言葉もなく控え居たり。禮堂の様子を見て士官風の男、此方《こなた》を見かえり、怪しげに眺めたれば、禮堂は一礼して、禮「拙者は實に逢わねばならぬ用事で参ッたが、留守との事ゆえしばらくこゝで待たして貰おう。ナニ、怪しき者ではない。拙者は實が父、小森禮堂でムる」と云うに、皆々驚きて座を譲りたれど、士官は独り腹立たしき面色《おももち》にて、不悄無悄に会釈せしのみ。

禮堂は、この次の間に昔し愛せし澤田夫人が病み臥せるかと思えば、腰さえも落着かず、何とかして面会せんものと、傍《かたえ》の医者春邊氏に向い、禮「夫人の容体《ようだい》は如何であります」。春「悲しいわけであります。明日《みょうにち》までは持ちません」。禮「ハテな、それは可愛相じゃ。シテ、次の間に寐て居ますか」。春「左様、寐ては居ますれど、もう昨日から前後の弁《わきま》えもありません」。禮「それは可愛相じゃ。せめてはこの世の余情《なさけ》じゃ、一目面会して参ろう」と云いながら立ち掛かれば、士官は遽《あわただ》しく遮りて、士「イヤ侯爵、もうお逢いになっても無益であります。返ッて心を騒がせるだけであります。それよりは安々と死なせて遣るが功徳でしょう」と云えば、傍《かたえ》にありたる僧侶、口を出し、僧「イヤ、面会なされても御当人には通ぜぬゆえ、大事ない。死際に顔を見せるは反ッて功徳になります」と云うにより、禮堂は力を得て、突々《つか》と次の室《ま》に進み入りたり。

但見《と》れば、彼方の寐台《ねだい》に息も絶々になりて眠り居るは澤田夫人なれど、今は痩せ尽して骸骨の如く、昔しの面影は殆んど失せ果てゝ見違えるばかりなり。不思議なるかな、今まで人事《ひとごと》をも弁えざりし澤田夫人、禮堂が足音に忽ち目を開き、臂《ひじ》を力に起き直りて禮堂に向い、幽霊かと疑わるゝばかりなる物凄き眼《まなこ》にて禮堂を見詰めたれば、禮堂は思わずも一歩《あし》二歩《あし》後ろの方《かた》へ飛び退《の》きたり。

第卅七章

澤田夫人は起き直りて、しばらく禮堂が顔を眺め居たるが、いとも苦しき声を出し、夫「御身は妾《わらわ》が死際の怨みを聞かんとて来給いしか。妾一たびは御身のために栄華を極めしも、今はまた御身のために悲しき死様《しにざま》をなす事とはなりぬ。禮堂ぬしよ、御身は妾が操《みさお》を疑いて、鬼々《おに》しくも妾をば捨てたまえり。妾が深き愛情は御身が心に通ぜざりしか。実《まこと》や富みたる人に幸いなしと聞きつるが、御身は家いと富めるため、疑いの心深く、身の幸いを知らぬなり。妾は御身を愛せしも、御身自ら愛せらるゝを知らず、宝を以て買いたる愛と思いしゆえ、罪なき妾を疑いしなり。妾、何ぞ宝のために愛を売る者ならん。妾は財《たから》を愛しはせず。真実《まこと》に御身を愛せしなり。御身のほかに仇し心は候わず。爾《さ》るを御身は疑い玉い、妾を捨てゝ顧みず、妾が言い開きをも聞かんとは仕玉わで、送る手紙は封のまゝに推し帰し、妾門に至れば門番に言い付けて敷居の外より退け給えり。思い見れば過ぎつる年の事なりき、御身は妾が家に出入りする海軍士官のありと聞き、疑いの心に迷わされ、忍びの人を雇いて妾が振舞いを見張らせたり。妾は心に曇りなければ、去りとは知らずありたるに、或る日御身は妾が琴箱の上に黒き手袋あるを見て、密夫《かくしづま》の遺《わす》れし品と思い僻《ひが》め、そのまゝ妾を捨てたまいき。

禮堂ぬしよ、かの手袋の持ち主は、妾が同胞《はらから》の阿弟《おとうと》に候ぞ。妾が阿弟は海軍の軍人にて、そのころなお役目も卑《ひく》く、屢々外に出づる事さえも叶わず、ことに門限の厳しき身なりしかば、偶々《たま》妾が許に来たりても、匆々《そう》にして帰りしなり。帰りを急ぎて手袋を取り遺《お》せしなり。御身は豈《よ》も軍人の言葉を疑いはせじ。御身が後ろに立つ海軍士官は、今云いし舎弟《おとうと》に候ぞ。御身自ら問い給いて、妾の言葉の偽りならぬを知り給まえ。妾、今死ぬる身の、口を開くさえ苦しけれど、身の濡れ衣を乾かさで果つる事の悲しさに、苦しさを忍びて斯くは云うなり。早く阿弟《おとうと》に問い給え。サ、早く〳〵」と迫立《せきた》つる声の下より進み出でたる以前の士官、容《かたち》を正して禮堂に打ち向い、士「侯爵閣下は余が姉を疑わるゝか、余が名誉をも疑わるゝか。サ、如何に」と問い詰められ、先ほどより疑い晴れて後悔の念に戦々《わな》と震い居たる禮堂は、額の汗を拭いも敢えず、禮「士官、許し玉え。余が一時の過ちなり。今までも御身ら二人の清き心を知らざりしは、余が罪なり。幾重にも許し給え」と打ち詫びれば、流石に心猛き勇夫《ますらお》とて士官もたちまち打ち解け、士「イヤ侯爵、疑いさえ解くれば、そのお言葉には及ばず。閣下が清き二人を疑いし罪はこれにて消えたり」とて、澤田夫人に向い、士「姉上、侯爵の言葉を聞きたまいしか。侯爵の疑いは晴れたるぞ」と聞きて夫人は嬉しげに、夫「禮堂ぬし、その疑いさえ晴れんには、妾は御身を恨まぬなり。御身も妾を憎みはせじ。サ、来たりて妾が手を握りたまえ。サ、妾が唇頭《くちびる》を吸いたまえ」と幽霊の如き手を差し延べ、皮ばかりに萎《しな》びたる唇頭を動かしたり。その物凄きこと言わん方《かた》なく、禮堂は余りの恐ろしさに我れ知らず後ろに倒れんとなしたるが、傍えにありたる僧正は早くも禮堂の手を取りて、僧「臨終の言葉ほど清く貴き者はなし。侯爵、早く善女《ぜんにょ》を安心させ給え」とて、夫人の手を握り合わさせ、また唇頭をも合わさせたり。

夫人はこれに力を得て、またも言葉を出だし、夫「禮堂ぬし、妾終期《いまわ》に臨みて、御身に願う事あり。御身は妾が子を如何にしたまうや。御身は妾が子を養い、小森家を継がしめんとするなれど、开《そ》は不義の富貴《ふうき》なり。不義の富貴は禍災《わざわい》の元と聞けり。真実の澤田實を妾が許に留《とゞ》めたまえ。妾は他人の子を得《え》養わず。禮堂ぬしよ、妾は今なお御身が昔し作りたる罪に迫られぬ日とてはなし。妾がこの病いも、御身の作りし罪に出でたり。妾は絶え間もなく子のために苦しめらるゝなり。御身も後々贋の児に苦しめられん。贋の子を養い給うな。妾が願いはこればかりなり」と力を絞りて述べ終わる所へ、先ほど出で行きし澤田實帰り来たれり。實は母が斯く正気に帰りしを見て、嬉しさに堪えざる如く、人々に挨拶さえも打ち忘れて、實「阿母《おっか》さん、御心が付きましたか」と云いながら、寐台《ねだい》のそばに馳せ寄りしが、母は實の顔を見て、眼《まなこ》に非常の悪《にく》みを現わし、一声高く、夫「悪人悪人」と叫びしまゝ、この言葉をこの世の名残に、哀れ澤田夫人は死去したり。

禮堂はこの有様を見て、昔し犯せし我が罪の恐ろしさに愈々心を責め悩まされ、切《せめ》ては夫人が誠の子、有徳に、なき後の務めを取らせなば、夫人も草葉の陰にて心安かるべしと思えば、夫人の死骸のそばを離れも得ず泣き伏せる實を揺り起こし、禮「コレ實、約束の通り有徳を救うて来い、早く」と性急に命ずれば、實は涙を推し隠して、實「仰せではありますれど、現在母の死骸を捨てゝ……今一日の御猶予を」。禮「イヤ、猶予はならぬ。澤田夫人は有徳の事を云い通して死んだゆえ、切《せ》めては末期《まつご》の務めを有徳に取らせて遣る」。實「末期の務めは、多年養育の恩を受けたこの實が致します」。禮「イヤ、澤田夫人は其方《そなた》を子とは思わぬ。死に際にも其方を悪人と云ッたほどだから、是非とも有徳に務めさせねばならぬ。有徳を救い出だせば、それで其方が澤田夫人に対する養育の恩返しにもなるわけじゃ」とて、なおこれより呉竹姫が田風呂氏に逢いたる次第を述べ、また實と呉竹姫とを引き合せしに、姫は悪《にく》みを帯びたる眼《まなこ》にて實の顔を眺めたり。實は詮方なく父禮堂の言葉に従い、實「それでは、これよりその手続きに取り掛かります。尤《もっと》も、今日中《こんにち》に連れ帰る事は六《むつ》カしく存じますれど、兎に角手続きだけは尽しまして、夕方には御宅へ上がり、その御左右《ごさう》を致します」と残り惜しげに出で行きし、心のうちは如何ならん。

これにて禮堂は後の事を士官と僧侶に頼み、明日また来たらんとて、呉竹姫の手を引きつゝ暇《いとま》を告げて帰り去れり。アヽ、澤田實はたして有徳を救い得るや。もし救い得ば、真《まこと》の罪人は誰なるや。さても怪しき次第と云うべし。

第三十八章

話し前に帰る。

判事田風呂氏は、呉竹姫が帰りし跡にて独り倩々《つく》考うるに、姫の言葉もし真事《まこと》ならば有徳は罪人に非ず、散倉の見込みの如く誠の罪人はほかにあるべし。さるにても探偵烟六が、この事件は皇族に係わると言い越せしは何ゆえなるや、などゝ空しく心を悩ませど、何の思案も付かざれば、退《た》つともなしに坐を立ちて廊下に出で、考えながら行きつ戻りつ散歩なす折から、彼方の庭に探偵散倉の後ろ影を認めたれば、あたかも暗《やみ》の夜に燈光《ともしび》を認めたる想いをなし、遽《あわた》だしく呼び留むるに、散倉は知らぬ振りにて立ち去らんとす。田風呂氏は馳せ寄りてその上着の裳《すそ》を捕え、田「待ちたまえ、散倉氏《うじ》。君の見込みには感服した。拙者も今となッては誰が罪人か全く分らぬ。君、心当りがあれば包まず拙者に教え玉え」。散「イヤ、有徳が無罪の証拠は大抵集めた積りだが、これもまた何か間違いがあるかも知れぬゆえ、未だ君に言う事は出来ぬ。もう少し集めれば、お知らせ申します」。田「イヤ、不充分でもよいから、その集まッただけ知らせ給え。拙者も斯様な見込み違いをしては、我ながら安心が出来ぬから」とて、無理に散倉を裁判所の席へ呼び入れたり。

田「サ、君が証拠と云うは、どのような事柄じゃ」。散「イヤ、申し上げるほどでもないが、拙者は第一、有徳が四日の夜《よ》どこに居たか、それを彼自ら白状せぬが不思議じゃと思い、よく考えて見るに、何か他人に話してはならぬ事を仕て居たに違いない。そこでなおよく考えると、人に知らされぬ事柄と云えば、女にでも忍び逢ッたのではないかと、こう考え付いたじゃ。よッて段々と糺して見るに、有徳が忍び逢う女は荒川家の令嬢よりほかにない。それで拙者は私《ひそ》かに同家の四囲《ぐるり》を撿《あらた》めた所、後ろの塀の外に、有徳の靴と寸分違わぬ足跡が五ツ六ツも残ッて居て、かつまた、その塀にも人の這い登ッた痕がある。これこそ有徳に違いないと段々撿めて見れば、蝙蝠傘の跡もあり、ことには塀のそばの松の皮には緑色なる手袋の皮、擦剥《すりむ》けて着いて居る。これはすでに顕微鏡で撿めたゆえ、間違いはない。次に庭へ這入ッて見ると、有徳の足跡と、ほかに華奢な女の足痕もある。これこそ的切《てっきり》、有徳と呉竹姫が忍び逢ッた物ではないかと、その足跡を踪《つけ》て見ると、二人連れ立ッて泉水のそばへ行き、こゝでしばらく話を仕たと見え、芝草などを大分に踏躙《ふみにじ》ッてある。それから二人が阿亭《あづまや》の方へ這入ッているが、拙者の考えでは丁度四日の夜《よ》と思われる。すなわち、二人が泉水の辺《ほと》りで話して居る最中に雨が降り出したゆえ、二人は蝙蝠傘で凌《しの》ぎ切れず、ついに阿亭へ這入ッた者と見える。それから分れたのは何時《なんどき》ごろか鑑定し兼ねるけれど、帰りには植木屋の使う梯子を掛けて乗り越したと見え、その梯子が未だ塀へ掛けたなりで置いてある。拙者の見込みでは、これが有徳で、尊長村のほうはほかの奴と思う」と述べ来たる話は、呉竹姫の申し立てと少しも違わねば、田風呂氏は只管《ひたすら》に感心なし、田「じつに君は豪《えら》い。そうまで眼《まなこ》が行き届くとは、真《しん》に神のようじゃ。年若き拙者などが扨《さて》も及ぶ所でない。じつは今方《いまがた》、呉竹姫が裁判所へ来て、有徳を救わんとてその通りの事を申し立てたが、拙者はなお怪しいと思ッて、内々荒川家へ探偵を出したが、もう帰ッて来る時刻じゃ。君はまァ、拙者が呉竹姫に聞いてさえ疑い惑《まど》ッて居るほどの事を、自分独りで看破るとは、敬服のほかはない。まず有徳の方はこれで大抵無罪と分ッたが、肝腎の本統の罪人《ざいにん》は、君の見込みで何者であろう」。散「サ、それが未だ分らぬ。拙者は、これからまた尊長村を探し、賊の手掛りを見出すつもりじゃが、何でも烟六の追ッ掛けたのが誠の罪人《とがにん》のようだ。どうも烟六は豪い者じゃ」。田「しかし、烟六はもう帰る時刻なれど、そればかり当てにしては居られぬ。君はなお探偵に係りたまえ」。散「それは申すまでもない事サ」とて、散倉は急がわしく立ッて、いずれへか出で去れり。

これと引違《ひきたが》えて入来《いりく》るは、先刻荒川家へ遣わしたる探偵何某《なにがし》なり。判事は早速にその言い立てを聞くに、今散倉の言いたる言葉と少しの違いもなし。判事はこれにて直ちに書記を呼び入れ、夫々《それ》席順を調えて、有徳を命出《よびいだ》したり。判事このたびは最早や昨日《きのう》ほどに有徳を疑わず、全く我に誤ちあるを悟りたれば、極めて丁寧なる言葉を用い、田「貴方は去る四日の夜《よ》、何処に居ました」。有「それはすでに、忘れたと申し上げました」。田「イヤ、忘れはなさるまい。貴方が左様な偽りを申し立てたるため、裁判所は非常の手数を取りました」。有徳は偽りと聞きてたちまち顔を赧《あか》めたるが、判事は隙《すか》さず言葉を継ぎ、田「裁判所へ引き出だされた上では、いくら隠しても裁判所の力で探し出します。最早や何も彼も分ッて居るゆえ、残らずお言いなされ」と云えど、有徳は返事なし。田「じつは、先ほど、拙者は荒川家の令嬢呉竹姫に逢いました」と云うに、姫の名を聞き有徳は、胸の騒ぎを包まんとすれど、安心の思い顔に出でたり。田「姫が言葉に拠れば、貴方は四日の夜八時より十二時まで荒川家の後庭《うらにわ》に忍んで居たと言いましたが、それに相違がありますか」と推し問えど、有徳なおも返事をなさねば、田「サ、如何ですか。拙者は決して、ない事を作り設けて貴方を問い落すつもりではありません。安心してお答えなさい」。有徳はこれにて初めて口を開き、四日の日姫に手紙を出したる事より、同夜忍び逢いて十二時頃に分れたる始末を、落ちもなく述べ立つるに、姫の言葉と少しも違わず。

これにて呉竹姫、散倉、探偵何某、有徳、この四人の言葉、符節《ふせつ》★21を合わす如くなる上は、もとより疑うべき所なければ、判事は夢の醒めたる心地して、田「サ、その通り、記憶して居る事を隠したため裁判所は非常の誤りに落つる所でありました」。有「と仰言ッても、呉竹姫は私しが口外しない事を知り、私しを信用して、忍びの面会を許して呉れたのでありますゆえ、飽くまでも包まねば姫に対して済みません。淑女の徳を傷つけるに当たります」。田「その心掛けは感心します。殺されても他人の信任に背かぬと云うは、封建時代の英雄の遺風があるとも言うべき者です」と聞きて、有徳は迷惑そうなる面色《おもゝち》にて、有「イヤ、私しは決して左様なお言葉に与《あずか》るべき英雄ではありません。たゞ、呉竹姫の日ごろの気質を知ッて居ますゆえ、必ず救い出だしてくれるであろうと、じつはそれを頼みにして待ッて居ました。たゞ心配したのは、人々が姫に何時までもこの事を隠しはせぬかと、そればかり気遣いました」。この言葉を聞き、判事は、姫と有徳は互いに斯くまでもその心を知り逢うなるかと私《ひそ》かに感心なしつゝも、有徳に向い、田「イヤ、これで貴方に対する証拠は一段軽くなりましたれど、未だ誠の罪人《とがにん》が出づるまでは放免するわけに行きません。それまでは牢のうちで辛抱せねばなりません。その代り今までより安楽な座敷の如き牢に移し、取扱いも一層鄭重に致しますから、そのつもりで……」。

有徳はこれにて判事に恭しく一礼し、またも憲兵に連れられて、牢屋の方《かた》へ退きたり。この時、入り来たる小使あり。判事に向い、小「探偵烟六、一人の男を引き連れ、只今帰ッて参りました」。

判「その男をこれへ出せ……」。

★21――符節は割符《わりふ》のこと。割符とは、文字や図柄を描きあるいは印章を捺した一枚の札《ふだ》を切断して二枚にし、一枚を甲が、一枚を乙が所持して、後日、これを一枚に合わせることで当事者であることを証明するのに用いる。

第三十九章

田風呂判事の命に応じ法廷に入り来るは、探偵の烟六なり。烟六は、去る六日より今まで我が身の歴巡《へめぐ》りたる場所の順序および探偵せし事の手続き等を手短く述べ終わり、さて云うよう、「拙者の捕えたる男は罪人《ざいにん》ではありません、証拠人であります。この証拠人の申し立てを聞き、その上にて詮議をすれば、必らず真の手掛りが分りましょう」。判事は、証拠人と聞きて少し失望の体《てい》見えしが、田「イヤ、兎に角すぐさまこれに呼び出だせ」と命じたり。

これにて烟六は退き、入れ代りて憲兵に引き連れられ入り来る一人の男を如何にと見れば、年は五十を超えたるべく、背《せい》低く肉太りて、顔の色赤黒し。耳に錨《いかり》の如く作りたる輪を下げしは、汽船の水夫なるべし。容貌《かおかたち》は醜くけれども、醜きうちに何処となく質朴正直なる様子現われしかば、判事は一目見て、「フム、此奴《こいつ》ならば虚偽《うそいつわ》りは言い立てまい」と思いたり。この男が恐る／＼正面に出で来たるを待ちて、判事は物柔らかに「其方《そのほう》の名前は何と申す」。男「ヘイ、利郎次《りろうじ》と申します」。田「其方は尊長村に独り住居《すまい》せし寡婦《やもめ》のお傳と知り合いなるか」。利「ヘイ／＼、私しはお傳の夫であります」と聞いて、判事は意外の思いをなし、ハテな、お傳の夫なおこの世に生き永らえるとは不思議なり、それすらもよく極めずして裁判に取り掛かりしは、重々の手落ちなりきと、独り後悔しながら、田「ナニ、お傳の夫とな。彼《か》の村にては寡婦《やもめ》のお傳と呼ばれ居たるに、それでは寡婦でなかッたのか」。

利「寡婦ではありませんが、私しと夫婦と云うは名ばかりにて、今はその縁を切ッたも同様であります。今より二十余年前に、この私しを夫と思わず寡婦暮しを致すという約束にて分れましたので、戸籍だけの夫婦であります」。田「其方はお傳が殺された事を知ッて居るか」。利「ヘイ、探偵烟六様からその事を聞きました。ヘイ、あの女は余程《よっぽど》悪婦《わるもの》でありました」。田「其方は所天《おっと》でありながら、お傳を悪婦《わるもの》と申すのか」。利「ヘイ、私しは度々お傳に向い、そのような悪い心掛けでは当り前の死様《しにざま》は出来ぬから、魂性《こんじょう》を入れ交《か》えるがよいと申しましたが、到頭殺されました」。田「フム、其方は早くも気が付いてお傳を諫《いさ》めたのか」。利「ヘイ、何度となく諫めました」。田「シテ、お傳の心掛けが悪いとは、どう云うわけで」。利「ヘイ、お傳は全体、欲の深い女で、今より二十七、八年前、或る貴き身分の人に頼まれ、非常の悪事に組しました」。田「其方は所天でありながら、その事を止《や》めさせなんだか」。利「ヘイ、そのころは中々お傳の伎倆《きりょう》が能《よ》く、私しはあれを愛して居ましたゆえ、私しが何を申しても聞きませんで」。田「シテ、その悪事と云うは」。

「私しが生れました村の次郎と云う者が、皇族の小森様へ従僕《しもべ》奉公を致して居まして、或る日その者がお傳を尋ねて参り、何か密《ひそ》々と相談して帰りました。その後で私しはお傳に向い、何用であッたかと聞きましたところ、あれが云うには、これから小森様の乳母に雇われて行くのだと申しました。尤《もっと》も、この時すでにお傳は私しとの間に茶助《ちゃすけ》と云う男の子を生み落し、これを育てゝ居ましたゆえ、私しは、今お傳がほかへ雇われては茶助の育てかたに困ると思い、その事を停《とゞ》めました。ことには先祖代々の財産もあり、乳母などの奉公するに及ばぬと申しました所、お傳は中々口先きの達者な奴で、うまく私しを欺《だま》しました。あれが云うには、亭主にばかり稼がせるは気の毒だから、是非とも奉公する、そうすれば後《のち》々茶助が生長した時に充分の身代《しんだい》を譲る事が出来ると、斯様《かよう》に申しました。この言葉を尤もと思い、それでは行けと申しました。スルトその翌日、お傳は直様《すぐさま》支度を調え、巴里へと出立《しゅったつ》しましたが、大事の女房《にょうぼ》を手離して遣るは何となく気掛りゆえ、私しは無理に一つの馬車に乗り、巴里へまで付添うて行きましたが、これからお傳は小森家へ行くかと思いのほか、巴里の市中に住む澤田夫人と云う家《うち》へ這入り、生れたばかりの赤子を抱いて出て来ましたゆえ、私しは立腹し、小森家と云いながらこのような町家へ奉公をするのかと、厳しく責め問いますと、ナニ、この澤田夫人とはその実《じつ》小森侯爵のお妾《めかけ》で、その妾の子と本妻の子とを取替える役目を言い付かッた、と申しました。私しはそれを聞いてゾッとするほどに驚き、いくら金を貰ッてもそのような悪い事を仕てはならぬと、色々説き聞かせましたが、どうしても聞きません。私しも余りの事に立腹し、血相を変えて叱り付けましたが、お傳もこれには驚いて、到頭また一ツ意外な事を白状に及びました……」。

利郎次はこゝまで述べ来たりて、衣嚢《かくし》より手拭を取り出だし、額の汗を拭いたれば、判事はこの機を外してはならずと思い、田「シテ、その意外の白状とは何様《どのよう》な白状だ」。利「イヤ、お傳の申すには、小森侯爵は、これを取替えさえすれば即坐に二百五十円（千フランク）賞美《ほうび》を遣り、その上一生のあいだ毎年二百五十円づゝ遣ると云い、また澤田夫人の方では、この子を取替えてくれるな、取替えた振りをして、そのじつ取替えずに連れて帰れば、同じ褒美を遣ると云うゆえ、実際取替えるのではない、たゞ取替えたように見せ掛けて、両方から二百五十円づゝ褒美を年々貰うつもりじゃと、こう申しました。それに、何方《どちら》の子も生れたばかり、ことには一ツ人《ひと》の胤《たね》で、何方が何方か少しも見分けの付かぬほど、よく似て居ましたゆえ、取替えずともたゞ取替えたとさえ云えば、小森侯爵は誠と思うし、また澤田夫人はもし取替えられてはならぬとて、人の知らぬ所へ見覚えを付けてあると申す事ゆえ、どうしても取替えることは出来ぬ、取替えたら澤田夫人の方で見破られる、なれば、取替えぬ時には小森の方で気の付くはずがないゆえ、これほど好い事はないではないか、取替えはせずたゞ取替えた風《ふう》をするばかりじゃと、斯様に申しました」。判事は益々驚きて、判「それでは実際に取替えはせなんだのか」。利「イヤ、それがサ、どうも奇妙な事になりまして、取替えたような取替えぬような、何方《どちら》とも分らぬ事に成ッてしまいました」と言いて、一息発《つ》きたるが、果して取替えたるや取替えざるや、判事はたゞ事の益々不思議なるに嘆息のほかなかりけり。これにて、この話しの眼目たる「疑い」の廉《かど》、また一ツ増したるなり。

第四十章

田風呂判事は、こゝぞ大事の所と思えば、充分心を落着けて、判「その本末《もとすえ》を詳しく申し立てよ」。利「両人《ふたり》の子を取替えた振りに見せかけ、そのじつ取替えずに置きて、両方から褒美を貰うとは、じつに驚き入った太い了見でありますから、私しは痛く腹を立てましたれど、可愛い女房に勝つ事は出来ません。お傳はうまく私しを説き付けて、到頭承知させました。されど私しはなおも腹の内ではお傳の言葉を疑い、もしあのような事を云ッても矢張り本統に取替えるのではないかと、心配でなりませぬゆえ、私しは少しもお傳のそばを離れずに番を致して居りました。そのときお傳は私しに向い、お前ほど客気《りんき》深い男はないと申しましたゆえ、私しは、ア、そうとも、其方《そなた》を愛するゆえ、自然と客気の心も出て来るのだ、己《おれ》は其方のそばを一刻も離れる事は出来ぬと、斯様に申しました。やがてその翌日になると、お傳は悉皆《すっかり》旅の支度を調え、伊太利《いたりや》の国境《くにざかい》まで出発しましたゆえ、私しも一所に付いて行き、その夜の七時ごろ、或る宿屋へ着きました。

そうすると、この宿屋にはすでに小森侯と従僕《しもべ》の次郎が泊ッて居まして、なおほかに一人の乳婆が生れ立ての児を抱いて居りました。その児の顔とお傳が抱いて居る児とを見較べますに、余程よく似て居ますのみかは、衣類までも同じ事ゆえ、私しは大いに心配し、こう似て居るからは一度取替えれば後では誰に見せても分る事でないと思いました。分ッた所がその証拠は立つまいと思いました。よッて、私しはこれから益々気を付け、益々吝気の風をして、手水場《ちょうずば》★22に行くさえもお傳に付いて参りましたが、居合わす人々はいずれも私しを見て、このような悋気《りんき》深い男はないと申しました。しかし、彼等の方でも前以て余程うまく巧んだ事と見えて、その夜、非常な酒宴《さかもり》を初め、先方の乳婆を散々に酔わせまして、かつ私しにも酒を宥《す》めました。私しは不断最も酒好きで、船に居る時は毎日五升ぐらいは呑みますゆえ、酒に心を乱す事は決してありません。すでに唯今もこの裁判所へ参る道で、もし判事様の前へ出て心が臆してはならぬと思い、四升ほど遣ッて参りましたれど、この通り少しも様子は変りません。私しはこれほどの酒呑みでありますれど、その夜は一升ばかり呑んで、ア、酔ッた〳〵と前後も弁えぬ風を致して居りました。

それより夜《よ》の十時になると、先方の乳婆は長椅子に椅《もた》れて眠りました。このとき次郎は公爵に目配せして、その酔い倒れた乳婆を次の間に寐かしました。スルと侯爵も安心してほかの間へ退きました。これからどうすると思ッて居ますと、次郎の野郎め、お傳をば同じく次の間へ連れ行き、前の乳婆と並べて寐かし、次には私しを連れてもう一ツほかの間へ寐かそうと致しました。私しはこゝぞと思い、大いに立腹の体《てい》に見せ掛け、己《お》れの女房と一所でなくては一晩も寐る事は出来ぬとて、無理にお傳のそばへ行き、お傳の後ろへ横になりました。これより高鼻息《たかいびき》で寝入ッたと見せ掛け、油断なく気を付けて居ますと、お傳は太い奴です、私しの寝息を伺いて、徐々《そろ》と寐台《ねだい》を離れかけました。私しもこれを見逃しては大事《おおごと》ぞと思い、跳ね起きて、後ろよりお傳の首筋を捕え、横ざまに捻じ倒して小児を奪い取りました。もしこのまゝに許し置きては、たとい今夜取替えずとも後々早晩《いつか》は取替えるに違いないと思いしゆえ、生涯取替える事の出来ぬように充分の目記《めじるし》を付けて置かねばならぬと思案し、私しは兼《かね》々衣嚢《かくし》に入れある西斑《すぺいん》製の大洋刀《おおないふ》を取り出し、児子《あかんぼ》の左の腕を一寸《すん》ほど縦に切り割《さ》き、サア取替えるなら取り替えろ、この創《きず》は生涯癒《しょうに》えぬゆえ、何時《なんどき》でも創を証拠に裁判所へ訴えると、大声を出して叫びましたが、お傳は驚く、小児は泣き出す、辺《あた》り一面の血となりました。先方の乳婆は余程寐坊と思いしも、この騒ぎには目を覚まし、様子知らねば狼狽《うろたえ》て、強盗〳〵と叫びます。

イヤもう大変な有様でありましたが、こゝへ次郎の冶郎《やろう》め、次の間から飛んで参りました。私しは手に大洋刀を持ち、寄らば切らんと身構えて居ましたゆえ、どうする事も出来ません。これにて次郎は言葉を柔らげ、私しに詫び入り、どうぞ後《のち》々までこの事を内聞にしてくれと申すゆえ、

★22——手洗い、つまり便所のこと。

私しは、小児を取替えさえせねば許して遣ると申しました。これにて次郎も閉口し、取替えはせぬから取替えた風に仕て置いてくれと申します。私しは、イヤたゞ言葉だけでは行かぬゆえ、今夜の始末書を書き認《した》め、これに次郎とお傳が自分〳〵で我が名を記し、それに先方の乳婆が実地保証人としてその名を書き入るれば、それで許して遣る、と申しました。次郎はこの言葉に従い、ついに始末書を作り、私しの言う通り三人銘々に名を記し、船乗《ふなのり》利郎次殿と記して私しに渡しました。これで翌朝《よくちょう》小森侯爵には、その事を隠し、全く取替えたと次郎が吹聴《ふいちょう》致しました。されば、取替えた体《てい》に致しましたけれども、そのじつ決して取替えは致しません。

これにて私しはお傳を連れ、お傳は澤田夫人の子を抱いて帰りましたが、私しはこのような女を女房に持ちては後々《あと》が恐ろしいと思い、すぐさま離縁の相談を仕ましたれど、裁判所にて離縁は出来ぬと云いましたゆえ、戸籍上は夫婦でも全く関係のなき事に致し、分れました。そののち二十余年を経て、息子の茶助が妻を娶る事になりましたゆえ、お傳の印形《いんぎょう》を貰わねばならぬ事になり、この前の日曜日に二十七年目にお傳の所へ行きましたところ、それを探偵烟六様に聞き出だされ、到頭この裁判所へこの通り呼び出される事となりました」と事明細《こと》に述べたれば、判事はしばし言葉もなきまでに驚きたり。

やがてまた利郎次に向い、判「シテその時の始末書は……」。利「ヘイ、これで御座います」とて差し出だす一通は、いと古びて皺になり居れど、擬《まが》う方《かた》なき小森家の名義を版に押したる罫紙《けいし》にして、その文言《もんごん》は今述べし事を手短く書き記し、終りに次郎、お傳、先方の乳婆の自筆にて各々その名を認《したゝ》めつ利郎次に宛てし者なれば、最早や疑う廉《かど》もなし。小森有徳は真の小森家の嫡男なり。澤田實は真の澤田夫人の子と分りたり。

　判事は右の始末書を預り置きて、利郎次を一先ず退庁させ、そのあとにたゞ独り考え見るに、兎に角小森禮堂を呼び出だし、この取替えの偽りなるを知らせねばならず、また澤田實にもこの事を知らせねばならず。一旦我が紹介《ひきあわせ》にて父子《おやこ》の対面をなさせし者を、またも我が言葉にて引き裂くは、何より辛き業《わざ》にして、ことに澤田實が失望は如何《いか》ばかりなるべきかと思い遣りて、しばらく嘆息《ためいき》のほかはなかりしが、斯くて済むべき事ならねば、思い切りて小森禮堂に呼出しの使いを発したり。この使いが小森家に着きたるは、ちょうど禮堂が呉竹姫と共に澤田夫人の死を見届けて帰りたる時なりし。

　ア、、有徳は真《しん》の有徳なり。實は真の實なり。お傳は誰れに殺されしや。判事は益々疑いの雲に閉じ籠められ、思案し兼ねてぞ見えたりける。これより探偵散倉の眼《まなこ》にて意外の所より真《まこと》の罪人《とがにん》を見出だし来たり、澤田實が後来《こうらい》に望みあるの身を持ちながら勢い迫りて自殺をなす等《とう》、いとも悲惨の物語は、涙香、筆を取るさえ好《よ》き心持《こゝち》はせざるゆえ、なるべく引き縮めて早々に局を結ばん。

第四十一章

話し、散倉の事に帰る。

散倉は、田風呂氏に別れてより、飛ぶが如く尊長村に行き、巴里よりこの村に至るまでの各停車場《すていしょん》に入り込みて、汽車の切符売る人は申すに及ばず、一切の鉄道役員に向い、もし四日の夜《よ》八時過ぎの汽車にて、年若く当時流行の衣服《みなり》をなし蝙蝠傘を持ちたる男を見受けはせぬかと、一人〳〵に問い糺せど、いずれもこれを知らずと答えたり。こゝに於て散倉思うよう、このたびの罪人《ざいにん》は充分に深く巧みたる者なれば、必ずその跡を暗ますためもう一ツ先きの停車場《すていしょん》に降り、それより引返して尊長村に入り込みたる者にはあらぬかと考え付きたれば、尊長村より一里ほど先なる茶塘《ちゃとう》と云う停車場《すていしょん》に行き、前の如く尋ねし所、果せるかな、一人の小使、八時三十分の汽車にて立派なる衣服《みなり》の若き男、急がしげに降りて、直ちに後《あと》の方へ引返すを見届けたり、と云いしかば、なおよく様子を聞くに、蝙蝠傘をも携え居たりと云う。その言葉、我が思う所によく似たれば、これぞ件《くだん》の罪人《とがにん》なると、そこより後戻りに尊長村までの道を隈なく詮議せしに、同夜その道を通りし人のうちに、巻煙草を啣《くわ》え大跨《おほまた》に尊長村を指し行くものを認めたり、と云う者あり。また、瀬音川の支流に架けたる橋の番人に問いし所、同夜の九時前と思うころ、一人の旅人《りょじん》よほど急ぎの体にて、橋賃を払う事を忘れ、そのまゝ行き過ぎんとするを、後ろより呼び止めしに、その人二十銭銀貨を投げ出し、釣銭をも採らずに行き過ぎたり。その容貌《かおかたち》などは覚えなけれど、確かに黒き高帽を戴きたり、と述べたり。これにて考うるに、この人こそ正《まさ》しく巴里うより茶塘の停車場まで来たり、引返して尊長村に入り込みし男なるべく（例えば、東京より品川へ到らんとするに、ことさらに大森まで汽車に乗り、それより降りて徒歩《かちあるき》にて品川へ引返すに同じ）、我が跡を暗まさんとする者ならでは故《わざ》々斯かる迂遠《まわりどお》き道を取る者はなし。散倉は先ずこれに見込みを定め、次にはこの人帰り道にはいずれの方角に向いしや、そを探らんと思案を定め、なお考うるに、茶塘より尊長村に行き、その村にてお傳を殺し、またも引返すには、いかにするも一時間の余《よ》は時を費やすべき勘定なればとて、またも各停車場《すていしょん》に就き、十時より十二時までのうちに斯かる人が汽車に乗るを認めざりしやと問うに、今度は尊長村より二ツ手前なる柳榮《りうえい》の停車場にて、同夜十時の汽車まさに出でんとする所へ、若き男息迫《いきせき》切ッて走り来たり、切符を買う遑《いとま》もなく直ちに中等室★23へ乗り込みたりと知らせたり。よッてその中等室の番号を聞くに、何でも一番手近の室に飛び入りたれば、定めし九番の室なるべしと云う。

これよりなおも聞き糺すに、巴里の小間物屋にて棒木場区役所の御用を勤め、毎日の如く棒木場へ出張し、夜は十時の汽車にて巴里へ帰る人あり。この人、常に九番の汽車に乗り込むとのことと分りたり。散倉はこの人に逢いて聞きさえすれば四日の夜乗り込みたる人の人相は必ず分るならんと、早速に区役所へ行き、その名前を聞き出だしたり。これよりまたも巴里に引返し、その商人に逢いし所、成る程四日の夜《よ》、我が乗れる汽車の将《まさ》に出でんとする時、遽《あわただ》しく走り込みたる人あり。酒の匂い甚だしかりしゆえ、斯かる人と口を聞きて若《も》し誤ちを引き出だすも知れずと思い、一言《こと》の話をもなさざりしが、その身形《みなり》は上等の貴族なるべし、年は二十七八歳と覚しく、酒のために顔色は赤けれど、眼《まなこ》澄《さ》えて、自《おの》ずから威光あり。絶えず虎箱の煙草を燻《くゆ》らし、何気なき体に構え居たれど、何となく心に心配を包む如く見受けられたり。また鼻の下に黒き八字の髭を蓄え居たりと言いたり。なお細《こま》々聞き糺すに、その帽子より蝙蝠傘、靴などに至るまで、散倉が先きにお傳の家を検査せし折、雛形を作りし者に少しも違《たが》わず。

斯く聞きて散倉は、これこそお傳を殺せし本人に相違あらじと思えど、その容貌《かおかたち》を考え見れば、小森有徳に寸分も違いなきは如何に。仏国《ふらんす》人の口髭はいずれも赤く黄色《こうしょく》なるに、独り有徳の髭のみは目に立つほど黒し。いま聞く罪人が黒き八字の髭を蓄えたりとは、益々有徳に相似《あいに》たり。去るにても、有徳はすでに無罪の証拠あり。四日の夜、呉竹姫の家にありたる事、疑いなし。何とて斯くまで擬《まぎ》らわしきやと、独り思い乱れてありたるが、この時、風《ふ》と探偵烟六の事を思い出したれば、彼れが捕え帰りし証拠人とは如何なる者ぞ、これに逢いて様子を聞かば、自ずから疑いの晴るゝ事もあらんかと、その足にてまたも裁判所へ引返せしが、門前にて烟六の出で来たるに出逢いたり。

烟六と散倉は、日ごろより互いに己《おの》が伎倆に誇《おご》り、互いに軽蔑して少しも親しからざれど、散倉は我がこのたびの誤ちに耻じ、烟六をば鬼の如く敬いつ、身を謙遜《へりくだ》りて問い掛けたり。烟六は何時になき散倉の言葉の丁寧なるを喜び、前回に利郎次が判事の前にて述べたる事の主意を手短に掻摘《かいつま》み、いとも誇り顔に話したり。散倉は、これにて田風呂判事よりもなお一層驚き、挨拶さえも打ち忘れて、そのまゝ烟六に別れたるが、余りの事に度を失ない、これよりいずれを探偵せんか、思案さえも頓《とみ》には出でず、当て度もなく足に任せて歩みながら、口のうちにて独言《ひとりごと》、「ハテな、取替えたと思ッたのは偽りで、実は矢張り澤田實じゃ。★24 これでは定めて失望するであろう。イヤ、なに、失望するには及ばぬ。己《おれ》が養子に貰い受けて、残らず身代を譲ッて遣る。己の姓氏《みょうじ》

★23——鉄道の旅客車が上中下の三つの等級に分かれていた（等級の区分は、国や時代により、必ずしも三段階ではない）。かつての日本の国有鉄道では「一等車」「二等車」「三等車」と呼ばれた。
★24——この一節には疑義がある。原文は「實は矢張澤田實じや」。底本では、最初の「實」には「じつ」と振りがなが振られ、澤田實の「實」には「みのる」と振られている。これは後版（一九二〇年八月刊の集榮館版）でも継承された。それゆえここでは最初の「實」を「実」としたが、しかし、脈絡からすれば、最初の「實」も「みのる」と読むのが正しい、と考えるべきではあるまいか。

は余り好くもなけれど、身代は充分あるから、後々《のち》實が出世の道を開くには沢山だ。

イヤ、それにしても誰がお傳を殺したのか。矢張り小森有徳かナ。有徳は真の嫡男でも、自分で取替えられた者と思い込めば、随分殺し兼ねぬテ。イヤ有徳ではない。彼れが無罪の証拠はすでに立ッたテ。澤田夫人……。イヤ夫人ではない。ハテ。禮堂も未だこの事は知らぬ。矢張り全く取替えたと思ッて居る。禮堂が人を雇うて殺さ……せ……でもない。澤田夫人はこの事は知らぬナ。イヤ、そうでない。夫人は、取替えられてはならぬとて、人知れず見張りを付けて置いたという事じゃ。シテ視れば、夫人は実際實をば我が児と知ッて居るナ。知ッて居るときには、實が一件の手紙を視出だし、阿母《おっか》さん、私しは貴方の子でありませんと、こう云うた、云うと夫人は何と返事をした。そうじゃ。イエ〳〵その手紙は嘘じゃ、取替えはせぬ、お前は本統の子じゃ、それを疑えばお傳に聞いて御覧なと、こう云うが当然だ。スルと實がお傳の所へ聞きに行く。全く母の言葉の通りで、取替えはせぬと返事する。そこで實は失……望……す……る……」、と考え来たり、散倉はたちまち顔色を変え、立ち止まりたり。

斯く考え〳〵すれば、終《つい》には、お傳を殺せしは澤田實なりと言わねばならぬ事となるなり。散倉は駭《おどろ》きて、「イヤ間違ッた〳〵。成る程烟六の言う通り、己は余り考え過ごして飛《とん》でもない人を疑ぐる事になる。我が養子の實を疑ぐッてなる者か。鶴亀々々。ことには、烟六の捕えた利郎次の言葉も迂闊には当てにならぬ。まだ有徳と實との腕を改め、何方《どちら》に瑕《きず》があるか見極めねばならぬ。もし有徳の腕にあるかも知れぬテ。初めに有徳を疑ッて遣り損じ、またも實を疑ッて遣り損なッては、散倉の名誉は消えてしまう。そうじゃ、今まで世に珍しく信切で、情け深くて、音なしいアの實を、一寸《ちょいと》の間《ま》でも疑ッてなる者か。實、許してくれ〳〵」と全く胸の疑いを払い退《の》け、ようやく我に立ち帰りて、「ア、、もう一入《ひとしお》探偵せねば分らぬ。ナニ、まだ手掛りはいくらもある」と呟きながら、我が家を差して帰りたり。

第四十二章

散倉は、一旦澤田實を疑うの心起りしを自ら強いて想い直せしも、凡《およ》そ疑いほど捨てにくき者はなし。捨てたる後《あと》になおその影を留《とゞ》むるなり。兎に角まず實の腕を撿《あらた》め、その痕《きず》の有無《あるなし》を見極めたる上ならでは、孰《いず》れが孰れとも判じ難し、と独り思案を定め、我が家に帰り見れば、門口《かどぐち》に一人《にん》乗りの華奢な馬車あり。見るともなしにこれを見れば、その作り方の立派なること言わんかたなく、もしや小森侯爵の馬車なるかと思えば左《さ》に非らず、確かに女乗りなり。ハテな、我が家の二階三階を借りて住まえる客人のうちには斯かる馬車に乗る人はなきが、何人《なにびと》の訪《と》い来たりし者かと、探偵流の疑いを抱きながら家《うち》に入れば、このとき二階より降り来る一人の男あり。誰かと見れば、かねて知る金貸苦連次《くれんじ》にぞありける。散倉は益々怪しみ、さては我が家には、上等馬車の貴婦人より訪音《といおと》ずれらるゝ紳士もあり、また高利貸に責催《せめたて》らるゝ苦し借《が》りの人もありつるよな、さるにてもその苦し借りは誰なるやと怪しみに堪えざれば、苦連次を呼び留めて問いし所、かねてより苦連次の得意客は澤田實なりと分りたり。實が豈《よも》や高利を借るほど大金を使い捨つると知らねば、半信半疑に迷いながらその金高を問えば、一昨年より丸二年の間におよそ三千円ほど貸し与えたりと答う。

これにて益々疑《あやし》み居る折から、二階より絹レースの音爽やかに下《お》り来たる一人の美人、チラリと散倉の眼《まなこ》を掠《かす》めて戸口の馬車に乗り、そのまゝ出で行きたり。散倉は心のうちに、成る程、今の美人があの馬車の持主なるかと思ううち、苦連次は馬車を指さし、苦「アレあの美人が澤田實の許嫁《いいなづけ》です。實が金を使うのもアレのためです」と云うにぞ、散倉は益々驚き、さては今まで澤田實を見損ぜしか、彼れ許嫁けの女ある事は兼《かね》々己《おれ》に話したれど、斯かる贅沢の女なりとは知らざりき。あれほどまで華美を極むる美人の歓心《こゝろ》を繋《つな》ぎ留めんには、如何さま莫大の金なくては足らじと、こゝに再び以前の疑い浮び来て、愈々お傳を殺せしは思いも寄らぬ澤田實なるかと、ほとんど思い定めたり。斯くなる上は、最早や實に逢いてその疵を撿《あらた》め見るの用はなし。もし撿めなば、彼れ必ず我が身の疑わるゝを悟り、早くも逃げ去るべし。たゞこの上は、今の美人を追掛《おいか》け、巧みに今までの實の行いを問い落すに如《し》かずとて、我が目の前に立てる苦連次の事は打ち忘れ、そのまゝ馬車の跡を追掛《おっか》けたり。追掛けながらも心のうちにて、フム愈々怪しい、シテ見れば先の夜實に借与《かしあた》えし千円の金も、今はアの女の馬車代の一部となりたるよナ、オヤ見失った、オヤ右の方へ曲ッたのかと、心も足も急がしく一散に追い行きて、ついにお理榮嬢が宿を突き留めたり。

もとより斯かる事には幾年の経験ある散倉なれば、これより然るべき口実を作り、已《おの》れは澤田實が友達なるむねを告げて、お理榮嬢に逢いたる所、その室内の飾り付けより嬢の衣服に至るまで、当時流行の粋を集め、非常の金目を掛けたるは、澤田實が日ごろ人知れず贅沢を極むる事も知られたり。なお言葉を巧みにして色々と問い糺せし所、もとより年なお若き女の身なれば、散倉が探偵なる事を知るよしもなく、ことには實が友達なるぞと思えば、心を許して色々と打ち語らううち、ついに、去る四日の夜《よ》實がいずれにありて何事をなせしやを聞き出したり。

記憶よき読者諸君はなお忘れ給わじ、澤田實が四日の夜、お理榮嬢を伴いて芝居見物に行きたる事を。またその途中よりお理榮嬢に分れていずれへか行き去り、芝居の退《はね》るころ、すなわち十一時過ぎに至りて初めて芝居小屋に入り来たりし事を（これらの事はお理榮嬢をば初めてこの話しに出だせし時、薄々と記したり）。お理榮嬢はこの事を残らず語り、なおも實がその夜いずれへか外套と蝙蝠傘を忘れて帰りたるよしを告げたれば、散倉は心のうちにて充分實の犯罪を見て取り、さては彼れが芝居に行きたるは則《すなわ》ち偽証《にせしょう》を作りし者なり。もし事露見に及ばゞ、四日の夜芝居見物をなしたるゆえ、人を殺すはずなしと言い立てんがためなるべし。ことに彼れ罪を有徳に蒙《かぶ》せんため、黒き着け髭をなし、ことには芝居見物を名とし、貴族の如き立派なる身姿《みなり》をなして、尊長村に行きし者なるべし。さるにても、外套と蝙蝠傘はいずれにて遺《わす》れたるや、これさえ探し出ださば最早や疑うべき廉《かど》なしと、早くも思案を定めたれば、何気なき体にてお理榮嬢に分れを告げたり。

これより第一に外套を探さんと考えしが、こはお傳を首尾よく殺し果たせたる心の弛みに、もし汽車のうちへ置き遺れしにはあらぬかと、直ちに鉄道局へ行き、紛失品の帳簿検査を願いし所、果せるかな、四日の夜十時柳榮停車場《りうえいすていしょん》より巴里までの中等九番室に、上等の外套一枚、同じく蝙蝠傘一本と記しあり。依ッて直ちにその品を借り受けて撿《あらた》むるに、有徳の傘と同じ事にて、ことにはその外套の衣嚢《かくし》の内より、緑色の手袋の痛く掻剥《かきむし》られたる者出でたり。

これにて最早や疑う所なし。お傳を殺せしは、法学士澤田實なり。散倉はこの証拠品を借り受けて直ちに裁判所に行きたるが、このとき田風呂判事は小森禮堂を呼び出し、かの取替えの間違いなる次第より、有徳が真《まこと》の嫡男なる事を言い聞かせ居る所なりき。散倉は小森侯爵には気も付かず、遽《あわた》だしく判事に向い、散「早く逮捕状を書き給え、誠の罪人が分ッたから。サ、早く〳〵。早くせねば逃げてしまう。実に意外だ、罪人は全く拙者の養子、澤田實である。サ、早く」と聞きて判事は領首《うなづ》き、田「成る程、拙者も澤田實を疑ッて居た。いずれ証拠品を実見の上、逮捕状を認《した》めましょう」と、この問答を聞き居たる小森禮堂は、澤田實が罪人なりと聞き、火の如く怒《いか》りて、判事に挨拶さえもせず、飛ぶが如くに法廷を外に立ち出でたり。

第四十三章

　田風呂判事は、散倉が差し出だす証拠の外套を撿むるに、その衣嚢《かくし》のうちに手袋のほかなお証拠となるべき者二ツあり。その一は巴里より茶塘まで四日付けの往復切符にして、往きの部はすでに切り取りて復りの部のみ半分残りあり。これにて見れば、犯罪の跡を暗まさんとて茶塘までの往復切符を買いたるも、帰りは意外に手間取りて、茶塘まで引返《ひっかえ》すべき遑《いとま》なく、よって直ちに柳榮停車場《すていしょん》より汽車に乗りたる者なり。ほかに「オペラ、グラス」（芝居見物に用うる遠目鏡）一個《つ》あり。これにて見れば、澤田實が真の罪人なる事、疑うべくもあらず。判事は直ちに筆取りて逮捕状を認めたり。

　これより話し澤田實の事に移る。

澤田實は、有徳を救うべき手続きに取り掛からんと約束して、禮堂と呉竹姫に別れを告げ、我が家を外に立ち出でたるが、今この事を首尾よく仕遂げなば、禮堂初め世間の人々まで己れを信じ、充分に小森家の嫡男と崇め奉《まつ》るに至るべしと思えば、かねて我が知れる代言人にも相談し、その手続きに取り掛りはなしたれど、到底この日の間《ま》には合わぬを知れば、その始末を禮堂に告げ、明日までの猶予を乞わんものと、小森の邸《やしき》を指し行けり。この時あたかも禮堂は、田風呂判事に呼び出だされ、裁判所に出でたる留守にはあれども、下女下男に至るまですでに禮堂の言い付けにて澤田實を小森家の嫡男と心得居るゆえ、實の足音を聞くより早く、一同出迎えて、「若旦那、お帰り」と居並びたり。實は、これにてすでに我が計略の九分九厘まで成就せしを喜べども、さる色を顔に見せず、穏やかに答礼して、禮堂が居間に通り、その帰りを待ち居たり。待ちながらその間《ま》の飾り付けを見るに、流石は仏国《ふらんす》第一流の皇族とも仰がるゝに耻《じく》じず、我が夢にだも見し事なき立派なる品物のみ押し並べあるうちにも、床の間に掛けたる一軸は、小森家の系図を記す者なり。實は進みてこれを見るに、路易《るい》十四世を初め、その他仏国の歴史上に英名を轟かしたる帝王は大抵我が先祖より出でたること明らかなれば、これを見て、さながらに我が身自ら帝位に登りし心地し、只管我が手柄に浮かされ、しばし茫然としてありたり。

この所へ火の如く怒りて帰り来る侯爵禮堂は、實が後ろ影を見て、悪《にく》さたちまちに弥益《いやまさ》り、大喝一声に「悪人め」と叱りながら、手に持つ洋杖《すてっき》にて砕くるばかりに卓子《ていぶる》を敲きたり。實は驚きて振り返れば、その様子の尋常《たゞ》ならぬに、早くも我が謀事《はかりごと》の破れしを悟れど、なおも膽《きも》太く、丁寧に頭《かしら》を下げ、實「父上、お帰り遊ばせ」と手を差し伸べて進み寄れば、禮堂は見るも汚らわしやと云う如き面色《おもゝち》にて後ろへ一足引き退《しりぞ》き、禮「黙れ、澤田夫人が死際《いまわ》の物語りを聞き、其方《そのほう》が己《おれ》の種と云うことは分ッたが、今さら後悔に堪えぬ次第じゃ。コレ、其方は自ら嫡男でないことを知りながら、親を欺かんとてお傳を殺し、あまつさえその罪を嫡男有徳に蒙《こうむ》らせんと巧み、その上なおも邪魔になる澤田夫人をも殺したのじゃナ」と云われて、實は進み出で、實「イヤ父上」と云わんとするをなおも押し止め、禮「言訳は聞くに及ばぬ。たとい其方、澤田夫人を毒害せずとも、其方が行いのため夫人は心を痛めて死去したのじゃ。殺したも同じことじゃ。ことに先日来、夫人を大事にすると見せ掛け、一寸《いっすん》も夫人の傍を離れぬように勉《つと》めたは、全く夫人の一言にて其方の計略が破るゝゆえ、それを他人に聞かれまいとの深い巧みであッたのじゃ。夫人が死に際に其方の顔を見て「悪人〳〵」と叫んだも、この事じゃ。いまさら思えば、夫人が言葉に段々不審な廉もあッたが、あれはみな、それとなく其方の正しからぬ行いを悟れがしに、この己に訴えたのじゃ」。實は聞き来たりて、いままでの歓しさに打ッて変り、心に百倍の恐れを生じ、言い開かんとする勇気もなく、ひそかに窓の方に躄《にじ》り寄りしが、禮堂またも言葉を継ぎ、禮「もはや隠すも無益である。すでに裁判官もこのことを見破りて、今ごろはもう其方の逮捕状を認《したゝ》めた時分である」。

このとき實は聞くに忍びぬ如き失望の溜息を発し、ほとんど後ろに倒るゝかと見えたるが、失望はたゞ一時にて、たちまち日頃の奸譎《かんきつ》なる悪人の本性現われ、屹《きっ》と心を取り直し、禮堂を睨みたり。禮堂なおも言葉を励まし、禮「サ、尋常に始末書を認めて、有徳が無罪の証拠を示せ。その上にて潔く自殺し、小森家の汚《けが》れを洗い清めよ」と言いながら、傍らの戸棚に立ち寄り、鉄砲を取り出ださんとすれば、實は早くも突きのけて、その前に立ち塞がり、我が懐中より一挺《ちょう》のピストルを取り出し、實「父上、これ見られよ。事破るゝ時は、捕えられぬ先に自殺せんと、この通り用意を致して居ます。しかしながら、まだ死すべき時ではありません。逃げる道はいくらもあります」。禮「この場に及んで逃げるとは、卑怯千万な」。實「イヤ、卑怯ではありません。私しは、逃れる道が愈々塞がり尽すまでは、決して貴重の生命を捨てません。かねてより、この事破るればこうすると、死に際までの手筈を定めてあります。その手筈を尽すまでは、決して自殺致しません」。禮「せぬとならば、この己が殺して遣る」。實「イヤ、それには及びません。父上、よく聞かれよ。このたびの罪人《とがにん》は全くこの實であります。お傳は私しが殺しました。しかし、この罪の元を作ッたのは、父上、貴方でありましょう。小森家を汚すのも、元はと云えば貴方の仕業でありましょう。いま小森家を汚さぬよう潔く自殺せよとは、父たる者の情けではありません。私しは逃れるだけは逃れますが、決して生きながら捕えられは致しません。サ、早く、逃れるだけの旅費を頂きましょう」。

禮「没理《たわけ》め、そのような未練なことができるか」。實「出来ねば私しも覚悟があります。これから尋常に裁判所へ自首します。その上で裁判を受け、不服の廉を以て幾度《いくたび》でも上告し、仏蘭西国中残らずの裁判所を引き廻します。サ、こうすれば小森家の名誉はどうなります。名誉が大事か金が大事か、とくと考えた上の御返事を承わりましょう」と、退引《のっぴき》させぬ威《おど》しの文句に、禮堂は気を燥立《いらだ》ち、「おのれ、一刻も生かしては置かれぬ」と、またも鉄砲を取りに掛かれば、その前に塞がりて、實「父上、阿容《おめ》〳〵とは殺されません。貴方が腕力に訴えれば、私しには叶いません。父上、力は即ち権理であります。サ、金を〳〵、いま手許にあるだけの金を早くお渡し下され」。

禮堂いまは詮方なく、ことに金を遣らねば各所の裁判所を引き廻すとの事に、いまは手向う事も出来ず、名誉には換えられずと、ついに勢い迫りたれば、切歯《はがみ》しながら、手文庫にあり合わす金《きん》二万円を取り出だして投《あた》うるに、實は受け取り、「これだけでは足りません。少なくも十万円は頂きます。もしいま手許にないとならば、私しが落ち付く先きより私《ひそ》かに人を寄越しますから、残り八万円はその時にお渡しなされ。その約束さえ堅くすれば、決して小森家の名儀を世間へは出しません」と、飽くまで大胆なる言葉も禮堂は拒み得ず、「ヨシ、承知致した」と云えば、實は振り返りて、「父上、この犯罪の元は貴方であります。それでも貴方は罰せられません。父上、もし逃げ損ぜば、唯今の約束通り私しは捕えられぬ先に自殺します。その代り貴方もまた只今の残金引渡しの約束をば忘れなさるな」と言い捨てゝ、悠々と立ち去りしは、不敵と云うも余りあり。

第四十四章

いまこゝに澤田實がこの恐ろしき罪を犯すに至りし次第を記さんに、實は幼きころより正直一方の男にして、母には孝を尽し、友には義を守り、ことには学問に勉強すれば、世の少年の鑑《かゞみ》ぞと称《たゝ》えらるゝほどなりしも、少年の才子は恃《たの》むに足らず。★25 お理榮嬢と許嫁けの約束を結びしころより、次第に身持ち頽《くず》れ来て、人知れず数多《あまた》の金子《きんす》を使い捨て、多からぬ母の財産までも大抵は修業を名として強求《ねだり》取り、なお金貸苦連次にまで数多の借金を負う身となり、最早やこの世に住み兼ねるほどに立ち到れり。このとき、風《ふ》と母の手文庫を探せしに、禮堂の手紙を見出だしたり。

★25——年少のころ才子と称えられても、それは当てにならない。のちにどんな人間になるか、わかったものではない。

そのうちには、全く取替えの首尾能く済みたることを記せし者も多かりければ、實は全く小森家の嫡男と思い込み、そのむねを母に告げたり。母は、散倉の推量せしに違《たが》わず、元より取替えの偽りなるを知るがゆえに、その間違いの次第を説き聞かせ、かつ、お傳より内々に当夜《そのよ》利郎次の乱暴せしことなど知らせ越したる古手紙も蓄えありたれば、これを示し、なお腕の傷までも証拠として懇《ねんご》ろに實を諭《さと》したり。實はこれにて初めて我が身が小森家の嫡男ならぬを知りたれど、宝の山に入りながら何とて空しく帰らるべき、よッて我が身の困難を包まず母に打明け、切《せめ》ては小森禮堂より応分の助力を乞わんと云いたれど、母は義理堅き人にして、一たび手を切りたる夫に向い如何で助力を請わるべきと、これをも堅く拒みたり。

實はこゝに於て初めて悪心を生じ、この事の本末《もとすえ》を知れるお傳をさえ殺しなば、母のほかには取替えの偽りなりしを知る者なからん。母は一たびこの取替えに同意せしゆえ、たとい如何ほど弁解するとも、その言葉は裁判所にて採用はせざるべしと、早くもお傳を殺すの意を出だしたり。されど、徒《いたず》らにお傳を殺しては、かえッて我が身に疑いの掛る元なれば、あくまでも有徳が殺せし如く見せ掛けんとて、膽《きも》太くも思案を定め、すなわち禮堂の手紙のうちにて取替えのことを記したる者は悉くいずれへか押し隠し、故意《ことさら》に我が証拠を不充分となしたるなり。我が証拠不充分ならば、有徳が身に取りて、たゞお傳をさえ殺せば實に勝つこと易《やす》かるべしと見ゆるゆえ、誰にても有徳を疑うべし。

斯く巧みて有徳に面会を乞いしが、このとき有徳が室《へや》に虎箱の煙草、緑色の手袋、尖《さき》の折れたる短刀を初めとして、そのほかの品々あるを見たれば、これ幸いと、すぐに悉く似寄りたる品を調え、かつ有徳に見擬《みまが》うよう、黒き付け髭をさえ作りて、お傳を殺しに行きしなり。かく巧みに巧みたることとなれば、左しもに鋭き散倉初め判事田風呂氏に到るまでも、一時は彼れが計略に陥り、疑いの雲に閉じ込められしなり。

それはさて置き、實は父禮堂に迫り二万円の金を受取りてより、直ぐに通り合わす馬車に乗り、お理榮嬢の宿を指して急がせしが、その道にて探偵散倉が十余人の捕り手を引き連れ禮堂が家に馳せ向う所に出逢いたり。實はこれにて我が身の一刻も猶予ならぬを知れば、馬車の内に身を屈め、散倉を遣り過して、首尾よくお利榮嬢の宿に着きたり。これより入口の戸を堅く鎖《とざ》して嬢に逢い、今までの一分始終を解き聞かせ、さて云うよう、「嬢よ、こうなッたも元はみな其方《そなた》のためを思うて仕たこと。どうぞ其方が父母《ちゝはゝ》の居る亜米利加まで己《おれ》と一所に逃げてくれ」と云うに、嬢は余りのことに涙も出ず、良久《しばし》無言にて俯向き居たるが、思案を定めて首《こうべ》を挙げ、「ホンに貴方を見損ないました。事破れた今となり、逃げるなどとは、男子ではありません。それよりは、今こゝで潔く自殺して、流石はお理榮嬢の夫じゃと言われて下さいませ。貴方が潔く自殺すれば、妾《わらわ》が愛は変りません。妾は貴方と共に死にます。それとも未練の心を起し、なおも逃げると仰有れば、女ながらも妾の手で只《たっ》た今貴方を射ち殺し、死骸を官に引渡し、妾の義務を尽しまず。サ、妾と共に死にますか、妾が手に殺されますか、その返事たゞ一ツで、妾は未来まで貴方の妻ともなり、貴方の敵《かたき》ともなります」と、早や短銃《ぴすとる》を取り出だし、引鉄《ひきがね》を揚げんとする男勝りの健気な覚悟に、實も思わず奮発し、「許してくれ、コレお理榮、未来までも其方《そなた》の夫じゃ」。理「それでは、一所に」。實「潔く自殺して」。理「嬉しうムいます」と言いつゝ實が膝に泣き伏せしは、健気なれども少女《おとめ》の心、思い遣るさえ涙なり。

斯かる折しも、戸外《おもて》の戸を敲き破りて押し来たる捕り手の物音に、實は涙を拭い、「コレお理榮、このまゝ死んでは犬死じゃ。名を後世へ遺さぬは丈夫の耻とやら。己《おれ》はこれから、後《のち》々まで我が名を留める一通の遺書《かきおき》を作るゆえ、いま十分間、其方の力で捕り手の者を食い止めて呉れ」と聞くより早く、お理榮は跳ね起き、「宜《よろ》しうムいます」と云いながら、左の手に長袴《ながばかま》の裳《すそ》を高く掲げ、右に用意のピストルを取り、居間より外に飛び出でて、階段《はしごだん》の絶頂に立ち、近寄る者は容赦なく一々打ち殺さんと、介々しくも身構えたり。このとき捕り手の面々は、すでに階《はしご》を七分《ぶ》まで上り来たり、「法律の御用なるぞ、邪魔する者は同罪なるぞ」と口口に罵りながら、お理榮のピストルを事ともせず犇《ひし》々と詰め寄せたり。

於理榮孃死を決して捕手《とりて》を拒《ふせ》ぎ守《まも》る圖

第四十五章　大尾

お理榮孃は階段《はしごだん》の絶頂に在りて、寄せ来る捕り手に向い、玉散る如き声張り揚げ、「捕り手の方々、しばらく待たれよ。御身らは少女《おとめ》を敬う心なきか。こゝは妾《わらわ》が住居《すまい》なるぞ。妾が自由の城郭なるぞ。御身ら法律を名として法律を知らず。少女の住家《すみか》に断りもなく押し寄せて、錠《かけがね》を砕き、戸扉《とびら》を破れと、いずれの法律に記せるや。御身ら妾に用あらば、何ゆえに案内《あない》を乞い一応用事の次第を告げざるや。妾は清き少女なるぞ。法律の御用とならば、逃げもせず隠れもせず、尋常に聞き申さん。去るを御身ら、案内《あない》もなく戸を押し破りて、少女の居間に入らんとす。妾は斯かる無法の人を官人なりとは思わぬなり。狼藉者と見做すなり。御身らなお妾が許しを待たずして一歩《あし》たりともその処より近寄り来たらば、妾はこのピストルを以て狼藉者を懲らすなり。妾の権理を防ぐなり。御身らは法律に正当防御の許しあるを知らざるか。少女と侮《あなど》り来たらば来たれ。一たび放ちしピストルの弾は、法律の名を恐れざるぞ。御身らが脳天を貫くまで、弾は進んで止《とゞま》らず、御身ら避くるに道なからん。

方《かた》々よ、御身らは妾に何の罪ありとなすや。御身らが来たりしは、澤田實を捕えんがためなるか。澤田實は罪人なり。罪人なれども妾がためには神の許せし夫なるぞ。妻の身として夫を匿《かくま》うは、神の許せし務めなり。務めを尽す妾に向い無礼をば仕たまうな。御身ら、もし實を捕えんとならば、何ぞ礼儀を以て妾に願わざる。御身らに礼あらば、妾も礼を以て尋常に實を引渡さん。サ、礼儀を破りて妾がピストルに射殺さるゝか、但しはしばらく待ッて尋常に實を引取らるゝか、二ツに一ツを択《えら》びたまえ」と一声《せい》は一声よりも急に、稀世《きせい》の雄弁澱《よど》みもなく、爽やかに述べ来たりて、瑠璃の目眩《まなじり》を見開きつ、屹《きっ》と人々を睨み廻すに、いずれもたゞ少女《おとめ》の勇膽に気を奪われ、鎮まり返ッて言葉なし。お理榮嬢はこの様子を見て、嬉しげに笑みを作り、「方々の御返事なきは、妾が實を引渡すまで静かに待たるゝ記しならん。方々の厚意難有《ありがた》し。何とぞ物知らぬ妾が雑言《ぞうごん》を許し、しばらくそこへ控えたまえ」と会釈して退きたり。

退きたる嬢に引き違え、またも階子段《はしごだん》の絶頂に立ち現われし禿げ頭の老人は、探偵散倉にてありたり。散倉は日頃實を愛するより、せめては彼に潔く自殺させんものと、捕り手の人々に先がけ、独り裏階子《うらばしご》を登りて、こゝに出で来たりしなり。散倉が人々に向い何事かを告げんとする折しも、お理榮嬢の居間に当り、ピストルの声二発続きて聞えたれば、散倉は思わずも「ア、出来《でか》した」と声を出だし、急がわしく身を返してお理榮嬢の居間に入れり。人々もこれに引き続きて階段《はしごだん》を上り、そのうちを窺い見れば、悼《いた》むべし、澤田實はお理榮孃と一ツの長椅子に並び坐し、二人とも見事に咽喉《のど》を射ち貫《ぬ》きて死し居たり。そのそばに、實が自筆なる二通の遺書《かきおき》あり。一通は散倉に宛て、一通は田風呂判事に宛てたり。

散倉は直ちに医師を呼びてその死骸を撿《あらた》めしむるに、すでに二人とも全く事切れ居たれば、人々に死骸を護らせ、直ちに二通の遺書を衣嚢《かくし》に入れ、急ぎて裁判所に出頭なし、田風呂氏に示せし所、こはすなわち實が自らお傳を殺せし事の始末を明らかに書き記し、一刻も早く有徳を放免すべしとのむねを認《した》ゝめたり。これにより小森有徳は直ちに放免せられ、青天白日の身となりたり。また實とお理榮孃の死骸は、探偵散倉、小森禮堂、および澤田夫人の弟何某《なにがし》、この三人にて引取りつゝ、式の如く葬儀を営みたり。この葬儀済みたるのち、散倉は我に当てたる澤田實の遺書《かきおき》を開き見るに、左《さ》の如く記せり。

世に裁判ほど誤りの多き者はなし。誤りと知らずして無罪の人を死刑に処するもまた多し。一たび死刑に処したる後《のち》は、死人に口なし、その誤ちを知るによしなし。これを知るは再び命を償う道なし。余は足下の如き義に勇む人々が、一日《じつ》も早く万国死刑廃止協会を設けん事を望むなり。足下もし余の望みを容れ、その協会を設けんとならば、余が禮堂より請い得たる金子二万円寝台《ねだい》の下に隠しあり。余は喜んでこの金子を寄付するなり。以てその創業費の一端に充てらるれば、余とお理榮孃が死後の幸いなり。

萬國死刑廢止協會
佛蘭西萬國死刑廢止所の圖

散倉は読み終りて大いに感じ、直ちに万国死刑廃止協会を建てんと決心せしが、この事件に関係ある人々のうちにも賛成する者多く、中にも田風呂判事は我が身のその職業に堪えぬを知り、世を味気なく思う折なれば、直ちに職を辞し、散倉と共に力を尽したり。また小森禮堂も、さきに澤田實に二万円のほか、なお八万円与うべしと約束したる廉を以て、その八万円を實とお理榮嬢の名を以て創業費のうちに寄付をなしつ、なおその上にも莫大の金子を投じたり。よって同会社の義金募集帳の筆頭《ふでがしら》に付きたる人々は左《さ》の如し。

一金十万円　　澤田實及び　その妻お理榮
一金五万円（ほかに協会用の家屋一棟《むね》）　　散　倉
一金五万円　　田風呂
一金五万円　　小森禮堂
一金三万円　　小森有徳
一金二万円　　有徳妻　呉　竹

これにてすでに三十万円の創業費を得、万国死刑廃止協会の組織なりたり。散倉はその会長に撰ばれ、田風呂氏はその副会長となりたり。この組織なりてより間もなく、有徳と呉竹姫は盛んなる婚礼の式を行いたり。また同協会の玄関には、實とお理榮孃の肖像《にがお》を額となし、今なお正面に掛《か》げたり。こはこの協会がその元全く實と孃との力に成りたるによるなり。またこの協会が実際の運動をなす事となりてより、第一着に執り行いたる事務は、協会の主意を印刷し、かつ付録としてこの物語を添えて、万国の義人に配りたり。訳者涙香も図らず一本を得たれば、廻らぬ筆を以て斯く長々しく今日新聞紙上に載せたるなり。

このごろ仏国《ふらんす》新聞紙の報ずる所によれば、散倉と田風呂氏は、死刑廃止の主義を演説しながら世界を巡廻せんと発意し、田風呂氏は西の方、南北亜米利加に向け、散倉は東の方、亜細亜に向けて出発すと云う。されば、吾等が読者と共に、禿頭《とくとう》老人の熱心なる演説を厚生館中に聞くも、両三年のうちに在るべきか。散倉とは探偵に用ゆる仮りの名、本名はピーヤ、タバレーと云うなり。實の事件方付《かたづ》きてより、探偵を廃《や》めたれば、散倉の名も用いず。そのほか、この話しに関係せし人々は如何になりしや知らざれど、定めし満福に月日を送り居る事なるべし。（大尾）

人耶鬼耶　大尾

解説

『人耶鬼耶』その謎と人物たち

池田浩士

1.『人耶鬼耶』――作者生前の三種の版本

『裁判小説人耶鬼耶《ひとかおにか》』は、一八八八年一二月四日、東京京橋区元数寄屋町の小説館から刊行された。翻訳（厳密には翻案）と創作とを含めて、単行本として上梓されたものだけでも七〇篇近くに及ぶ黒岩涙香《るいこう》の小説作品のうち、最初に出版された一巻である。

本の体裁は、四六判（ほぼB6判に相当）のボール紙表紙、背布装で、表紙には、頭に角《つの》を生やした紳士が机の前に坐って本を手に取っている姿が描かれている。本文はもちろん活字印刷だが、「は」「ば」「か」「が」「に」「す」「ず」「な」「た」などや「候」（そうろう）の文字には、部分的にいわゆる変体仮名《がな》の字体が用いられている。これは、装幀を新たにして一九〇五年七月

再版（1905年7月、聚栄堂大川屋書店）表紙

初版（1887年12月、小説館）表紙

二〇日に浅草の聚栄堂大川屋書店から刊行された第一五版でも変わっていない。この新装版は、紙表紙の菊判（ほぼA5判）で、表紙には作中の一人物が多彩画で描かれ、その髪型が背後の壁に鬼の角のような影を投じているという構図になっている。判型も装幀も変わったが、本文はすべて初版の組版・紙型をそのまま使っており、七葉の挿絵も（その配置場所を一部変えながら）すべて再録された。ただ違う点といえば、各章末の余白に本文とは無関係のカット絵が加わったことと、本文の全ページ上端の欄外に「人耶鬼耶」という表題が右から左への横書きで印刷されていることで、この表題（図書用語で「柱《はしら》」といわれるもの）の分だけ判が大きくなっているのである。

この二種の版本のほか、『人耶鬼耶』は作者涙香の存命中にもう一度、装いを改めて出版された。一九二〇年八月一〇日「御届」で浅草の集栄館から出たものがそれである。この集栄館というのは、浅草区三好町という所在地名からも

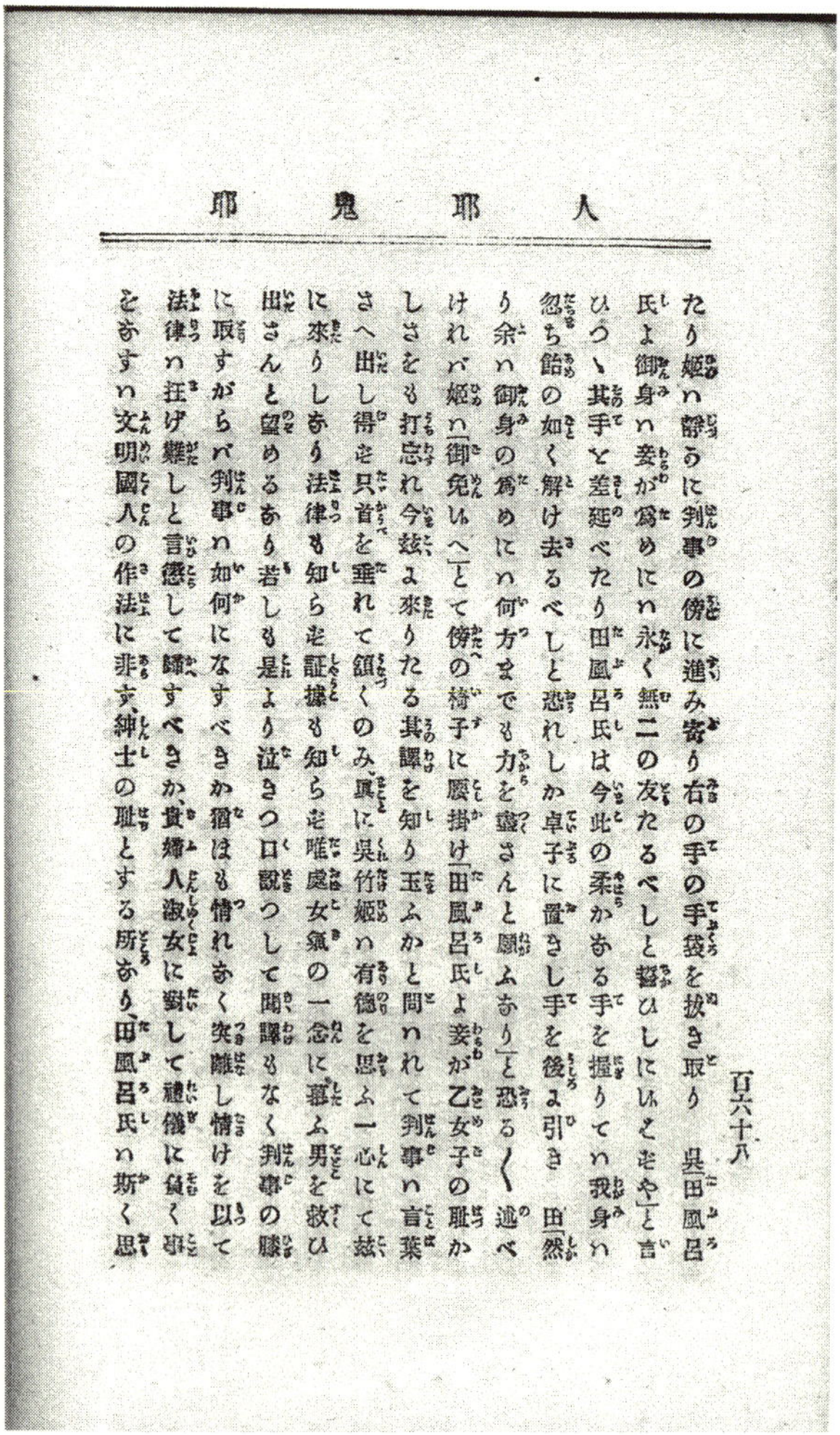
百六十八

人耶鬼耶

たり姫《ひめ》は静《しづ》かに判事《はんじ》の傍《かたへ》に進《すゝ》み寄《よ》り右《みぎ》の手《て》の手袋《てぶくろ》を抜《ぬ》き取《と》り　呉「田風呂氏《し》よ御身《おんみ》は妾《わらは》が為《た》めには永《なが》く無二《むに》の友《とも》たるべしと誓《ちか》ひしにはあらずや」と言《い》ひつゝ其手《そのて》を差延《さしの》べたり田風呂氏《し》は今此《いまこ》の柔《やはら》かなる手《て》を握《にぎ》りては我身《わがみ》は忽《たちま》ち飴《あめ》の如《ごと》く解《と》け去《さ》るべしと恐《おそ》れしか卓子《テーブル》に置《お》きし手《て》を後《うしろ》よ引《ひ》き　田「然《しか》り余《よ》は御身《おんみ》の為《た》めには何方《いづ》までも力《ちから》を盡《つく》さんと願《ねが》ふなり」と恐《おそ》る〳〵述《の》べければ姫《ひめ》は「御免《ごめん》いへ」と傍《かたへ》の椅子《いす》に腰掛《こしか》け「田風呂氏《し》よ妾《わらは》が乙女子《をとめご》の恥《はぢ》かしさをも打忘《うちわす》れ今茲《いまこゝ》よ来《きた》りたる其譯《そのわけ》を知《し》り玉《たま》ふかと問《と》はれて判事《はんじ》は言葉《ことば》さへ出《いだ》し得《え》ず只首《たゞかうべ》を垂《た》れて頷《うなづ》くのみ、眞《まこと》に呉竹姫《くれたけひめ》は有徳《ありのり》を思《おも》ふ一心《しん》にて茲《こゝ》に來《きた》りしなり法律《はふりつ》も知《し》らず証據《しようこ》も知《し》らず唯處女気《たゞをとめぎ》の一念《ねん》に慕《した》ふ男《をとこ》を救《すく》ひ出《いだ》さんと望《のぞ》めるなり若《も》しも是《これ》より泣《な》きつ口説《くど》きつして聞譯《きゝわけ》もなく判事《はんじ》の膝《ひざ》に取《と》りすがらば判事《はんじ》は如何《いか》になすべきか猶《な》ほも情《つ》れなく突離《つきはな》し情《なさ》けを以《もつ》て法律《はふりつ》は枉《ま》げ難《がた》しと言懲《いひこら》して歸《かへ》すべきか、貴婦人淑女《きふじんしゆくぢよ》に對《たい》して禮儀《れいぎ》に負《そむ》く事《こと》をなすは文明國人《ぶんめいこくじん》の作法《さほふ》に非《あら》ず、紳士《しんし》の恥《はぢ》とする所《ところ》なり、田風呂氏《し》は斯《か》く思《おも》

新装第 15 版（1905 年 7 月、聚栄堂大川屋書店）の 1 ページ。
（本書 150 ～ 151 頁）

集栄館版（1920年8月）表紙（左）と函（右）

「大川錠吉」という発行者名からも、前述の「聚栄堂大川屋書店」の後継出版社であることがわかるのだが、本の体裁と内容は旧版とはまったく別のものになっている。現在の新書判とほぼ同じ軽便な判型に変わり、従って版が組み直されただけでなく、文章そのものが随所で改変されたのである。旧版に散在した誤植・誤記の多くが修正されたほか、漢字や仮名遣いも大幅に改められた。また章立ても、旧版が全四五章だったのに対して、二二章（「章」の表記はなく、数字のみ）となった。ただし、本文が短縮されたわけではなく、章の区分が変えられたに過ぎない。旧版では文章にほとんど改行箇所がなく、それどころか句読点もまったくなかったのとは異なり、新版ではかなりの改行がなされ、句読点も表記された。また、旧版の変体仮名も、明朝体の平仮名に改められた。挿絵はすべて割愛され、表紙や函にはその題名を記載されぬまま中篇小説『梅花郎』が併載された。厚紙表紙で天金（本の上部に金箔が押されたもの）、本体にも函にもアールヌボー（あるいはユーゲントシュティール）調のモダンなデザインが施されている。

一八六二年（文久二年）旧暦九月二九日に生まれた黒岩涙香が、肺腫瘍のために数え年五九歳で他界したのは、新版『人耶鬼耶』刊行の二カ月たらずのち、一九二〇年一〇月六日のことだった。

2．ジャーナリスト黒岩涙香

日本近現代史における黒岩涙香（本名＝周六）の足跡は、まず一つにはジャーナリズムの分野に大きく記されている。一六歳のとき郷里の高知県安芸郡から大阪に出て英語学校で学んだのち、翌年に上京し、慶応義塾その他に籍を置いたが、新聞の論壇で筆をふるうことを志して一八八三年に『同盟改進新聞』に入社した。以後、『日本たいむす』、『絵入自由新聞』、『今日新聞』およびその後身である『都新聞』の論説記者として活躍する。そして、一八九二年七月に『都新聞』の経営者が意見の異なる人物に変わったとき、退社して、同年一一月、「朝報社」を設立し、日刊紙『萬朝報《よろずちょうほう》』を創刊した。

「よろず重宝」（なにごとにつけ便利だ）との語呂合わせで世間にその名を広めたこの新聞は、かねて辛辣な筆鋒で「蝮《まむし》の周六」と綽名されたジャーナリスト黒岩周六の政治・社会批判が人気を呼んだこともあって、多くの愛読者を獲得し、最盛期には五万部ともいわれる発行部数に達して、当時としては最大のメディアの一つとなった。時の政府による暴政や腐った政治を批判し、社会の隠れた実相や内外の新しい文化的動向に注目する同紙の論調は、一九世紀末に相次いで入社した内村鑑三（九七年入社）、幸徳秋水（九八年）、堺利彦（九九年）という三記者の健筆にも支えられて、いっそう力を増した。日清戦争での勝利によって「世界の一等国」に成り上がった大日本帝国の当時の姿を知るうえで、この時期の『萬朝報』は、いまなお不可欠の資料である。

だが、『萬朝報』の論調は、ロシア帝国との戦争が政治課題として現実味を持ってきたとき、大きく変わった。当初は非戦論を唱え、それによって世論を戦争反対に導いていたのが、主幹涙香の翻意によって主戦論に急変したのである。よく知られているように、これに抗議した内村鑑三と幸徳秋水と堺利彦は、一九〇三年一〇月一二日、それぞれ辞表を提出して退社した。内村はキリスト者としての非戦思想をつらぬき、幸徳と堺は翌月一一月一五日に「平民社」を設立して週刊『平民新聞』を創刊し、それぞれ反戦運動を続けることになる。ちなみに、この「平民」という語は、一九〇四年一一月一三日の『平民新聞』に幸徳と堺が共訳で『共産党宣言』の最初の日本語訳（抄訳）を掲載して発禁になったとき、「プロレタリア」（Proletarier）の訳語としたものにほかならない。

『萬朝報』を続刊した涙香は、すでに大きな反響を呼んで版を重ねつつあった青年向けの人生論『天人論』（一九〇三年五月）に続いて、『人尊論』（一九一〇年一月）、『青年思想論』（一二年六月）、『第二青年思想論――一名大正維新論』（一三年四月）、『予が婦人観』（一三年七月）、『実行論』（一五年六月）など、人生案内的な評論集にまとめられた文筆活動を精力的に行なったが、ジャーナリストとしての迫力も、読者に対する影響力も、もはや往年に比すべくもなかったと言わざるを得ないだろう。

3. 黒岩涙香と探偵小説——その一

前項では、ジャーナリストとしての黒岩について記すなかで、便宜的に涙香という筆名を随所で挙げた。だが、政治・社会評論の著者として彼自身が用いたのは、いくつもの別の筆名のほか、主として周六という本名だった。「涙香」の名は、ほとんどもっぱら外国の小説を日本語にするときに使われたのである。

新聞記者という仕事を彼が選び、その最初期の数年間に籍を置いた『絵入自由新聞』の時代から、彼はすでに数篇の外国小説を日本語にして、同紙や『今日新聞』に掲載していた。この両紙のいずれかに掲載された作品には、『法廷の美人』（一八八八年一月『今日新聞』連載開始）や『有罪無罪』（同年九月『絵入自由新聞』同）など最初期の傑作がある。これらの作品が連載された日刊新聞は、目に見えて発行部数が伸びたために、黒岩涙香は一八八六年四月に入社して主筆の座にあった『絵入自由新聞』から引き抜かれて、八九年一一月には『今日新聞』の後身である『都新聞』に主筆として迎えられることになる。主筆とは、社説などの重要論説を書く筆頭記者の名称である。

新聞の主筆としてのジャーナリスト黒岩周六にもまして、黒岩涙香の名が全国に鳴り響くようになったのは、彼の筆になる新聞連載小説によってだった。彼が主筆となった新聞が急速に発行部数を増やしたのも、彼自身の政治的な論説の力による以上に、彼の小説が呼んだ反響ゆえだった。すでに一八四〇年代前半のフランスでは、日刊新聞に連載される小説の人気によって、新聞の発行部数が著しく増加し、これがジャーナリズムの興隆に大きく貢献するという歴史的事実が生まれていた。その最初期の、そしてもっとも顕著な一例が、有名なウジェーヌ・シューの長篇『パリの秘密』(一八四二～四三年)だった。しかも、この連載小説は、題名からもわかるように、謎と秘密を孕む物語だったのである。読者は、秘密を解明し謎を解こうとする興味から、小説の続篇が載っている翌日の新聞を競って買おうとした。街頭の新聞売りスタンドには、新聞が運び込まれる前に長蛇の列ができたという。――黒岩涙香の連載小説は、フランスよりほぼ半世紀のちに、日本社会でそれを再現させたのである。

前述の『法廷の美人』や『有罪無罪』という題名からも推測できるように、涙香の小説も、主として謎や秘密を孕む読物だった。それらの多くが、犯罪事件やそれに関する裁判をテーマにしていた。いわば罪と罰が作品の焦点であり、犯罪の真相を解明し真犯人を追及するというモティーフ(動機、主題)が作品の根幹をなしているのである。その当時の日本社会では、刑事事件担当の巡査(上級警察官ではない)が「探偵」と通称されていたので、犯罪捜査を物語の導きの糸とするこの種の小説が「探偵小説」と呼ばれるようになった。これは、英語圏やドイツ語圏でも同様で、それぞれdetective《ディテクティヴ》 novel《ノヴェル》、Detektivroman《デテクティーフロマーン》と称される。文字通り探偵小説である。(フランス語にもこれに相当するroman《ロマン》 détective《デテクティーヴ》という語はあるが、roman《ロマン》 policier《ポリシェ》、つまり「警察小説」のほうが一般的なようだ。)涙香自身も、いくつかの作品に「探偵小説」という角書《つのがき》を付している。『銀行の賊』（一八九三年五月刊）、『帽子の痕《あと》』（九四年一月刊）、『三筋の頭髪《かみのけ》』（九六年一一月刊）、『六人の死骸』（九六年一二月刊）がそれである。角書とは、その作品の主題を簡潔に表わす呼称を、題名の上にツノのように二行に分けて記したものを指す。

「探偵小説」というジャンル名は、日本では、大東亜戦争の敗戦後、「推理小説」という名称に取って代わられた。戦前からの探偵小説作家だった木々高太郎（大脳生理学者で慶應義塾大学医学部教授でもあった林髞《たかし》）が「推理小説」という名称を提唱し、敗戦からまだ一年も経たない一九四六年七月、みずから編者となって雄鶏社から「推理小説叢書」全一五巻の刊行を開始した。謎解き役である探偵の人間的な魅力や特異性による面白さよりも、真実解明の過程における推理の合理性や説得力、そしてもちろんその推理のユニークさなどを、これからの謎解き小説は重視しなければならないと考えたのだ。同年一一月一六日に制定された「当用漢字表」から「偵」の字が除かれたことも追い風となって、この新しい名称がたちまち探偵小説の名を凌駕し、定着したのだった。その「推理小説」の名も、やがて一九六〇年代以降の「ミステリー」というカタカナ英語によって徐々に駆逐され、現在に至るのである。もちろん、「探偵小説」という名称が完全に死滅したわけではないが、ある古い一時代の名残《なごり》をそれが帯びていることは否めないだろう。

4．黒岩涙香と探偵小説――その二

その古い一時代を体現する探偵小説は、文学の歴史にとってだけではなく人間社会の歴史にとって、いくつかの重要な特色を内包していた。それらを簡略にまとめるなら、まず第一に、有罪無罪を決定するために犯罪捜査の過程そのものが重要視される社会でこそ、探偵小説は生まれた、ということである。犯罪の下手人と目される人間が、本人の自白と他者の証言だけによって有罪を宣告され処刑されるのではなく、犯罪の動機や犯行の具体的な経緯を明らかにし、その人物が犯人であるという確かな証拠を示すことによって初めて有罪とされるような社会を、探偵小説は基盤としているのである。呪術が政治と社会を動かしていた古代や、中世ヨーロッパの魔女裁判の時代には、探偵小説は生まれようもなかっただろう。呪術や宗教上のドグマが力をふるった時代には、人間に過ぎない探偵の立証作業が決定的な力を持つこともない。拷問によって自白を強要することが当たり前とされる社会でも、探偵による真相究明は不必要なのだ。

このことはまた、人間の人権が社会の支配的階級によっても尊重されざるを得なくなった社会で、初めて探偵小説が文学の一ジャンルとして成立した、ということを意味している。広い意味での民主主義と基本的人権を原則として共有するようになった社会が、探偵小説を生んだ。これが、探偵小説の歴史的・社会的な特質の第二点である。そういう社会では、国家権力の一端を担う警察・検察機構そのものが、一面では、被支配者をも含む社会構成員の人権を守る義務を課せられるようになる。この義務を第一線で果たさねばならなくなったのが、たとえば真犯人を発見することで無実の容疑者の疑いを晴らす探偵というキャラクターなのだ。探偵小説の主人公である探偵には、社会的な権力を持たない弱者としての被疑者や被告の側から犯罪事件を見る、という役割も与えられている。

探偵小説が歴史上のある時代を体現している第三の点は、それが主人公としての素人《しろうと》探偵を生んだことである。日本語の「探偵」が刑事巡査を意味していたことは先に述べたが、官僚機構の末端である職業的警察官ではない素人探偵が探偵小説のなかで誕生したことは、社会の権力関係についての視線の変化という点で、画期的な意味を持っている。多くの読者がその名を知っている探偵たち、たとえば江戸川乱歩の明智小五郎や、横溝正史の金田一耕助、アーサー・コナン・ドイルのシャーロック・ホームズや、エドガー・アラン・ポーのデュパン探偵は、いずれもみな素人探偵である。彼らの多くが、職業的警察官を出し抜いて、隠された真実に到達するのだ。それは、官尊民卑の対極にある民衆の感情、官憲と権力機構に対する平民の侮蔑と嘲笑を、物語っている。それゆえ、テレビ時代の盛況と軌を一にして警察官の探偵役が幅を利かすようになり、しかも下級の刑事巡査ではなく、警部どころか警視というような上級警察官や、さらには検察官僚たる検事が探偵役として活躍するフィクションが巷にあふれるという現象は、「探偵小説」がその精神を放棄して「ミステリー」という衛生無害な名称に自足している状況を、如実に映し出しているのかもしれない。

黒岩涙香の小説は、それが探偵小説と銘打たれていないものも、さらには直接的には刑事犯罪が物語の中心的な主題となっていないものも含めて、作中の出来事と人物たちの過去や人間関係が何らかの謎や秘密を孕む場合が、ほとんどである。それらの謎や秘密には、人物たちの社会的な位置や生活のありかたが隠されている。刑法や民法に違反する何らかの犯罪がテーマになっているのであれば、その犯罪は、まさしく社会的な関係のなかで行なわれるのである。直接には犯罪と結びつかない人間関係の葛藤でも、それは人物たちの権力関係や抑圧・被抑圧の関係のなかで演じられる。そして、こうした犯罪や葛藤を追い、その経緯や根拠を解明するさいの視座は、黒岩涙香の諸作品では、基本的には、権力を持たない人びと、権力から相対的に遠い人びとのもとに置かれている。犯罪の真相を追究する探偵の役割を演じる人物たちも、その大多数が職業的警察官や検事や裁判官ではない。そうである場合でも、これらの人物たちは、真相究明の作業そのものを通じて、自分自身の誤りや限界を思い知らされることになる。

黒岩涙香は、主としてこのような視座に立って書かれた作品を選んで、新聞に掲載したのだった。あるいは、選んだ原作を、このような視座にもとづいて脚色したのだった。よく知られているように、それらの作品は、ほんの数篇を除いて、彼の創作ではなく、英語の原本をもとに彼が翻案したものだった。つまり、厳密な意味での翻訳ではなく、原作のストーリーを文字通り自家薬籠中のものにして語り直し、独自の日本語作品に変えたのである。彼が入手し依拠した原書は英語文献だったが、それらにはフランス語からの英訳作品も数多く含まれている。現在でもよく知られている『噫《あゝ》無情』(原題『レ・ミゼラブル』)や『巌窟王』(原題『モンテ・クリスト伯』)も、『鉄仮面』(原題『サン・マール氏の二羽の鶫《つぐみ》』)も、原作はフランスの小説である。涙香が付けた題名が、しばしば原題よりも一般的になっていることも、周知の事実だろう。

外国の作品を月に三〇部以上も読むことがあり、これまでに三千部以上も読んできた、と最初の単行本『人耶鬼耶』の序文で述べた涙香は、おびただしい読書のうちから、意識的に特定の作品だけを厳選して翻案した。それらは、人権を擁護し、権力による誤判と冤罪を指弾し、さらには社会から葬り去られた無実の人間の復讐に共感するような内容を持つ、欧米の新しい読み物だった。黒岩涙香が翻案小説にもっとも力を注いだ時代は、欧米で新聞小説として出発した探偵小説が、独自の文学ジャンルとして地歩を占めるようになった一時代、一八六〇年代から七〇年代の、すぐあとに位置していたのである。

5.『人耶鬼耶』を読む――その一

江戸川乱歩の最初期の短篇に見られるように、犯罪とも言えないようなごく軽微な事件を探偵小説が題材にすることも、もちろん無いわけではない。しかし、多くの探偵小説は、登場人物たちにとってはまさに生死に関わるような、あるいは人生の岐路となり、あるいは一生をかけて向き合わなければならないような、重大で深刻な犯罪事件を主題にして展開される。殺人事件はそのもっとも端的な一例だろう。政治的な陰謀事件や、いわゆる疑獄事件なども、同様である。黒岩涙香も、やはりこうした事件を素材とする作品を、主として書きつづけた。

最初期の作品の一つ『人耶鬼耶』は、「裁判小説」という角書を付されていることからもわかるように、ある刑事事件に関する裁判の過程を主題としている。しかし、ここで描かれる裁判は、現在の私たちが「裁判」として思い描くものと同じではない。

この作品が『今日新聞』に連載され、完結後まもなく単行本として刊行された一八八八年の時点で、日本の裁判には「予審」という制度があった。刑事事件の裁判は、地方裁判所、控訴院、大審院という三審制になっていたが、軽微な事件の場合は、地方裁判所より下位にある区裁判所が第一審を担当し、地方裁判所が第二審、控訴院を経ず大審院が第三審となった。この枠組みのなかで、第一審の地方裁判所と、大審院が第一審でしかも最終審となる場合（大逆罪と内乱罪）に、予審制度が設けられていた。被告人を公判に付する前に、検事の予審請求（すなわち公訴提起）に基づいて予審判事が被告人の尋問や証拠調べを行ない、公訴を棄却するか、それとも公判に付するかを決定する制度である。この制度は、日本では、一八八〇年七月一七日に「刑法」とともに布告された「治罪法」（太政官布告、八二年一月一日施行）によって制定された。予審裁判は非公開で、証人尋問には弁護人の立ち会いが認められたが、被告人の尋問にはそれが認められなかった。しかも、予審での被告人の供述はすべて公判での動かぬ証拠とされたのである。『人耶鬼耶』の田風呂《たぶろ》判事は、この予審を担当する裁判官なのだ。周知のとおり、現在の日本の裁判制度では、被疑者を起訴して公判に付するか、それとも不起訴にして放免するかを決定するのは、検事（検察官）の役割である。

予審制度そのものは、日本の「治罪法」に影響を与えた一九世紀フランスの法制度で採用されたのが最初であるとされ、涙香が依拠した原作も、このフランスの制度に即した設定になっている。ただし、涙香の作品で言及される陪審裁判は、当時の日本には存在しなかった。「これを公判に廻せば、どのような陪審官でも必ず有徳を有罪と認めます」という探偵散倉《ちらくら》のセリフが『人耶鬼耶』に出てくるが（本書一二一ページ）、日本に陪審制度ができるのは、涙香の死後、一九二〇年代後半になってからである（一九二三年「陪審法」制定、二七年一部施行、二八年完全施行）。このセリフは、原作の設定をそのまま生かしているだけで、当時の日本の読者にとって陪審裁判が馴染み深いものだったわけではない。ちなみに、旧大日本帝国憲法下の司法制度では、現在の検察庁に当たる検事局は各裁判所に付設されており、検事は「××地方裁判所検事」などの肩書を持っていた。検察が裁判所の指揮下にあったわけではないが、被告側弁護人と検察当局との間に立つ公平な第三者という現在の裁判所のイメージとは、異なっていたのである。

『人耶鬼耶』の原作は、探偵小説の隆盛に大きな貢献を果たした一九世紀後半のフランスの作家、エミール・ガボリオ（Emile Gaboriau 1832.11.9 ~ 73.9.18）の代表作の一つ、『ルルージュ事件』（*L'Affaire Lerouge*）である。一八六六年に新聞連載小説として世に出たこの作品は、ガボリオをたちまち当代の人気作家に押し上げた。この作品で、チロクレール（Tirauclair）と綽名されるタバレ爺さん（père Tabaret）という素人探偵を生んだガボリオは、三年後の『ルコック氏』（*Monsieur Lecoq*）ではルコックというもう一人の探偵を主人公にして、アメリカの作家エドガー・アラン・ポーが開拓した探偵小説という文学領域を文字通り確立したのだった。黒岩涙香が『人耶鬼耶』と同じ一八八八年に発表した最初期の小説作品、『大盗賊』と『他人の銭』も、原作は同じガボリオの小説であり、この時期の涙香がガボリオに注目していたことがわかる。しかも、『大盗賊』には『人耶鬼耶』と同じく「裁判小説」という角書が付されていた。

翻案小説である『人耶鬼耶』は、フランスで生まれた原作を当時の日本の読者にとって読みやすいものにするため、さまざまな工夫を凝らしている。その一つが、涙香みずから諸言のなかで言及している人名の日本化であり、これと同様の地名の日本化である。人名については、単行本の刊行にさいして、諸言のあと、本文の前に、主要なものが原名と対照して記されている。しかしそれらにはなお原名との距離があるので、涙香の表記とフランス語の原名、および涙香の読み（英語読みに近い）を、すべての人名および地名も併せて記しておこう。（カッコ内は推定。読みを示していないものは不明。）

涙香の表記	フランス語の原名	涙香の読み
寡婦於傳《やもめおでん》	クローディーヌ・ルルージュ Claudine Lerouge	クロオデン
判事田風呂《たぶろ》	ピエール－マリ・ダビュロン Pierre-Marie Daburon	ダブロン
探偵吏烟六《けぶろく》	ジェブロール Gébrol	ゲブロル
素人探偵散倉《ちらくら》	チロクレール Tirauclair	チランクラ
礼克《れこっく》先生	ルコック Lecoq	（レコック）
船長蛇兵衛《じゃべえ》	ジェルヴェ Gervais	ジャーベー

法律学士澤田實《さわだみのる》	ノエル・ジェルディ Noël Gerdy	サーデー・ノール
澤田夫人	ヴァレリー・ジェルディ Valerie Gerdy	サーデー夫人
侯爵小森禮堂《れいどう》	レトー・ド・コマラン Rhéteau de Commarin	コモリン・レトー
伯爵小森有徳《ありのり》	アルベール・ド・コマラン Albert de Commarin	コモリン・アルバード
荒川家令嬢呉竹《くれたけ》姫	クレール・ダルランジュ Clair d'Arlange	アラゴー・クレヤー
實の許嫁《いいなづけ》於理榮《おりえ》	ジュリエット・シャフール Juliette Chaffour	ヂリエー
医博士春邊《はるべ》氏	エルヴェ Hervé	（ハーヴェ）
従僕次郎《しもべじろう》	ジェルマン Germain	ジローム
金貸苦連次《くれんじ》	クレルジョ Clergeot	
利郎次《りろうじ》	ルルージュ Lerouge	（リロウジュ）
下僕傳助《でんすけ》	ドゥニ Denis	デニス
巴里《ぱり》	パリ Paris	（パリ）
棒木場《ぼうきば》	ブージヴァル Bougival	（ボウギヴァル）
尊長村《そんちょう》	ラ・ジョンシェール La Jonchère	（ジョンチェーア）
瀬音川《せいん》	ラ・セーヌ la Seine	（セイン）
野留戸《のるど》の停車場	ノール駅 la gare du Nord（パリの北駅《ノール》）	（ノルド）
茶塘《ちゃとう》	シャトゥー Chatou	（チャトウ）

柳榮《りうえい》　リュエーユ Rueil　（リューエー）
羅猿《らざる》　サン・ラザール Saint-Lazare　（セント・ラザル）
紋登《もんと》町　モンマルトル Montmartre　（モントマートル）
郎縁《ろうえん》町　ルーアン Rouen　（ロウエン）
鬢仙寺《びんせんじ》　サン・ヴァンサン Saint-Vincent（修道院）　（セント・ヴィンセンツ）

人名の漢字表記に関しては、『人耶鬼耶』で黒岩涙香は独自の工夫をいくつか行なっている。原作『ルルージュ事件』の題名となったルルージュという女性について、その姓を一度も出さぬまま於傳《おでん》（クロオデン、原名クローディーヌ）とだけ呼び、ずっとのちに登場する利郎次《りろうじ》という男の名前に初めてルルージュを生かしていることも、その一例である。しかし、それ以上に、探偵散倉の名前は注目に値する。ガボリオの原作では、彼は一貫して「タバレ」（Tabaret）という本来の姓で呼ばれている。このタバレ爺さん（père Tabaret）が、自分の探偵手腕を自慢して、自分で自分に付けたニックネームが、「チロクレール」（Tirauclair）なのだ。「引き出す」という意味の tirer《チレ》 と「明るい」または「光」を意味する clair《クレール》 とを組み合わせて、「解明する《チロクレール》」という複合語を作り、探偵としての自分の技量と結びつけたのである。涙香は、綽名に過ぎないこの「チロクレール」を「散倉《ちらくら》」と表記して、もっぱらこの名前で押し通し、物語の最後の最後で一度だけ、「散倉とは探偵に用ゆる仮りの名、本名はピーヤ、タバレーと云うなり」と記したのだった（本書二二一ページ）。

　この「ピーヤ」は、じつはタバレのファーストネームではなく、「爺さん」を意味するフランス語の「ペール」（père）を英語読みで表記したものである。だが、原作ではほんの数か所でいささか揶揄的に言及されるだけのチロクレールを、涙香が終始一貫してこの探偵の名前にしたのには、理由があると思われる。あくまでも推測に過ぎないが、日本語名として漢字でどう表記するにせよ、「タバレ」では判事の「田風呂《たぶろ》」とあまりにも近い音《おん》になってしまうからだろう。いずれにせよ、タバレではなくチロクレール＝散倉の名を選んだ涙香は、そのために、散倉の探偵手腕に関して原作にはない設定を一つ考えなければならなかった。散倉の容貌の特徴として鼻の形を強調し、「その鼻の鍵の手に曲りて高く目に立つほどなるは、嗅《か》ぎ出だすと云う看板には持ッて来いなるべし」という一文（一四ページ）を案出することによって、原作の「（事件を）解明する」という綽名の由来に代えたのである。

　涙香がガボリオの原作を改めたのは、人名や地名に関してばかりではない。原作を三分の一強の長さに短縮したことや、個々の場面での人物たちのセリフなり情景描写なりに省略などが施されたことは別としても、物語の展開や主要人物の役割についてもいくつかの改変がなされている。小森有徳《こもりありのり》の許婚者である呉竹《くれたけ》姫は、原作では両親を失って厳格な祖母に育てられ、現在も祖母と暮らしているが、涙香はこれを母親に変えた。澤田實の許婚者として登場する於理榮《おりえ》嬢は、原作では世間の目をはばかる「囲われもの」という設定になっている。散倉のライバル役、探偵吏烟《けぶ》六《ろく》は、涙香の作品では往時の岡っ引きを思わせる下級の刑事巡査だが、原作ではパリ警視庁の高名な治安局長、ジェブロール警視である。だが、これらの諸例にもまして、涙香が小森禮堂と有徳の社会的位置を原作とは大きく変えていることに、あらためて注目しなければならないだろう。

6.『人耶鬼耶』を読む——その二

まず細部に関わる点から見れば、小森禮堂と有徳の父子が持つ貴族の称号が、原作と涙香作とでは異なっている。原作では父禮堂が伯爵（comte）、息子の有徳が子爵（vicomte）となっているが、涙香作ではそれぞれ一つ上位の爵位である侯爵と伯爵ということにされている。いずれにせよ、物語の主人公や中心的人物たちを原作者エミール・ガボリオが貴族として設定したことには、作者なりの読者についてのイメージが反映されているのであり、涙香はそれを受け継いで、さらに強調したのである。

小説『ルルージュ事件』は、探偵小説がテーマとする「謎」のうちでもとりわけ基本的な一つである「出生の謎」をめぐって展開される。「私とは誰か？」という問いは、すでに古代ギリシアの時代から、たとえばソポクレスの悲劇『オイディプス王』のテーマだった。このテーマは、近代の文学作品のなかでも、「捨て子」のモティーフや、いわゆる素性の違う二人の子供が取り替えられる「王子と乞食」のモティーフとして、生き続けることになる。問題は、犯罪捜査にあたっても民主主義や基本的人権に一定の配慮を払わなければならなくなった時代においてなお、出生にまつわる謎や秘密が、いわゆる高い身分や特権的階級の人物たちを主人公にして描かれている、という点なのだ。ガボリオが作品を連載した大衆日刊新聞の読者たち、ガボリオが対象とした読者たちは、一七八九年に始まるフランス大革命と一八四八年の二月革命を体験したのちになお、貴族という特権的身分の人物たちをヒーローおよびアイドルとして仰ぎ見ることに、そして彼らが活躍する小説に熱狂することに、唯々諾々と甘んじていたのだった。

黒岩涙香の『人耶鬼耶』も、基本的に原作のこうした枠組みを受け継いでいる。そればかりか、涙香は、中心人物たる小森一族を、貴族どころか「皇族」としたのである。ガボリオの原作では、レトーを当主とするこのコマラン伯爵家をブルボン王家なりナポレオン皇帝一族なりの系図のなかに位置づけるような言及は、まったくなされていない。「皇族」という言いかたからも、涙香がこのような設定にしたのは日本社会を念頭に置いてのことだった、と考えざるを得ないだろう。『人耶鬼耶』は、原作『ルルージュ事件』から「出生の秘密」もしくは「素性さがし」のテーマをそのまま引き継ぎながら、それを日本化して「皇族」の一家での事件とした。これによって、特権的身分の人物たちをヒーローやアイドルとして仰ぎ見て恥じない俗物的な読者たちの安っぽいロマンティシズムが、ますます発揮される条件が用意された。皇族を特別視する日本社会の読者にとっては、事件にいっそう重大さと深刻さとが加わることにもなっただろう。

――だが、ガボリオの原作も涙香の翻案も、いわゆる高い身分のヒーローやヒロインたちに対する読者のロマンティックな憧れと同化願望だけを標的にし、それを頼りにしていたわけではない。高いところにいる特権的な主人公たちの不幸や不始末が明らかになれば、それを嘲笑し、それに快哉《かいさい》を叫ぶのも、同じ大衆小説の読者たちなのだ。こうした感情と共鳴し共振することが、通俗的な読み物としての新聞連載小説にとって決定的に重要であることを、作者たちは知っていた。ガボリオの原作がすでに、ある意味ではきわめて民主主義的なこうした読者感情を、挑発する設定になっている。ロマンティシズムの装いをこらしながら、じつは、特権的身分の人物たちの不幸や不始末どころか彼らの罪責が、彼らの社会的な位置と不可分のものとして、問われることになるのである。

黒岩涙香が対象とした日本の読者の場合には、ガボリオとは違う条件が一つあった。特権的な社会的地位にあるヒーローやヒロインに憧れるという点では同じでも、その彼らの不幸や失墜を楽しむという読者の感情は、天皇とその一族に対しては発揮されないのが通例だからだ。その日本の読者に向けて、涙香は敢えて小森禮堂の一族を皇族として設定したのである。この設定によって、『人耶鬼耶』では、天皇制国家日本において「皇族」が社会的・人間的な罪を問われることになった。しかもその罪は、彼らの特権的な出自と家系に、深く根ざしているのだ。「ア、余が家は先祖代々血統清き皇族の家なるに、今は贋者のために汚《けが》されんとす」とその一族の一人は慨嘆する（三九〜四〇ページ）。だが、犯人である「贋者」を摘発し断罪すれば事件は解決される、という構造をこの事件は持っていない。「贋者」は、「血統清き皇族の家」を汚す加害者であるだけではない。事件の犯人である彼は、「家系」を傷つける犯罪事件の加害者＝犯人であるばかりでなく、「家系」によって翻弄される被害者でもある。誰が「贋者」であるにせよ、「贋者」を不可欠とする「出生の秘密」という謎は、まさに、犯罪を解く鍵となるばかりでなく、犯罪の動機ともなるのだ。

澤田實から秘められた身の上に関する話を聞いた探偵散倉は、思わず、「ハテな、この一夫一婦の法律を破ッて隠し妻。ソリャ益々《ます》不思議だ」と口走る（三一ページ）。侯爵であり皇族である小森禮堂が妻を愛さず、別の女性との間に子供をもうけたことを、聞かされたからである。散倉にしてみれば、社会の構成員が守るべき法律を、皇族が破っているのだ。そしてこの皇族は、言葉の端々《はしばし》で、思い上がりと独りよがりと無自覚とを、むき出しにして見せるのである。息子の一人に会ったあと、禮堂はこうつぶやく、「フム、今のが真のこの家の後嗣《あととり》じゃ。真の禮堂の嫡子《ちゃくなん》じゃ。〔……〕乃公《おれ》が若い時は丁度アのようであッた。智慧も勝れ、品行も正《よ》し、謙遜のうちにも勇気があッて〔……〕父が好いから矢張《やっぱ》り好い子が出来たのじゃ。親が好くなくては、好い子は出来ぬと見える。」（一三一〜二ページ）——これが、自分自身の不品行のために二人の女性を苦しめ、二人の息子にその尻拭いをさせていることが明らかになったばかりのときに、皇族小森禮堂がつぶやく独り言なのだ。

ガボリオの原作では、小森禮堂の原型たるレトー・ド・コマラン伯爵は、時代の動きにも鋭敏かつ冷静に対処する能力を持った、かなり理性的な人物として描かれている。自分の過去の行ないのために、いま思いがけない苦境に陥ったときも、涙香の禮堂のように我を忘れて激昂することはなく、最善の道を冷静に探ろうと努める。息子の一人と会って、その美点を若いころの自分と比べてみるという点では、禮堂と同じだとはいえ、自分の「品行」を自慢するような破廉恥さはない。それだけに、この人物が事件の衝撃で次第にその言動を変えていくさまは、ガボリオの原作よりも『人耶鬼耶』におけるほうが一層くっきりと描かれることになる。疑いもなく涙香は、物語のこの段階では、きわめて意図的に、禮堂を否定的人物として描いているのである。そして疑いもなく意図的に、この否定的人物を貴族どころか「皇族」として描いたのである。

黒岩涙香が『人耶鬼耶』にこのような設定を加えたときから半世紀を経て、大東亜戦争での日本の敗戦から間もない一九四七年一月号の雑誌『展望』に、中野重治の小説「五勺の酒」が発表された。教え子を戦争に送り出してきた老校長が、新しい戦後時代の進路に思いを致しながら、友人の共産主義者である作者自身に宛てて書く手紙、という設定の小説である。校長は、きょう、新憲法発布を祝賀する記念の集会に妻とともに参加してきた。そこには、この憲法で新たに「象徴《シンボル》」となった天皇（昭和天皇・裕仁《ひろひと》）とその妻（皇后・良子《ながこ》）も臨席していた。散会のあと家路をたどり、晩酌として飲んだわずか五勺の酒で酔った彼は、やはり家路をたどったはずの天皇夫婦のことを思いながら、友人の共産主義者に向かってこう書くのである、

「家路、どこにこの人たちに家路があるのだろう。〔……〕いま憲法で鳩が飛んだことも皆なかったことかのような風で散って行く人々のわが家と、天皇皇后両陛下のかえって行くわが家と、家の大きさでなく〔……〕。街のひびきも人間の声も聞えなくなったところで、生活がこだまを

呼び出さぬところまでひきこんで顔を見合わしてほっと一息つける天皇たちと、わが家の感じ方、その何にほっとするかでの皮膚感覚の人間的ちがい、それをこそ、共産党が、国民に、しかし感覚的に教えるべきものではないだろうか。〔……〕個として彼らを解放せよ。僕は、日本共産党が、天皇で窒息している彼の個にどこまで同情するか、天皇の天皇制からの解放にどれだけ肉感的に同情と責任とを持つか具体的に知りたいと思うのだ。」

老校長は、さらに、天皇家という家柄もしくは家系がその構成員にどういう結果をもたらすかについて、酔いの筆を進める、

「なぜ共産主義者が、最近三十代六百年間引きつづきメカケ腹に生まれて、それはそんな言葉でではないが、そしてやはり引きつづいて正妻を持たなかった天皇が、国と民族とにとって何のシンボルだかということを国民に説明せぬだろう。〔……〕なぜ——そうだ。僕はいつか「アカハタ」でメカケのことを読んだ。事柄は忘れたが、メカケにたいする軽侮の気味がその文にあった。メカケを軽蔑せよ。それは軽蔑されるべきだ。しかし共産主義者よ、メカケが一人のこらず女だったこと、弱い性だったことを思い出してくれ。女でも金持ちはメカケにならなかったことを思い出してくれ。美しい、たのしい肉体、彼女らはそれ一つをつかうほか生きる手段がなかったのだ。メカケをメカケ所有者から切りはなさぬで考えてくれ。しかしメカケ持ちについてさえ考えてくれ。家とその法とが、そんなことでやっと恋を恋として変則に成り立たしたこともあったろうことを考えてくれ。」

黒岩涙香が中野重治を知るよしもない。中野重治が黒岩涙香を愛読したかどうか、中野重治の専門的研究者ならぬ私は知るよしもない。だが、黒岩涙香が『人耶鬼耶』に描いてしまったことは、中野重治が老校長に語らせている問題にほかならないのである。中野の文中に出てくる「アカハタ」とは、当時の日本共産党の機関紙の名前で、その当時、日本共産党という政党は、敗戦後の新しい日本社会を創り出していく中心的な勢力と目されていた。家柄・家系の究極的なモデルである天皇家を廃絶することは、そこに囚われて人間としての生きかたを奪われている天皇自身を人間として解放することであり、それは共産主義者の責任でもある、と老校長は考えるのだ。いわゆる正室たる皇后とのあいだにもうけたのではない庶出の子によって「皇統」を維持してきた日本の天皇家は、メカケと蔑称される婚外の女性と男性との関係を、まさしく象徴している。『人耶鬼耶』の小森禮堂と彼の愛人である女性との関係は、中野重治の老校長が言うメカケとメカケ所有者との社会的関係を、文字通り体現していたのである。

傍若無人で破廉恥な禮堂が、物語の大団円で、散倉たちの新しい事業の有力な支援者として再生する――という設定は、ガボリオの原作にはない。涙香のこの独創から何を読み取るかは、もちろん読者に委ねられている。だが、「出生の謎」という探偵小説の最も基本的なテーマの一つを、涙香が天皇制日本における最も重要なテーマとして意識的に描いたことは、無意識のまま読み過ごされてはならないだろう。

7.『人耶鬼耶』を読む——その三

出生の秘密を犯罪の鍵と同時に動機とするこの物語では、事件の発端や展開、捜査と裁判の過程において、女性たちが重要な役割を果たしている。これも、この小説の大きな特色の一つである。ガボリオの原作でも涙香の翻案でも、それは基本的には変わらない。

物語は、寡婦於傳《ごけおでん》、すなわちクローディーヌ・ルルージュの殺害という事件が発覚するところから始まる。新聞報道でそれを知った澤田婦人、すなわちジェルディ夫人が衝撃のあまり重い病気になる。澤田夫人の息子である實《みのる》、つまりノエル・ジェルディには、於理榮《おりえ》嬢、つまりジュリエットという恋人がいるが、この恋人のことを彼は母親にも隠しているらしい。さらにもう一人の女性である荒川家令嬢呉竹《くれたけ》姫、つまりクレール・ダルランジュが、事件の予審裁判を担当する判事と事件の被疑者とを結ぶ位置で登場する。

於傳の原名、ルルージュ（Lerouge）は、字義どおりには、フランス語で「赤い」を意味するrouge《ルージュ》という形容詞に男性形の定冠詞le《ル》を付して名詞化したものである。於傳ことクローディーヌは女性だからla《ラ》という女性冠詞であるべきだということはひとまず別として、「赤い」という形容詞を人間に当てはめて使うとき、「赤いひと」（le rouge, la rouge）という呼び名は、共産主義者・社会主義者を意味するときのほか、ヨーロッパでは主として「赤毛のひと」という意味で用いられる。そして、赤毛の女は概して淫乱だ、という差別的な俗説がある。殺された於傳という女性は、このような社会的背景を持つ人物である。そして、澤田夫人ことヴァレリー・ジェルディが、「五勺の酒」で老校長が痛切に訴えることになるメカケだったことは、改めて言うまでもない。しかも、涙香の作品では、メカケとして蔑視され社会的に差別される位置にいるこの女性は、まさに皇族のメカケなのである。そしてその皇族は、「家」とその「法」とによって、そのような形で「恋を恋として変則に成り立た」せるしかなかった、という「メカケ持ち」の最も象徴的な一人なのだ。涙香の作品で於理榮嬢となるジュリエット・シャフールについては、原作では、實の原型であるノエル・ジェルディが、二人の関係をひたすら世間の目から隠し続けようとしている。ジュリエットが、ノエル自身の洋々たる将来の邪魔になりかねないからである。ジュリエットは、そのような社会的位置にいる女性だからだ。黒岩涙香は、しかし、その於理榮を、わがままな女性として描いてはいるが、侮蔑の対象とはしていない。それどころか、大団円で彼女に原作とは全く異なる役割を与えた。このことは、『人耶鬼耶』で涙香が描こうとした重要なテーマとも関わる意味を持っている。

黒岩涙香の翻案小説については、最初期の作品の一つである『法庭の美人』の単行本(一八八九年五月刊)の序文に彼自身が記した言葉にもとづいて、ある通説が流布されてきた。彼はそこで、「稿を起してより之《これ》を終るまで一度《ひとたび》も原書を窺《うかが》わず。原書を書斎に遺《のこ》し、筆を新聞社の編集局にて執《と》ればなり」と述べており、ここから、「原書を一読したあと彼は一度もそれを見ずに一気に自分の翻案作品を書き上げた」という通説が生まれたのである。しかし、『人耶鬼耶』をじっさいに原書と対照しながら読むと、この通説は当てにならないことがわかる。随所で、原典を脇に置いてしか書けないような記述に出会うからである。そのような、いわば直訳的な部分で、もっともそれが分量的に多いのは、後半の山場の一つとなる田風呂判事と呉竹姫の対決場面である。ここでは、発言に独特のニュアンスを込めたり、形容詞や副詞などに変更を加えたり、また部分的に小さな省略や簡略化をほどこしたりしているとはいえ、涙香は呉竹姫の言葉を基本的には忠実に訳出している。なかでも、判事が早々に引き取らせようとして自分をなだめるのに対して、呉竹姫が絞り出すように発する言葉は、原書をほとんどそのまま訳しながら、しかも涙香の筆の独特の力がほとばしり出ている一節だろう。

「田風呂氏よ、御身は有徳を思い切れと宣給《のたま》うか。有徳、今は囚牢《ひとや》のうちにありて、世間の人に見捨てられ、妾《わらわ》のほかには頼りと思う者さえなきに、妾争《いか》で有徳を見捨てなば、誰か有徳を救い出ださん。田風呂氏よ、男心は鬼《おに》々しく、艱難《かんなん》には無二の友をも捨つると聞けど、女にはさる変り易《やす》き心なし。御身は女心を知らざるか。御身自ら思い見られよ。御身病《やまい》に罹りなば、介抱するは妻に非らずや。女は男の艱難を助くる者なり。御身もし世に零落《おちぶ》れて、親に捨てられ子に捨てられ、友達親戚に捨てらるゝ事あるも、独り踏み止まりて御身と艱難を共にするは、妻のほかに誰かある。〔……〕田風呂氏よ、妾は甲弱《かよわ》き乙女なり。甲弱けれども、我が友を見捨てる如き卑怯の心は候わず。妾は自ら神に誓いて有徳を未来の夫と定めしなり。〔……〕」

（本書一五八～九ページ）

この箇所を、原作のクレール・ダルランジュの言葉から直接そのまま訳せば、つぎのようになる。

「そういうことなのね、つまり」と彼女は叫んだ、「不幸な状態に陥っているあの人をこのま
ま見捨てろとおっしゃるのね。世界中があの人を見放しているのですよ。賢明なあなたはその
世界と結託するおつもりなのね。だれか友人が苦境に立たされたとき、その人の友人である
男の人たちはそういう態度を取るのだそうです。でも、女性たちは違います。あなたの周りを
よくご覧なさい。男性が屈辱を受けたり、不幸に見舞われたり、地位を失ったりしたとき、そ
のそばにいて支えたり慰めたりするのは女性だということが、おわかりになるはずよ。友人
の最後の一人が勇敢にも逃げ出そうが、親類の最後の一人が見放そうが、女性は残るのです」。
〔……〕「私は内気かもしれませんが」と彼女はますます熱意を込めて言葉を続けた、「卑怯者
ではありません。すべての男性のなかから自由意志でアルベールを選んだのですから、たとえ
何が起ころうと、あの人を見捨てはしません。〔……〕」（池田訳）

この呉竹姫とクレールのセリフのなかに、男性の女性に対する手前勝手な願望を読み取ること
は、的はずれではないだろう。「女は男の艱難を助くるものなり」という言葉は、それが男性の
作者によって書かれるとき、女性の資質を讃えているというよりは、男性が女性に向ける要求や
強要のメッセージでありうる。自分を棚に上げて女性から誠実さを求め、無意識のうちに女性を
手段として、道具として利用する男性の心性は、澤田夫人の不倫を疑った小森禮堂とレトー・

ド・コモランによって歴然と示されている。涙香が呉竹姫に「女性」を「妻」と言い換えさせていることにも、女性を自立した人間としてではなく妻としてしか思い描かない日本の男社会の現実が、反映されているのかもしれない。

だが、ここでもまた、作品の設定は両義的であり、重層的である。呉竹姫とクレールの言葉には、疑いもなく、男性の心性に対する明らかな批判と糾弾が含まれている。涙香はそれを、「男心は鬼々しく」という表現でくっきりと読者に伝えようとした。「鬼《おに》々し」という形容詞は、すでに『源氏物語』に登場しており（「夕霧」の巻での夕霧のセリフ）、江戸時代にも「鬼々しい」という形で使われていた（前田勇編『江戸語の辞典』、講談社学術文庫）。もちろん、「鬼のような」という意味だが、ここで思い描かれている「鬼」とは、あらためて言うまでもなく、人間の姿をしながら人間ではない生き物である。人間との違いが頭に生えた角で表わされているということは、鬼がただ単に人間以上の肉体的な能力や暴力の持ち主であるだけでなく、人間とは違う残忍で悪逆な性情を持っている、と考えられているからだろう。

「鬼々しい」という言葉で、呉竹姫に田風呂判事と男性一般の心性を指弾させた黒岩涙香は、ここで、決定的に重要なメッセージを読者に向けて発しているのである。それは、ガボリオの『ルルージュ事件』になぜ涙香が『人耶鬼耶』という題名を与えたのか、ということと関わっている。

『人耶鬼耶』という表題は、真犯人を「鬼」にたとえ、無実の人間を「人」にたとえたものである、と受け取られがちだろう。単行本の表紙絵、とりわけ再版のそれも、この解釈に基づいて描かれている。人間の姿をして角を隠した真犯人、じつは鬼である真犯人を突き止めて、犯人と疑われているものが無実の人間であることを明らかにすることが、この小説の直接的なテーマとなっているからである。犯人と目されている人物は、じつは「鬼」なのか、それとも「人」なのか？——表面的に「人」の姿をしているものが、じつは「鬼」ではないのか？——

「男心は鬼々しく」という呉竹姫の言葉は、これとは全く別の意味づけを『人耶鬼耶』という表題に与えるのである。友人の苦境を見捨てて勇敢にも逃げ出すような人間（クレールが深い軽蔑を込めて反語的に使うこの「勇敢にも」の原語は courageusement《クラージェズマン》、文字通り「勇敢に」の意味である）、そしてまた「賢明」（prudence《プリュダンス》）ゆえに世間に迎合し世間と結託して安全圏に身を置く人間、そういう人間の心性を、彼女は「鬼々しい」という言葉で表現した。そうだとすれば、「人か鬼か」という問いかけは、殺人事件に関して直接の疑いをかけられる人物たちについてだけでなく、この小説の中心的な登場人物たちの誰もに向けられているのである。

「鬼」という言葉は、「心を鬼にして」（七一ページ）、「鬼の如く敬う」（一九九ページ）という言いかたでも使われるが、「鬼々し」という表現そのものは、さらに二カ所で出てくる。「鬼々しと云うも愚《おろか》なり」（六八ページ）と、「鬼々しくも妾《わらわ》をば捨てたまえり」（一七七ページ）がそれだ。どちらも、ある登場人物の無慈悲で卑劣な心性と振舞いを軽蔑し糾弾する言葉として使われている。

『人耶鬼耶』の中心的な登場人物たちの多くが、事件のあと自分の生きかたを変えようとするのは、彼らなりの「鬼」から「人」への道だったに違いない。これは、涙香がガボリオの原作に加えた大きな変更だった。

8.『人耶鬼耶』と死刑廃止運動

黒岩涙香は、さらにもう一つ、きわめて重要な変更を原作に加えている。最後の二つの章、第四十四章と第四十五章（大尾）で、原作にはない独自の設定によって物語を完結させたのである。原作では、ルルージュ殺しの犯人であることが明らかとなった人物が逮捕を前に自殺したあと、彼の恋人が彼の残した大金を受け取る、という終わりかたになっている。涙香はこれを、犯人の恋人が犯人を励ましながら最後の活劇を演じる、というストーリーに変えた。これは、歌舞伎風の舞台効果を狙った技巧的な脚色だけにとどまるものではない。先に引用した呉竹姫の言葉との整合性も、これによって果たされることになった。真犯人の恋人は「鬼」ではなく「人」だったのである。その彼女の決断によって、真犯人も「人」となったのである。

結末におけるさらに重大な変更は、事件に関係した人物たちの後日譚についてなされた。原作では、関係者たちがそれぞれ自分の日常に戻り、いつしか事件を忘れるようになったなかで、タバレ（チロクレール）だけはそうではなかった——として、つぎのような一文で全篇が結ばれている。（／は改行箇所）

「ひとりタバレ爺さんだけは、肝に銘じて忘れなかった。／司法は誤ることがないと固く信じてきた挙句《あげく》に、いまでは、至るところに司法の誤謬以外のものは見なくなった。／引退したこの素人探偵は、犯罪の存在自体までも疑い、人の感覚による証明は何事の証拠にもならないと主張して、死刑廃止の請願書のために署名を集め、気の毒な無実の獄中者を救援するための協会を設立しているところである。」（池田訳）

つまり、黒岩涙香の『人耶鬼耶』の大団円とは、まったく似ても似つかぬ結末なのだ。言いかえれば、『人耶鬼耶』の結末――第四十四章の後半と第四十五章（大尾）――は、すべて涙香の創作なのである。「万国死刑廃止協会」の設立も、それに賛同し基金を拠出する人物たちも、この協会の宣伝活動のためにもうすぐ禿頭《とくとう》老人散倉が日本にやってくるということも、協会の趣旨を述べた文書の付録として添えられたのがこの物語であり、たまたまその一冊を手に入れて涙香が訳出したのがこの『人耶鬼耶』であるということも、そしてそもそも、「万国死刑廃止協会」が於傳殺しの真犯人の遺言によって生まれたということも、すべて、原作にはなく『人耶鬼耶』だけにある大団円《フィナーレ》にほかならない。

真犯人の遺書に「万国死刑廃止協会」の設立を希望することが書かれているのを読んで、唐突の感を抱いた読者も多いだろう。少なくとも、直接思い当たるような伏線は、物語のそれまでの展開のなかに存在しなかったからである。おそらくこの点が、小説としての『人耶鬼耶』の最大の欠陥かもしれない。だが、逆に考えるなら、それほど無理をしてまでも涙香はこの結末を選んだのである。――では、いったいなぜ涙香はこの小説で死刑廃止を訴えようとしたのだろうか？

小説の脈絡からすれば、ここでの死刑廃止論は、誤った捜査と裁判によって無実の人間が生命を奪われる危険性を、その根拠にしている。つまり、冤罪で死刑が執行されれば取り返しがつかないというのが、死刑廃止を求める理由である。しかし、ここで改めて『人耶鬼耶』の全篇を思い返すなら、涙香のこの結末は冤罪の場合だけについて死刑廃止を求めているのではないことが、想像できるのではあるまいか。これは、この作品の表題にも関わることであり、「鬼々しい」というあの呉竹姫の言葉とも関わってくることである。

「鬼々しい」という言葉で呉竹姫が告発したのは、「鬼」という架空の存在に託された残忍さや悪逆さであり、他者の痛みや苦しみについての想像力と共感とを欠いた無慈悲で冷酷な、まさしく卑怯な心性だった。これをもっともあからさまに体現していたのは皇族小森禮堂であり、職務に忠実なあまり「鬼々しい」人間になりかねなかったのが、判事田風呂だった。けれども、この事件を通じて、人物たちは、それぞれのやりかたで「鬼」から「人」に変わる道をたどったのである。「万国死刑廃止協会」の生みの親となった真犯人も、もちろんその一人だった。その恋人である女性も、そうだった。「鬼」も、自分が「鬼」であることに気付くとき、自分にそれを気づかせてくれる存在と出会うとき、「人」となる道を歩み始めるのである。中野重治の老校長は、天皇が人間として天皇制から解放されなければならないと書いたとき、もっとも鬼々しい存在でありつづけてきた天皇自身こそが、こうした道を歩む責任をもっとも重く負っていることを、詰問しなければならなかっただろう。

『人耶鬼耶』は、死刑廃止を呼びかける小説である。それが呼びかけているのは、冤罪の死刑囚に対する誤った死刑の廃止だけではない。冤罪で処刑される可能性があるからという理由での死刑廃止だけではない。死刑制度が廃止されなければならないのは、「鬼」は「人」に変わることができるからであり、社会はそれが実現できるような人間関係を生み出さなければならないからである。

「鬼」から「人」への変身――それは人間にとって窮極の夢である。だが、人間は夢を見ることによってしか現実を変えることはできない。賢明にも世界と歩みをともにし、勇敢にも苦境にある友人を見捨てて逃げるこの私は、そうではない私の姿を遠い夢のなかに見ることによって、もうひとりの私への道をたどり始める。

特権階級のロマンスに陶酔し、高貴な出自を理由もなく崇拝し、その一方でそうした別世界の住人たちの不幸や破滅に快哉を叫ぶ（だが、皇族に対してはそれさえもできない）読者たちに、黒岩涙香は死刑廃止を呼びかけた。この読者たちにとってこそ、現実から夢への道は遠いからである。そして、もっとも遠い道を歩むことによってしか、もっとも近い現実を変えることはできないからである。

9. おわりに――本書の校訂について

『人耶鬼耶』の再刊が決まった当初、私は、書かれてからすでに一三〇年を経ているこの小説を、すべて現代語に書きかえるつもりだった。若い世代の読者だけでなく、すでに後期高齢者と呼ばれる年齢に達した読者にとってさえ、読みこなすことは困難ではないかと考えたからだ。ではどういう文体で、どのような文字遣いがよいか。文節は短いほうがよいのか、あるいは連綿体もいとわないのか。そうこう考えているうちに、工夫を凝らせば凝らすほど黒岩涙香の作品が黒岩涙香の作品ではなくなっていくことに、ますますはっきり気づかされたのである。文学表現にとって本質的に重要なのは、その内容ではなく文体であり言葉であるという、ごく当たり前のことに立ちもどったに過ぎない。黒岩涙香の作品は、黒岩涙香の文体と言葉によってしか、読むものに伝わらない。私の文体と言葉で書きかえたものは、私の作品でしかない。いまなすべきことは、黒岩涙香の作品を読者に贈ることである。そして、涙香の文体と言葉は、その文字表記を平易なものに変えさえすれば、現在の読者にも読みこなせるに違いないのである。

こうした考えに基づいて、原文を生かしながらできるだけ読みやすくするために、つぎのような原則のもとに最低限の変更を原文にほどこすことにした。

○原文にない段落および句読点と引用符を加える。
○現在では見慣れない漢字を、可能なかぎり現在の字体に変え、あるいは仮名（かな）にする。
○漢字を読みやすくするために、適宜、原文にない送り仮名を補う。
○ただし、涙香の文体の特色を示す独自の漢字や文字遣いは、できるだけそのまま生かす。

○底本は基本的に総ルビ（すべての漢字にふりがなが振られている）だが、現在の読者にはかえって読みにくいので、ルビは難読語や特有の読みかたの場合だけに限る。
○「中」、「外」はそれぞれ「なか」と「うち」、「そと」と「ほか」という二通りの読みに使われているが、ルビが頻出するのを避けて、「うち」および「ほか」と読む場合は仮名にする。
○「上る」を「あがる」と読む場合は、原文にない送り仮名「が」を補う。「下る」を「さがる」と読む場合も同様にする。
○接続詞や間投詞はできるだけ漢字を避けて仮名にするが、原文の癖や特徴を尊重して漢字のままにする場合もある。
○原文が仮名の場合にそれを漢字に変えることはしない。
○登場人物の名前については、それらと普通名詞との混同を避けるため、旧漢字のままとする。（「實は《みのる》」と「実は《じつ》」など。）
○原文に見られる表記の不統一（「彼」と「彼れ」、「法廷」と「法庭」、「可愛想」と「可愛相」など）は、あえて統一せず、基本的に原文のままとする。
○同じ漢字に別の読みかたがある場合には、その部分で最初に出てきた漢字にルビを振る。（「其方《そのほう》」と「其方《そなた》」など。）

この一文の冒頭に記したとおり、『人耶鬼耶』には作者の生前にすでに三種の版本があった。

本書は、そのうち最初のものを底本とし、誤植・誤記については一九二〇年八月刊の集栄館版をも参照しながら訂正した。ただし、初版本のイメージの一端を再現するため、各章の数字表記（「第廿章」など）は敢えて統一せず、底本のままとしている。また、底本に付された七葉の図版（挿絵）もすべて収載したが、見開き二ページのものは一ページ大に縮小した。

『人耶鬼耶』の初出については、一八八七年一二月に『今日新聞』に連載が開始され八八年九月一三日に完結したとされているが（『新潮日本文学辞典』など）、私ももちろん掲載紙の現物を見ることができていないので、正確なことは未確認である。ガボリオの原作『ルルージュ事件』は、現在でもなお繰り返し新版が刊行されており、容易に入手できる。英訳についても同様である。関心のある読者の参考までに、私の手元にあるフランス語原典（英国で出版）と英訳版とを記しておこう。

Emile Gaboriau : *L'Affair Lerouge*. Dodo Press, 2010 UK.
Emile Gaboriau : *The Widow Lerouge*. Tutis Digital Publishing, 2008 UK.

ガボリオの『ルルージュ事件』は、涙香の『人耶鬼耶』とは別に何度か日本語訳が刊行されている。その最初は、一九三五年一一月に春秋社から出た田中早苗訳のエミール・ガブリ《（ママ）》オ作『ルルージュ事件』である。田中訳は、敗戦後の一九四七年一一月に江戸川乱歩の序文を付して苦楽社から「苦楽探偵叢書」の一冊として再刊され、一九五〇年には岩谷書店の「岩谷選書」にも収められた。しかしこれらはすべて完全な訳ではなく抄訳である。ようやく二〇〇八年一一月に太田浩一訳の全訳版が国書刊行会から出版され、これによってはじめて、名のみ高かったこの小説が日本語で全貌を現わしたのだった。

　ガボリオの小説については、「家庭内の退屈な記録ふう描写や、人情小説のような部分が多い」ので、「ガボリオー《ママ》の探偵小説は全訳でなく、ムダをとり払った抄訳によって読むべきであろう」（九鬼紫郎『探偵小説百科』）という評価がある。もちろん、読み手によって評価は異なるだろうが、私は、黒岩涙香の『人耶鬼耶』とは別に、全訳を読むべきだという意見である。読む人によっては「ムダ」と思われるだろう部分に、なんと豊かな社会描写、風俗描写が満ち溢れていることか。こうした社会の、こうした人間関係のなかで、この事件は起こったのである。バルザックの直系だ、というのが、少なくとも『ルルージュ事件』の全篇を読んだときの私の感慨だった。作品にとっても読者にとっても幸運なことに、太田浩一の日本語訳は、綿密かつ流暢である。涙香作を原作と対比してみたいと思われる読者は、この全訳版を一読されるとよいだろう。

（二〇一六年立春）

黒岩涙香（くろいわるいこう）
1862年11月20日～1920年10月6日
作家、翻訳家、ジャーナリスト。

池田浩士（いけだひろし）
1940年　大津市生まれ
1968年4月から2004年3月まで京都大学勤務
2004年4月から2013年3月まで京都精華大学勤務
「池田浩士コレクション」既刊分＝①『似而非物語』、②『ルカーチとこの時代』、③『ファシズムと文学』、④『教養小説の崩壊』、⑤『闇の文化史』（インパクト出版会刊）以下続刊

裁判小説 人耶鬼耶《ひとかおにか》

2016年4月15日　第1刷発行
原　作　黒　岩　涙　香
校訂解説　池　田　浩　士
発行人　深　田　　卓
装幀者　宗　利　淳　一
発　行　インパクト出版会
〒113-0033　東京都文京区本郷2-5-11　服部ビル2F
Tel 03-3818-7576　Fax 03-3818-8676
E-mail：impact@jca.apc.org
http:www.jca.apc.org/˜impact/
郵便振替　00110-9-83148

モリモト印刷